澄心清意

阅读致远

东大教授世界文学讲义

⟨1⟩

[日] 沼野充义
——编著——

王凤 石俊
——译——

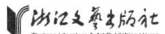

越秀译丛

总策划：李贵苍
　　浙江越秀外国语学院外国语言文化研究院院长

主　编：许金龙
　　中国社会科学院外国文学研究所研究员
　　浙江越秀外国语学院大江健三郎研究中心主任

译　者：王宗杰
　　浙江越秀外国语学院东语学院院长

　　王　凤
　　浙江越秀外国语学院东语学院副教授

　　严红君
　　浙江越秀外国语学院东语学院副教授

　　李先瑞
　　浙江大学宁波理工学院外国语学院教授

　　石　俊
　　四川省成都市翻译协会会员

序言：向世界文学中英姿飒爽的主人公们致敬

本书是我作为主持人，对文学界的五位嘉宾依次所做访谈的辑录。五位嘉宾应邀，与我一道，从各个角度就文学相关的多个主题展开了深入探讨。这一系列访谈本来是由日本出版文化产业振兴财团（JPIC）和光文社共同主办，并由我本人所任教的东京大学文学部现代文艺论研究室协办的一个系列讲座项目，最初宣传为"面向初高中学生的读书讲座——'新·世界文学'入门"。

然而，事实上，原本计划中讲座所针对的主要听众——初高中阶段的青少年朋友，并不如我们在项目设想中那么积极，有的时候，甚至反倒是"中老年"听众更为踊跃。当然，论及文学本身，我个人的看法是优秀的作品就是优秀的作品，本来也没有所谓面向青少年或中老年的世代差别，无论听众是谁，我都会怀着同样的热忱,和大家共同分享文学的乐趣。我本来也不是一个善于把简单的问题复杂化、理论化的人。因此,无论是不是面对初高中阶段的青少年朋友,我都坚持用浅显易懂的方式跟大家一起讨论。说实话,我在大学里的授课,也都大致如此。

同样,稍微粗浅直白地说,所谓文学,本没有日本文学、法国文学或者俄罗斯文学之类的区分,希望大家都能在文学的世界里找到乐趣(当然了,国别文学研究领域的专家又另当别论),我个人也始终都是秉持着这样的一种态度。因此,推动超越既有"界限"的"读书运动",同时打破年龄层的世代阻隔,与各界朋友展开对话讨论,就显得更加难能可贵了。我们的听众当中,既有十二三岁的少年,也有七八十岁的长者,大家怀着对文学同样的热情参加了本次系列讲座活动。在此,我要衷心感谢各位听众朋友的积极参与!

作为嘉宾系列访谈的辑录,本书主要是通过与各位受访嘉宾的对谈,尽量深入浅出地从整体上介绍当前的世界文学是怎样的一个现状,有哪些优秀作品,以及读书方法的推荐,等等。我希望这本书既可以作为初高中学生的文学入门教程,同时也能成为成年人文学再入门的参考书。当然了,提到"世界文学"一词,虽然不过短短四个字,但实在是一个庞大而又难以整体把握的怪物一般的存在。实际上,和广大读者朋友们一样,我们所能接触到的往往只是世界文学的某一个部分而已(不怕各位见笑,从世界文学的角度来看,本书所谈及的文学,也可能仅仅只是这个宏大命题中的一小部分而已)。因此,我觉得所谓的世界文学,不是看大家读了多少作品,而是应该看大家如何选择作品、如何阅读作品。在《什么是世界文学》（日文版由国书刊行会出版，奥彩子等翻译）这本书里，比较文学专家大卫·达姆罗什①认为：世界文学，并非一系列成套的经典文本（正典②目录），而是一种"阅读模式"。所谓"阅读模式"（采用"……模式"这样的词语不过就是为了说起来显得高端而已），简单来说就是指书籍的"阅读方法"，取决于读者怎样阅读作品。

也就是说，在传统的教养主义思维影响下，由专家给定一些所谓的文学名著书单，然后让读者对着这些名著埋头苦读的时代，已经一去不复返了，读者应该通过自己的方式拣选属于自己的"经典文本（正典目录）"。其至在当今这个时代，意图拣选"经典文本"这一做法本身，也都已经很难实现了吧。因为没有人能替代读者去阅读书籍，每一位读者都是在自己当下的社会现实中来阅读文学作品的，所以读者本身也嬗变成了文学世界真正的主人公。就让我们通过这本书开启通往世界文学的旅程吧，更希望这本书能为各位读者朋友的文学探险之旅提供方向指南。

最后，本书的大部分内容都出自受访嘉宾的真知灼见，同时，作为访谈项目主办单位的日本出版文化产业振兴财团，以及在项目实施过程中一直居于组织核心，长期给予我帮助和坚定支持的，以驹井稔先生为代表的光文社翻译编辑部的各位同人，还有实际主持本书编辑工作，将大量访谈内容的原稿整理、汇集成

---

① 大卫·达姆罗什，哈佛大学比较文学教授。曾任美国比较文学学会会长。其代表作有《叙事公约：圣经文学发展中的文体转换》《什么是世界文学》《如何阅读世界文学》等。
② 正典，指具有绝对权威的经典典籍。

册的今野哲男先生和须川善行先生等，均为本书的成书贡献良多。在此，请允许我向支持本项目的各位受访嘉宾、日本出版文化产业振兴财团、光文社，以及编辑、出版本书的所有工作人员表示衷心的感谢。

本书的研究背景还包括创设于 2007 年的东京大学文学部现代文艺论研究室。在这个世界文学研究的新据点中，（作为亲密的研究伙伴，请允许我省略敬称）不仅有以野谷文昭、柴田元幸、特德·格罗斯（Ted Gross）、大桥洋一、安藤宏、毛利公美、加藤有子、秋草俊一郎等为代表的一批优秀的研究伙伴，还有很多精力充沛的青年学者，以及更多无法一一列举姓名的研究生、大学生，更有来自世界各地的留学生们，大家齐聚一堂，共同追寻文学的梦想和希望，令我对文学的未来充满了信心。

最后，我还要向每夜与我一起在世界文学的梦想中宴饮欢谈、悠游徜徉的沼野恭子表达诚挚的谢意。

沼野充义
2011 年 12 月 14 日

目录

第一章 跨境文学的冒险
——利比·英雄与沼野充义的对谈

在语言的夹缝中求索 / 001

夏目漱石果真是"日本作家"吗 / 003

充满矛盾的"世界文学" / 006

日本缺位下的"世界"文学全集 / 009

日本与世界,谁更伟大 / 013

越境与语言 / 015

"我们的文学"正濒临消亡吗 / 019

对纯粹语言的关注 / 022

为什么要坚持用日语进行文学创作 / 029

持续探访中国的缘由 / 034

在布什和本·拉登的语言面前 / 040

李良枝的重要性 / 044

问题已经超越了 W 文学的范畴 / 050

第二章　飞跃国境与时代
——平野启一郎与沼野充义的对谈

互联网将会改变文学吗 / 061

现代日本文学所处的环境 / 063

互联网时代的文学创作 / 066

从"声音的文化""文字的文化"到"电子的文化" / 069

用电脑写作会给人类社会带来怎样的影响 / 074

变化的文学与不变的文学 / 077

文学的古典是什么 / 082

体量过于庞大的"世界文学" / 085

互联网对新文学的现状带来了怎样的影响 / 091

现代"报纸"的奠基人——吉拉尔丹 / 094

激烈的时间争夺战 / 098

关于"读书经历"与文体 / 102

于两极之间上下求索 / 107

陀思妥耶夫斯基的感召力 / 115

作家应该如何把握与读者之间的距离 / 124

纯文学与娱乐的区别 / 130

日本文学能够融入世界文学吗 / 137

我们应该为文学而文学吗 / 141

非文学所不能办到的事情 / 146

听众交流环节 / 148

第三章　来自"J文学"的邀请
　　——罗伯特·坎贝尔与沼野充义的对谈

在世界文学中阅读日本文学 / 161

何为"J文学" / 163

"世界文学"实际上是阅读模式的问题 / 166

日本文学一千三百年的积淀 / 172

传统审美意识与现代审美意识的共存 / 177

何谓纯文学之"纯" / 180

从不同的距离审视日本文学 / 182

村上春树的回归日本 / 186

"国际化"的日本文学界 / 189

作为外国文学一部的夏目漱石 / 194

跨越国境的日本文学 / 199

听众交流环节 / 206

第四章　读诗、听诗
　　——饭野有幸与沼野充义的对谈

诗是语言的音乐 / 217

何为诗歌 / 219

辞典中诗歌的定义是怎样的 / 222

从《古今和歌集》看诗歌的力量 / 226

对诗歌来说,形式是什么 / 229

对惠特曼诗歌的翻译 / 231

当所有的尝试都做遍之后 / 239

感受诗的韵律 / 244

美国的两万名诗人 / 255

保罗·奥斯特在成为小说家之前曾是一位诗人 / 260

村上春树与美国文学 / 262

诗歌最重要的是音乐性 / 267

读诗的喜悦 / 271

答疑时间 / 275

第五章　在现代日本重新发现陀思妥耶夫斯基
——龟山郁夫与沼野充义的对谈

给上帝已死时代的文学家们的寄语 / 283

陀思妥耶夫斯基与托尔斯泰 / 285

"杀人""恐怖主义""虐童" / 287

陀思妥耶夫斯基之于埴谷、大江、村上 / 292

厚重、深刻又轻快的陀思妥耶夫斯基 / 296

《群魔》是我一生的研究课题 / 298

与维列米尔·赫列勃尼科夫的相遇 / 302

从马雅可夫斯基研究到"一口两舌"研究 / 305

陀思妥耶夫斯基与上帝 / 308

来自弗拉基米尔·纳博科夫的激烈批判 / 310

《卡拉马佐夫兄弟》的续篇后来怎么样了 / 313

对陀思妥耶夫斯基来说,这世界上有上帝存在吗 / 316

虚构中才蕴含着希望 / 321

最后的价值将置于何处 / 324

刺猬型和狐狸型 / 329

有关"父亲"这一文学主题 / 333

如何可以自由自在地读书 / 337

后　记

　　为了阅读"3·11"地震之后的世界文学 / 345

第一章
跨境文学的冒险

——利比·英雄与沼野充义的对谈

在语言的夹缝中求索

利比·英雄

1950年生于美国。以日语为非母语的日本当代作家。由于父亲是外交官，年幼的利比·英雄随父亲辗转各地，五岁来台北，六岁到台中，十一岁至香港，其间也曾短暂返美，直到1967年，终于还是回到日本。此后，便经常在日美两国间往返。利比·英雄毕业于美国普林斯顿大学，博士课程结束后，曾担任普林斯顿大学及斯坦福大学的日本文学教授，目前任教于东京法政大学国际文化学部。1982年以《万叶集》英译版获得美国国家图书奖，1992年凭借小说《听不见星条旗的房间》夺得第14届野间文艺新人奖，2005年小说《支离破碎》获得第32届大佛次郎奖，2009年的《假水》获伊藤整文学奖。其他的代表作还包括《天安门》《写日语的房间》《我的中国》《越境之声》等。跨越东西两洋的空间和语言，利比·英雄是当今世界极少见的作家。

夏目漱石果真是"日本作家"吗

沼野：各位听众朋友，大家好！感谢大家出席本次讲座。在接下来的几次讲座中，我将作为主持人，以访谈的形式与各位受邀嘉宾就世界文学的相关话题展开讨论。当然了，比起我这个主持人的絮叨，今天来到讲座现场的各位听众朋友，想必更期待能亲耳恭听利比·英雄先生的高论。那么讲座的介绍部分，我就尽量长话短说，留出更充裕的时间给利比先生，请他多说点。

我们为本次访谈设定的主题是"世界·日语·文学"。面对这样一个模糊而宏观的议题，我们究竟应该如何展开相关讨论呢？要解决这一类的问题，我建议咱们就从一些一般认为根本不算问题的，最基本、最具体的内容着手，开始今天的访谈吧。

比方说"夏目漱石到底是哪个国家的作家"，大家对这个问题是怎么看的呢？很多听众朋友一定会感到十分诧异："夏目漱石当然是日本作家！你提的这是什么愚蠢的问题啊！"我想，在日本的国语考试里，像这样单独针对夏目漱石的题目应该是不可能出现的了，但是列举几位文学家的名字，然后再设置问题"回答下列作家分别属于哪个国家"这样的考题还是存在的。就类似"夏目属于日本""陀思妥耶夫斯基属于俄国""莎士比亚属于英国"一类的情形吧。

像这些知名作家，所谓的正确答案往往是唯一的，看起来也不会有什么混淆和争议。多数场合下，哪些作家属于哪个国家，只能算是文学领域不言自明的常识性问题。

但是接下来，我就想要引导大家进一步思考一下"凭什么说夏目漱石是日本作家"这个问题了。如果从地理或国家领域的角度来说，"夏目漱石是日本作家"当然言之成理，因为毕竟夏目漱石确实是生活在日本这块土地上。虽然他在三十三岁时曾受文部省①的派遣到英国去留学了两年②，不过这短短的两年也只是他人生经历的一个小小片段而已。因此，我们大致可以这样概括夏目漱石：他是一个整个人生的大部分时间都在日本度过，并且使用日语进行文学创作的作家。

然而，更严谨地去思考这个问题的时候，你就会发现，仅仅这样解释夏目漱石似乎并不充分。明治时代的文人普遍都能读写汉文，夏目漱石尤善此道，其精深的汉文功底，是我们现代人所望尘莫及的。这里说的"汉文"指的是用日语方式（语序）阅读、解释的文言文。这种文言文实际上是古汉语，说到底就是一种外语啊。而且他还能独立创作汉诗，这其实就是在用外语进行文学创作。

而且夏目漱石本身英语能力也很强，要知道，当年他留学英国所学习的专业就是英语，回国之后也在东京大学承担了英语课

---

① 文部省，日本政府机构名称，相当于教育部。
② 1900年，夏目漱石奉文部省之命前往英国留学两年。留学时期，夏目漱石体认到所谓的英国文学和他以前所认识的英文有着极大差异，精通英文不足以增强国势，这使夏目漱石赖以生存的理想几乎幻灭，再加上留学经费不足，妻子又因怀孕而极少来信，他的神经衰弱因此更为加剧，一直到回国后他始终为神经衰弱所苦，但也刺激他更专注于写作。

程的教学。在学生时代，夏目漱石就已经把《方丈记》①翻译成了英文版。在日常生活中，他也会用英语撰写日记和笔记，偶尔甚至还会创作英语诗歌。虽然我们现在已经很难对夏目漱石的英语水平做一个全面系统性的评价了，但是仅就目前所能看到的英文创作，也可以得出结论，他在英语方面的造诣同样精深。当时尚且年轻气盛的夏目漱石甚至还萌生过要在英语文学方面与英美的文学家们一较高下的雄心壮志。虽然这一志向随着他在英国留学期间所遭受的挫折而遗憾地消逝了，但反而孕育出了更加专注于日语文学创作的一代文豪。所以说，夏目漱石实际上是具备用英语进行文学创作的潜在能力的，也有着成为英语作家的可能性。说起来，村上春树在作为作家出道前，也曾尝试过用英语写小说，在现代的日本文学界当中，这恐怕已经是极为罕有的例外现象了吧。然而，在夏目漱石那个时代的知识分子当中，诸如内村鉴三②、冈仓天心③等以英语进行创作并刊行作品于世界文坛

---

① 《方丈记》，日本平安末期、镰仓初期和歌诗人鸭长明（1155—1216）的随笔集。内容为作者隐居日野山时，回忆生平际遇、叙述天地巨变、感慨人世的无常。成书于1212年，被誉为"日本隐士文学的最高峰"。全书共十三节，以简洁严整的和汉混合文体写成，笔意生动而富有感情。
② 内村鉴三（1861—1930），日本明治、大正时代的基督教宗教教育家。1884年至1888年在美国深造。回国后任第一高等中学校讲师，1897年任《万朝报》英文栏主笔。抨击既存教会的繁文缛礼，主张开展以研究《圣经》为中心的无教会运动，其宗教自由思想吸引并影响了一批青年。著有《〈圣经〉之研究》《基督信徒的慰藉》《求安录》《我如何成为基督信徒》等。
③ 冈仓天心（1863—1913），日本明治时代著名的美术家、美术评论家、美术教育家、思想家。冈仓天心是日本近代文明启蒙期最重要的人物之一，致力于向全世界宣传日本及东方文化，强调亚洲对世界进步所做出的贡献。1903年至1906年，他用英文撰写了《东方的理想》《东方的觉醒》《日本的觉醒》《茶书》等重要著作。

的著名文学家却并不鲜见。可见在当时，夏目漱石敢于以英语进行创作活动，并抱有与英美文学家一较长短的雄心壮志并不是什么脱离时代背景的妄想。

因此，断言"夏目漱石是用日语进行文学创作的作家"，并不是一个百分之百正确的说法。如果不仅仅局限于小说，而是把目光投向夏目漱石所创作的所有文学作品，我们就会发现其中至少有百分之五到百分之十左右，并非属于日语文学的范畴。因为夏目漱石不仅能用汉语进行诗歌创作，也具备使用英语创作各种散文、杂记的潜能。从语言能力的角度来说，他就是一个典型的"三语者"，具备熟练使用三国语言的能力。

当然，尽管我们不能百分之百地去断言夏目漱石就是"日本作家"，但至少可以说他"基本上"是一个"日本作家"吧。而且从民族的角度来说，夏目漱石当然是一个典型的日本人。不过一旦我们谈起所谓"民族的角度"，就又会涉及另外的一些问题了，比如："民族"究竟是什么？有部分观点就认为"民族"一词在很大程度上本来就是人为界定的一个虚构的概念。这样探讨下去的话，就又很容易陷入另一个争论的泥潭了。因此，一般来说，我们也就不会再去做更进一步的思考了。姑且对夏目漱石下一个这样的定义吧：他是一位生活在日本，并使用日语进行文学创作，民族属性为日本人的作家。

充满矛盾的"世界文学"

沼野：正如我们前面谈到的，在关于近代文学的探讨中，我们早已习惯于把"某位作家"和他所属的"国家"做联结了，这就产生了诸如日本作家、俄罗斯作家、美国作家等等关于作家的国别分类。既然这些作家都分属于世界各国的国民文学范畴，那么将世界各国作家创作的文学作品搜罗到一起，是否就可称之为"世界文学"了呢？

事实上，在日本的初高中课程里，我们基本上是不会教授世界文学相关内容的。就算提及了莎士比亚、巴尔扎克这些名字，也不会是在国语的课堂上，而是在世界历史的课程中。而且这些大文豪的名字也往往只是作为各国文化的代表性人物，出现在国别史的框架中。

在日本的学校里，国语教学中即使出现少量关于世界文学的课文，最多也就是外国文学作品的翻译节选。当然了，这也是无可厚非的事情，毕竟，在初高中阶段，学校教育的科目名称就仅仅只是"国语"，而不是"文学"。有一些人甚至认为号称"国语"的教科书里如果收入了外国文学作品的话，会很奇怪。我个人觉得持这种观点的人，目光可能并不太长远。

就是说，在日本的国语教育框架中，我们可以学习、探讨芥川龙之介、太宰治等日本作家的文学作品，却很难系统地认识和了解莎士比亚、陀思妥耶夫斯基等外国作家。而事实上，作为文学家，也许后者的影响力更为广泛和深远。因此我们有理由相信，应该让当代的年轻人更多地去阅读这些真正享誉世界文坛的大文豪的作品，这是我们当前的学校教育应该认真思考的问题。当然了，谈到教育，我们的话题就稍微有点扯远了，针对这个问题我们也就不进一步展开了，让我们回到今天的主题。

虽然我在前面啰啰唆唆讲了一大堆道理，不过就我们普通人的一般常识而言,"夏目漱石是日本作家",这是一个毫无疑问的常识。

然而,就在我们的身边,却又偏偏出现了利比·英雄先生这样非常鲜活的特例。因为如果非要去探讨利比·英雄先生究竟是哪个国家的作家,那么我们马上就会意识到提出这个问题本身就存在是否妥当的问题。在百科词典里关于夏目漱石的条目中,我们可以很容易地给他赋予"日本作家"这样一个简单明了的定义,然而在面对利比·英雄的时候,我们就会感到无所适从。可以说恰恰是因为利比·英雄先生这一类作家的存在,才使得我们开始对"夏目漱石是日本作家"这一思维定式产生了疑问。

在接下来的讲座中,由利比·英雄先生自己来就这个话题做进一步阐述,相信会具有更强的说服力。我们平日里挂在嘴边的"日本作家""日本文学"这些概念,其本质究竟是什么?当我们在言谈中提及"这是日本文学"这句话的时候,这里的"日本"又究竟是什么含义?对于这些问题,我们可能并没有想得足够深入和透彻。

1968年,在斯德哥尔摩举行的诺贝尔文学奖颁奖典礼上,川端康成发表了著名的讲演——《我在美丽的日本》。此时的川端康成为"日本"划出了一个清晰的界限。然而纵观整个当代世界文学领域,想要做出类似"夏目漱石是日本作家"这样的判断已经越来越困难了。面对当今文坛涌现出的许多优秀作家,继续套用这种传统的思维定式,显然是无法准确界定他们的。我甚至可以大胆地推测,对于当今的文学而言,这种现象的出现并不是什么边缘性的次要问题,而是与现代文学的本质息息相关的核心问题。

日本缺位下的"世界文学全集"

沼野：在大家认真思考"日本究竟是什么"的同时，其实还存在着另外一个非常值得我们关注的问题。目前，从文学分类的角度来看，"日本"往往是与"世界"相对而言的一个常用词语，与"日本文学"相对应的自然就是"世界文学"。那么，这里的"世界"又究竟是什么意思呢？

尽管我也曾苦苦思索，然而与"日本"一样，"世界"这个概念也是令人难以捉摸的。就如同"日本"与"非日本"之间的界限已经变得越来越模糊，"世界"这个概念在使用层面上，也有着多样的内涵和外延。"世界"，顾名思义，既可以指我们这个星球上所有的国家，也可以指"宇宙万物"。尽管不像电影《星球大战》里刻画的那么戏剧性，如果我们可以想象在宇宙中除了地球以外，还有其他一些天体同样存在生命的话，在那些天体上的人类是不是也会进行文学创作呢？那么，他们创作的文学显然也应该属于这个庞大的"世界文学"范畴之内。当然，就目前的条件来看，进行这样的讨论又会显得思维过于跳跃，"科幻"感也过于强烈了（其实这也是一个很值得探讨的问题），我们姑且把"世界"的范围暂时限定在地球上吧。"世界"本来是一个佛教用语，即指上下四方，也指古往今来，空间上无边无际，时间上无始无终。在佛教的世界观里，我们这个世界的一千倍的一千倍，再乘以一千倍，才是所谓三千世界（也称三千大千世界），这是何等宏大的视野，而我们人类所生活的这个地球,仅仅只是三千世界里的一粒尘埃。以我们人类目前的知识和能力,恐怕根本难以想象人类以外的其他外星生物会创作出怎样的文学,这个问题显然已经远远超越了我们自身的想象力,所以关于这个问题我们只能暂且不去深究。

总而言之,在现实层面上,我们所能想象到的世界文学,可以概括为"在我们这个地球上的各个国家中,由不同民族用不同语言创作出的大量丰富多彩的文学作品的总和"。这应该就是所谓"世界文学"的本来面貌。然而,在日本(其实在欧美各国也都存在着类似的情况),我们对"世界"与"日本"这两个概念,却存在着比较独特的认识区分。

在日本,我们经常在市面上看到所谓"日本文学全集"一类的读物,同时,相对应的也就有所谓"世界文学全集"。不知道是否应该感到庆幸,最近这样的文学全集已经不如之前那么畅销了,类似的书籍也已经不再大规模出版了。不过,在日本的文学出版史上,以昭和时代初期所谓"一日元本"为代表的廉价版文学全集曾风靡一时,并由此开启了全民追捧文学全集的热潮。一时间,各大出版机构接二连三地推出了以"世界文学全集""日本文学全集"为主题的大型系列丛书。

可以说在我的孩提时代,当时几乎所有的人都觉得"谁要是没有一套文学全集,那就是落伍了"。在家里摆一套文学全集,成为知识分子的标配,似乎只有这样才能彰显自己的文化教养。我的父亲其实只是一位干实业的乡镇企业老板,与所谓的文学是完全不沾边的,但就连他也专门花钱订阅了当时由河出书房出版的《世界文学全集》和角川书店出版的《昭和文学全集》,

其中《昭和文学全集》也就是特指在昭和时代创作的日本文学全集。这些被订阅的文学全集通过附近的书商一册一册地每月按时投递到家中。这样一来，我们家书架上的《世界文学全集》和《昭和文学全集》的册数也就以每月一册的速度持续增加起来，并逐渐占据了书架上很大一片地方。

之所以说这种对"世界"和"日本"的认识区分是一种很有意思的现象，正如前面我们所谈到的，"世界"这个概念本来包括了我们地球上所有的国家，而"世界文学全集"中的"世界"却唯独把日本排除在外。也就是说在日本，"日本文学全集"是相对于世界文学的一个特殊的存在。因此，我们这里谈到的这个"世界"显然是一个名不副实的概念。

事实上，只要翻一翻昭和初期新潮社出版的《世界文学全集》，你就会发现，这个全集里收入的作品全部都是来自欧美作家的，不仅没有日本的作品，日本以外的整个亚洲、非洲、南美洲的作品也都没有被收。也许对于当时的日本人来说，欧美就是"世界"的全貌吧。

其实要说名不副实的话，"全集"这个词也和"世界"一样名不副实。因为如果把世界上所有的文学作品真的全部搜集起来的话，就算有成千上万的图书馆恐怕也装不下吧。所以，所谓的"世界文学全集"其实只不过是世界文学的"名作选集"罢了。而且，这种"选集"的作品遴选，往往都是基于编选人员（不一定是哪个特定人物，也可能是某个社会组织或团体）自身的偏好，是他们世界观、文学观的体现。就这样，选集打着"全集"的招牌，在市面上大行其道，而日本大多数的读者只能抱着这些选集，刻苦钻研，以期汲取文学知识，提高文学素养，实在是很有日本特色。

可以说在日本，时至今日，这种流习依旧根深蒂固，仍然有很多出版社常常把事实上不是全集的东西打上"全集"的招牌盗名欺世。我估计要不了多久，在利比·英雄先生笔力正盛之际，也许就会有出版商大胆地尝试推出《利比·英雄全集》的出版计划。在日本，很多出版社都会将作家的个人作品集冠以"全集"的名号，而事实上这些"全集"不过就是搜罗了这些作家代表作的一种作品选集而已。关于"全集"的话题，我们稍微放一放，回过头来继续讨论"世界"的含义。在日本，当我们习惯性地谈论到"世界"这个概念的时候，大多都忽略了一个事实：日本自身也是世界的一个部分。

仔细思考一下，大家难道不会对这种情况感到非常奇怪吗？在日本，我们编纂了大量有关世界文学的"百科全书"。其中最具代表性的成果首推集英社出版的全六卷《世界文学大事典》。这部全书汇集了日本从事外国文学研究的全部精华，收录了古往今来东西方各国文学相关领域的各种资料，内容丰富，解说详细，所收录的很多文学家的作品甚至连我都未曾涉猎。然而就是这样一部鸿篇巨著，居然把日本完全排除在外，也就是说在这部《世界文学大事典》中你根本找不到包括夏目漱石在内的有关日本文学家的只言片语。难道说夏目漱石就不是"世界文学"的一部分了吗？毋庸置疑，夏目漱石当然是其中的一部分，但是在日本旧有的传统意识中，把日本和世界作为两个相对立的概念加以区隔的倾向是非常明显的。这种认识倾向与日本在世界舞台上究竟处于怎样的地位，以及我们日本人怎样看待自己所处的位置等问题有着非常直接的关系。我们习惯于把世界看作是与日本相隔绝的另一个时空，这种二元对立的世界观在我们的思想意识中烙下了深刻的印记，其影响时至今日依旧根深蒂固。而如今，随着以利比先生为代表的文学新生力量的涌现，我们看到了逐渐打破这一陈旧观念的希望。

日本与世界，谁更伟大

沼野： 自日本明治时代以来，我们在区别"日本"与"世界"的时候，往往隐含着两个完全对立的认识方向，要细数二者的差异并非三言两语所能办到，但如果非要做一个简短归纳的话，一种看法是认为日本是远远落后于西洋或者说世界文明的，觉得我们无论是在科技还是文学领域都无法与西洋文明相提并论，卑躬屈膝地觉得"世界是发达先进的，无与伦比的，而我们日本则根本一无是处"，完全采取一种自虐的认知立场，在追捧世界文明的同时将日本自我矮化，充满着自卑感。

而与这种自虐的认识立场截然相反，另一种看法则认为"日本才是最完美的"。持这种看法的日本人就算不至于明目张胆地宣称世界（主要是指以欧美为代表的西方世界）远逊于日本，也往往坚持认为"外国的那帮家伙根本不能理解日本的优秀之处。日本文化独特而灿烂，绝不能任由其沉沦于平庸的世界而黯然失色"。这种态度与民族主义、国粹主义有着深刻的内在联系。简而言之，就是认为日本文明是伟大而独特的存在，世界文明与日本文明有着本质的不同，是与日本文明所不兼容的异物。

总而言之，第一种立场的人认为"世界优于日本"，第二种立场的人则认为"日本优于世界"，或者即便不这么直白，至少也是抱持着一种"日本是完美的，至于日本以外的世界，怎么样都无所谓"的态度。近代的日本总是纠结于这两种对立的观点，但无论哪种观点，事实上都生硬地割裂了日本和世界之间的内在联系。

这种情况究竟意味着什么呢？它意味着要"把日本作为世界的一部分，把日本人作为国际社会的一分子，和世界人民摆在同一个舞台上，实现平等地交流"这件事情是十分困难的。因此，在文学领域，就算想要做到"求同存异"，却又总会出现一些让人无可奈何的事情。其实，这不仅仅是文学方面的情况，在国际政治和经济领域也是如此。但是，当我们现在开始阅读世界文学的时候，就不要再纠结于"日本更了不起"或者"日本更差劲"的看法了，而是应该毫不勉强地、自然而然地把日本和世界都摆在同一个世界文学的舞台之上来思考。尤其是像利比先生这样的作家，他们才是真正能以客观持平的态度看待世界文学和日本文学的时代旗手。

在我们探讨当今的世界文学时，以利比·英雄先生为代表的这种作家的理想状态之所以会受到大家的重视，还有一个原因，就是来自其独特的越境性。利比先生本人就推出过一部名为《越境之声》的作品，他自己在很多场合也经常把"越境"作为关键词来使用，我自己也经常使用"越境"这个词，不过因为最近大家动不动就把这个词挂在嘴边，我们这里要再想讨论这个话题的话，反倒让人觉得有点不知该从何谈起了。事实上，在20世纪以来的世界文学领域，打破国家、文化以及语言的桎梏，实现自由跨越的生活和创作方式，有着非常重大的意义。但是，这种跨越真的是一种新现象吗？它对于现代文学又究竟意味着什么呢？要解答这一类的疑问，我们的探讨还不够充分。我本人曾以多种形式涉足过"越境文学""流亡文学"等作品。我的一个体会是，这种"越境"现象在20世纪以来，确实显现得越来越突出了，但同时我们也要认识到，这种现象在文学之中，是早有其根源的，绝非无本之木。下面我们也可以请利比先生稍微谈一谈，在《万叶集》出现的时代，日本就已经存在着的所谓"越境文学"。

越境与语言

沼野：当我们在思考有关"越境"的问题时，首先要面对的一个障碍就是语言。即便是登山航海，通过物理性的身体移动来实现越境，往往还是比较容易办到的事情。但是，身体上跨越国境的行为，并不意味着我们就一定能自由切换自己所使用的语言，轻松越过所谓"语言的障碍"。那么语言的越境又是在怎样的情况下发生的呢？

我自己虽然学过几门外语，也在国外待过一段时间，但就语言能力来说，与普通的日本人并无太大的差异。也就是说，包括我在内，绝大多数日本人都是生活在日本的，因此在日常生活中只需要掌握日语就完全足够了。当然了，最近，在日本的一些公司内部，也出现了试图推行在会议上采用英语发言之类的有点强人所难的改革设想。但除此以外，只要生活在日本这片土地上，一般人是完全没有必要说英语或者俄语的。因此，我们无法掌握高水平的外语，是一件理所当然的事情。与其像某些人一样忧心忡忡，认为日本人在学校学了好几年英语到头来却完全不能开口，是教育方面的严重问题，我反倒宁愿相信生活于日语作为母语的环境之下，在有限的课程时间内学习英语的日本人其实已经学得很好了。和美国人的外语平均水平相比较，你就会发现日本的外语教育已经做出了很大的努力，也取得了相应的成绩。

好吧，我们姑且不去深究教育问题了，因为生活在现代日本的日本人实际上也不太有使用外语的机会和必要性，而要用外语去创作小说就更是令人无法想象的事情。然而，另一方面，也出现了像利比先生这样的人，不仅学好了原本对他而言是一门外语的日语，而且对日语的掌握已经远远超出了所谓流利对话的程度，甚至还可以用日语来创作小说。真不知道他是怎么办到的，我只能单纯地表达我的赞叹与惊讶了！人在旅途，究竟是否真的能够就像乘坐飞机越过国境一样，轻松地跨越语言的界限呢？如果能由利比先生亲自现身说法，向我们介绍这方面的"秘诀"的话，那就太好了。

不过，也说不定其中根本并没有什么"秘诀"。在我看来，世界上还是有不少类似案例的，利比先生的例子虽然在日本很少见，但是在世界范围内绝不是孤立的。而且，在了解过其他一些作家的例子之后，我也逐渐明白，要像这一类作家一样使用外语来从事文学创作的话，是需要具备各种必要条件的。并不是说"只要好好学习英语，从明天开始你就能用英语写小说"。所以说，这当然不是谁都能轻易办到的事情，但也没有必要就此绝望。其实，现代意义上的越境，有着更加多种多样的形式，即使不擅长语言学习的人有时也能简单地跨越某些界线的障碍了。就算大家不能用外语写小说，甚至连用外语阅读小说都办不到，我们事实上每天也都在体验着其他形式的越境。

想必大家已经猜到我在说什么了，没错，我说的就是翻译。请大家千万不要忘记了，通过优秀的翻译来阅读外国文学是"越境"最基本的形态。所谓翻译，其实就像是在相关的语言专家的引导下，从一种语言到另一种语言的旅行。通过这样的"越境"，我们便可以阅读用各种语言所创作出来的世界文学了。但是，因为在翻译中译者等同于向导这个角色，他们像是某种反射的镜子，所以翻译究竟是否真的把原文最重要的内容如实地呈现出来了呢，还是在翻译的过程中有所损失、有所变形了呢？关于这个问题，稍后，我也想请利比先生根据自身的经验再谈一谈。

我还想要强调的一点是，我们所讨论的"越境"不仅仅是类似在美国和日本之间地理、空间上的移动，也包括时间上的迁移，比如在古代和现代之间的往来，利比·英雄先生以其自身的研究、创作历程向我们鲜明地证实了这一点。

作为日本文学研究者，利比先生在美国原本是专门从事《万叶集》研究的，特别是柿本人麻吕研究的专家，他在这方面的研究成果也催生出了一部非常优秀的作品《英语读解〈万叶集〉》并且由岩波书店在日本正式出版发行。在作品的序言中，利比先生以其雄辩之词，充分说明了《万叶集》并非陈旧迂腐的古典作品，而是在现代的世界文学中仍然具有强大生命力的杰作。因此，我们也可以说利比先生是目前对于《万叶集》有着极为深刻理解的研究者之一，另一方面，他也是一位生活在当代日本，用日语创作小说的日本当代作家。从《万叶集》的时代一跃进入现代的日本，利比先生同样也是一位时间的"越境者"。

现代日本与《万叶集》相隔了近一千三百年的岁月。想要跨越如此悠长的历史，远比跨越美日之间的物理距离要困难得多。而完成这样的跨越，对于阅读当今的世界文学而言，同样是必不可少的步骤，有的年轻人认为《万叶集》里所写的不过是些编进了国语教科书的陈旧而迂腐的词调，所以根本不会想去理解其中的含义，最多就是死记硬背一下。没办法，这可能就是所有教科书的宿命吧。无论多么优秀的作品，只要一被编入教科书大概都会变得无聊起来。但是，今天，我们并不仅仅是要去重复教科书一般的解说，而是应该试着思考如果把这一部一千三百年前的日本古典大作，当成是现代文学来读的话，那么它又会展现出怎样的魅力呢？

上面，我们一起简单探讨了"日本是什么""世界是什么"，以及有别于这二者的第三条道路，也就是日本与世界之间、古代与现代之间自由往来的"越境是什么"等问题。关于这些内容，我把大家认为比较关键的几个要点都做了简要的描述，也提出了一些问题。不知道听了这些，利比先生您有何高见，还请不吝赐教。接下来，我们就正式进入到讨论的环节。有请利比先生！

"我们的文学"正濒临消亡吗

利比：听沼野先生讲了这么多与文学相关的故事，内容非常丰富，我一时之间竟也不知道该从何谈起了，不过这几个月我只写了一部纪实文学类型的作品，小说创作方面也正犹豫着该怎样开始下一部作品。其实，每当我在现实中获得了某些体验，往往需要再经过两三年的沉淀之后才能付诸笔端，这是我长久以来的一个创作习惯。我现在就正处在这样一个有些迷茫的阶段当中，所以也不敢在此大言不惭地说一些肯定性的言论，毕竟将来可能无法实现。

关于"世界文学全集"和"日本文学全集"这个话题，我之前好像也在别的什么地方涉及过相关的内容。记得当初刚来日本的时候，曾经见到过一部由大江健三郎和江藤淳①担任编辑委员的文学全集，名叫《我们的文学》，这部文学全集排除了战前就活跃在文坛的大文豪的作品，主要选编了战后当代作家的作品。我当时就想过"如果再加把劲的话，说不定自己也会加入这个'我们'的行列"。之前沼野先生提到那种文化上的自卑感和优越感的循环，实在是一种非常荒谬而又十分真实的现象，所以即便是战后已经过了差不多二十年的时间了，相对于全世界的艺术家而言，日本的文学界仍然存在着这种故步自封的主张，用"我们"来界定内外差别的意识还是非常强烈的。事实上，当我自己去书店的时候，也曾清楚地意识到自己有"希望能加入到

---

① 江藤淳（1932—1999），日本文学批评家。代表评论作品有《论夏目漱石》《小林秀雄》等。

'我们'这个行列"的冲动，同时也就产生了"如果能加入的话，我就用日语来进行文学创作"的热情。

这种思潮在我刚才谈到的《我们的文学》中最具有代表性的，是从上世纪60年代到80年代，中上健次①活跃时期的那种文坛氛围。有趣的是，此后，日本的文学界似乎又回到了早先的状态，又或者说对于当时的时代氛围来说，文学界的基本论调已经发生了改变。但是不是真的发生了时代的转变，我个人还是抱着怀疑的态度。

比如，我在这里向各位听众朋友推荐的三本书（参照后文），这三本书的作者中就包括了我认为的当今日本文坛散文写作第一人——多和田叶子②女士。我和她在德国进行过一次访谈，她对我说："利比，你'太日本人'了，你的文字也'太日语'了。"其实，我之所以这么努力，正是因为希望成为这个"我们"的一分子，希望身为白人的我也能和各位一样共享日本文学。可以说我作为一个外国人，能以高水平的现代日语写出《听不见星条旗的房间》这样的作品，我个人是感到非常自豪和喜悦的。但是时隔不到五年，我的思想也有了些许变化，如今再有人说我"太日本人了"的话，反倒令我自己生出了些许犹豫。也就是说，我自己也不太知道这个"太日本人"的评价基准究

---

① 中上健次（1946—1992），日本小说家，曾被称为"日本的福克纳"。代表作有《岬》《凤仙花》等。
② 多和田叶子（1960— ），日本女性作家，毕业于早稻田大学文学系。1982年赴德国汉堡留学，后又前往瑞士苏黎世大学修读博士课程。1991年以《失去脚踝》获得群像新人奖。2011年，以《修女与丘比特之弓》获得第21届紫式部文学奖，以《雪的练习生》获得第64届野间文艺奖。

竟在哪里。所以我也只能把这个话题暂时先搁置一下了。

只是，譬如，从2008年到2009年，在芥川奖这样的高水平文学评奖中，一位来自中国大陆的作家竟然脱颖而出，并最终获得了大奖①，另有一位来自伊朗的作家也获得了大奖提名。此后，我的一个学生，来自中国台湾的温又柔，也入选了昴星（SUBARU）文学奖的佳作奖②。这一系列的变化，真的令我非常感慨！我不禁觉得文学创作的大好时代即将来临了。而且我也感觉到日本方面的论调也在朝着自我肯定的方向发展，日本的主流评论基本都认为日本文学的国际化是件好事，无论你是来自中国，还是来自伊朗，任何人可以创作日本文学，并且都能够得到公正的评价和认可。

但是，让我们来回顾一下最初在2009年春天由这一现象所引发的争论。彼时，来自伊朗的作家席琳·内泽玛菲③用非常流利的日语，创作出了与日本几乎完全没有关系的以两伊战争为题材的短篇小说（《白纸》）。正是这部作品在文学界新人奖的评审会上引发了评论家们的热议，有人甚至质疑作者既然写的根本不是日本的事情，又何必用日语来写呢。质疑的核心在于即使你的日语水平再高，创作这种内容上与日本毫无关联的作品，真的能够被纳入日本文学的范畴吗？针对这一质疑，当时提出最尖锐的

---

① 2008年中国大陆作家杨逸凭借《浸着时光的早晨》荣获第139届芥川奖。中译本译作《时光浸染》，由台湾大地出版社于2009年出版。
② 2009年11月，中国台湾青年作家温又柔创作的《好去好来歌》获得了日本第33届昴星文学奖的佳作奖。
③ 席琳·内泽玛菲（1979— ），伊朗籍旅日女作家，凭借短篇小说《白纸》入围第143届芥川奖，《窗灯》获得第42届日本文艺奖。

反对意见的，我记得正是沼野先生。沼野先生强调，在日本，迄今为止事实上已经存在着大量对英语、法语或者俄语文学的翻译作品了，考虑到这一背景，将这一类在内容上与日本完全没有任何关系的作品视为日语文学也未尝不可。

那么，要说当时我的意见是什么，说实话，我是比较困惑的。当然，我觉得无论是谁用日语进行创作都应该得到肯定，这是无可厚非的事情。但是，我的内心深处一直有个疑问，那就是一部文学作品究竟应该靠什么东西来打动日语读者（包括身为外国人的日语读者）？我个人觉得其中很关键的一点应该是与作者高超的语言表达水平相匹配的思想认识水平。

我的这个看法，与其说是对文学新人的批判，不如说是我个人在这一论述中所抱有的一种文学态度。当然，我的这种态度也许显得有点过于简单了。事实上，文学是一个难以样式化的更加复杂的范畴。如今，当我再一次思考这个问题的时候，我的体会是既然作为日本文学，就应该要能够引发日本的共鸣，引发日本人的共鸣，或者能清楚地反映出创作者与日本的语言之间所建立的深刻联系，以及在融入日本社会时产生的那些难以掩藏的纠葛。

对纯粹语言的关注

沼野：我可以在您阐述的过程中，稍微提一些问题吗？

利比：当然可以。

沼野：在座的各位听众朋友对于利比先生刚才所提到的几位作家，可能还不是很熟悉，因此我想在这里向大家做一个简单的补充。首先是两位与芥川奖有关的作家，其中一位名叫杨逸，她凭借小说《小王》获得了文学界新人奖，之后又凭借《浸着时光的早晨》获得了芥川奖。杨逸现在虽然是一名使用日语进行创作的作家，但她却并非从小就生活在日本，而是一位土生土长的中国人，直到二十多岁来到日本以后她才开始学习日语，并开始用日语进行文学创作。作为一个中国人，以这样的人生经历获得芥川奖，这还是历史上的第一次。

另一位名叫席琳·内泽玛菲的女性作家则是伊朗人。同样，她也是凭借用日语创作的小说《白纸》一举获得了文学界新人奖。正如利比先生所介绍的那样，这是一部以两伊战争时期的伊朗为背景的小说，书中没有丝毫涉及日本的内容。杨逸虽然是中国人，但由于她的小说，描写的是与中日双方都有一定关联的中国人的故事，所以即便是对于日本读者来说，也还是相对容易接受的。在一定程度上，读者大众也能理解这一类作品用日语来创作的意义。但是伊朗的内泽玛菲却用日语讲述了一个与日本完全无关的故事，这才是问题的关键之所在。对于这样的作品，我们又该如何评价呢？如果读者真的想要阅读一些描写伊朗的故事，大可以让翻译家们把那些由伊朗人用波斯语创作的小说翻译成日语版本就可以了，犯不着专门用日语来创作这样的题材，这有什么特别的意义呢？

最后一位作家，也是利比先生的学生，名叫温又柔。虽然她还只是一位1980年出生的青年作家，却已经凭借作品《好去好来歌》获得了昴星文学奖的佳作奖。《好去好来歌》的主人公是一位以作者本人为原型的中国女性,她出生于中国台湾,成长于日本,作品的主题仍然以语言和身份认同为中心,在汉语、日语这两种语言的复杂交错中细致地描绘出主人公的心理感受与意识活动,是一部极具特色的优秀作品。顺带一提,这部小说的题目取自《万叶集》中山上忆良的一首诗歌①。

此外,利比先生还提到了一位名叫多和田叶子的作家。可以说在最近的这二十年间,尤其是在以利比先生和多和田女士为代表的,从事"越境文学创作"的作家们的共同努力下,"越境文学"作为一种文学现象,已经得到了文学界的普遍认可。

其实,另外还有一位作家,虽然不一定能够简单地框定在"越境性"文学的范畴之内,但也值得我们去关注,那就是水村美苗,她的最近推出的《日语灭亡之时——在英语的世纪之中》一书在社会上引起了巨大的反响。水村女士的另一部代表作是《私小说 from left to right》。这本小说的主体虽然是由日语写成的,但是其中夹杂着大量未经翻译的英语内容,是一部日英双语小说,而且全篇采用横向排版。其内容讲述了一对长期生活在美国的姐妹的故事,在描写日美之间的文化"越境"的同时,语

---

① 《好去好来歌》出自《万叶集》卷五,是山上忆良为即将跟随遣唐使团起程前往中国的丹比广成所作的赠别诗,祈祷友人出使顺利,平安归来。"好去"出自唐代传奇小说《游仙窟》中告别时的话语,"好来"意为平安归来。山上忆良(660—733),奈良时代官僚、诗人。青年时曾以遣唐少录的身份跟随遣唐使团留学中国,回国后历任伯耆守、东宫侍讲、筑前守等官职,与大伴旅人交好。山上忆良深受儒学和佛老思想的影响,汉学造诣深厚,他创作的诗歌具有较强的现实主义特点,体现其深刻的人性关怀。

言表达上也力求实践日英双语的自由切换，作为一部实验性小说具有划时代的意义。从这个意义上来说，《私小说 from left to right》也是一种对"越境性"的探索和尝试，但在此之后，水村女士却展现出回归日本传统叙事的姿态，给人们留下了深刻的印象。

利比：感谢沼野先生的补充。您谈到的这一现象对于当下的日本文学来说，确实具有某种象征意义，但实话实说，我觉得自己的创作跟这些人并没有太大的关联，反而更趋近于津岛佑子①、岛田雅彦②、宫内胜典③这一类活跃在日本国内的后现代派作家，或者在日本国内以摆脱典型的近代文学窠臼为目标的那些作家。此外，刚才您也提到了多和田女士，对于她的作品，如果非要我明确地向大家做一个推荐的话，首先浮现在我脑海中的便是她的《Exophonie——走出母语的旅行》。该书尝试用日语来诠释世界文学，与沼野先生的《通向 W 文学的世界——跨境的日语文学》一样，是近年来涌现出的一部十分难得的佳作。

---

① 津岛佑子（1947—2016），日本女性作家。1969 年发表处女作《安魂曲》，代表作品有《草中卧房》《宠儿》《默市》等。
② 岛田雅彦（1961— ），日本作家，就读东京外国语大学俄罗斯语系时创作的《献给温柔左翼的嬉游曲》入围芥川奖，开始受到注目。1984 年以《为了梦游王国的音乐》获得第 6 届野间文艺新人奖，1992 年以《彼岸先生》获得第 20 届泉镜花文学奖。
③ 宫内胜典（1944— ），日本小说家、散文家，出生于中国东北的哈尔滨，幼时生活在日本九州的鹿儿岛县。曾游历欧美、中东、非洲、南美六十余国，1979 年以《南风》一作文坛出道。1981 年凭借《金色的象》获第 85 届芥川奖提名和第 3 届野间文艺新人奖。2011 年《魔王之爱》获第 22 届伊藤整文学奖。

对我的创作情况比较关注的朋友们也许对这部作品已经有所了解了，但是，在社会上读过这本书的人可能并不多。"Exophonie"是作者生造的一个新词，前缀"Exo-"是"出口""外出"的意思，后缀"-phonie"的含义则是"声、音"。合在一起就是"外出之音"，或者"外出之声"。作者虽然身为日本人，却使用德语进行文学创作，还在作品中进一步指出，使用外语进行创作将会成为21世纪文学的常态。她认为要满足时代的需求，作家必须有能力进行外语创作，或者在使用母语进行创作的同时，也要对外语有着相当程度的敏感认知。从某种意义上说，这一带有宣言性质的观点具有相当强的说服力，这种现象以欧洲为中心，席卷了整个世界。

当我初次阅读这本书的时候，我就发现作者在第一页中指出了一个非常重要的事实。那就是直到这本书出版为止，我们很多人都认为但凡人类用母语以外的语言进行的创作，都有着某些政治、历史，或者经济上的缘由。包括所谓移民文学，或者以英国为中心的后殖民主义文学，比如：曾受到英国殖民统治的印度人来到英国，用英语写作；或是非洲人从小学习法语，移民到法国后一边忍受着白人种族主义者的欺凌，一边用法语进行创作；又或者是20世纪典型的流亡文学，如在流亡欧洲的俄罗斯作家弗拉基米尔·纳博科夫①，他也用俄语以外的语言进行了大量的创作；等等。

所以，如果没有政治、历史上的缘由，或者经济上的动因，人们并不会特意回避自己的母语而采用另一种语言来进行文学创作。在这样一个长期性的大前提之下，当我们仔细品读多和田女士的《Exophonie——走出母语的旅行》之后，我们才会深刻地理解人类从来就不是这么单纯的一种生物，并不是所有的外语创作都源自某些政治或者经济上的理由，事实上每一部作品的创作背景都脱胎于每一个具体作家个人所面临的独特的创作契机，其内涵千差万别，是很难一语道尽的。

多和田女士认为，这些以个人契机为背景的外语文学创作具有极高的正当性。记得我自己刚作为作家出道的时候，很多人都不理解为什么一个美国的白人会专门用日语来进行文学创作。社会上曾充斥着各种流言蜚语，觉得这里面肯定有什么古怪，或者觉得这是西方人在愚弄日本，简直是把日本文学当成了儿戏。甚至时不时还会听到有人质疑我的作品"根本就是编辑写的，'外人'② 是写不出这样的日语的"。而多和田女士的出现，则令我

---

① 弗拉基米尔·纳博科夫（1899—1977）俄裔美籍作家。出版小说《王、后、杰克》《圣诞故事》《防守》《眼睛》《荣誉》《黑暗中的笑声》《天赋》《斩首之邀》，并发表和出版了一些翻译作品、诗集、诗剧和剧本。剧本《事件》与《华尔兹的发明》在巴黎以俄语上演。1955年他的代表作《洛丽塔》由巴黎奥林匹亚出版社出版，并获得了巨大成功。1958年，《洛丽塔》在美国出版。这期间，他还出版了《菲雅尔塔的春天》《普宁》《纳博科夫十三篇》等作品，并与独子德米特里合译出版莱蒙托夫小说《当代英雄》。
② 外人，是日本人对外国人的一种不算尊敬的称呼，带有非我族类、内外分别的意味。类似于汉语的"老外""洋鬼子"。

所感受到的压力获得了极大的释放。我觉得终于出现了一个能理解自己的人了。因为多和田女士作为日本人，却是在用德语进行创作，而且没有任何政治上的理由。

对我来说，这是一个非常有趣的现象。我也曾在中国台湾跟多和田女士深入探讨过这个话题。以我个人为例，我生于美国却来到了日本，又在孩提时代作为美国外交官的儿子随父亲去了中国台湾。正因为有了这样的人生经历，我才前往中国大陆，并且用日语来描写中国的故事。如今，我已然成为日中文化交流协会的成员，在自己的创作背景中，也同时拥有美国、日本以及中国的元素。由于本人的创作主题基本都集中在美国、日本和中国，而在近代的历史框架中，美、日、中三方又曾经存在过战争关系，因此我的作品也常常被解读为是在错综复杂的国际力量关系中诞生的产物。

但是相对而言，多和田女士选择德国的语言进行创作而不是俄罗斯、中国或美国的，这一点就非常耐人寻味了。因为在日本和德国之间，并没有类似侵略或被侵略的国际政治关系。而且，她的作品中也并未掺杂任何作者本人的政治倾向，其作品的政治立场可以说是相当中立的。用多和田女士自己的话说，她之所以用德语进行创作，就单纯只是因为喜欢德语这个语言而已。对于她来说，在德语这门语言中存在着日语所不具备的神奇的创作潜力。我觉得她能够把"我也想（用德语）写作"这种非常纯粹的信念，如同诗人的灵魂一般持续地注入自己的德语创作之中，这一点是非常令人钦佩的。也许对于她而言，这就是德语所具有的独特魅力吧。

我所从事的创作是试图用日语来描绘现代的中国社会，这既可以说是一种先驱性的尝试，也可能只是我自己的一种幻想，但我仍然准备在这一领域继续耕耘下去。但是这就必然要面临如何正确处理中日两国文化之间的历史关系问题。在过去两千多年的历史中，中国一直处于文化上的优势地位，只是到了近代以来的一百三十余年间，日本才在文化上有了堪比中国的短暂辉煌，再加上近代以来日、美两国关系戏剧性的发展，这样复杂的文化纠葛不可能不在文学作品中有所反映，这也是现今大多数人的普遍认知。因此也就有人会质疑多和田女士在《Exophonie——走出母语的旅行》中所提出的"纯粹的语言之旅"是否显得过于单纯了。在我看来，这样的争议可以通过类似物理学和数学之间的关系来加以理解。如果把诗比作数学的话，多和田女士就是一个使用语言的数学家，而我的创作则没有她那么纯粹，可能更接近于物理学者的工作。您觉得呢？我觉得沼野先生对于我刚才的意见应该也有自己的思考吧。

为什么要坚持用日语进行文学创作

沼野：您所谈到的内容我非常理解。我的专业本来是俄罗斯文学和波兰文学，在我看来，文学必然要经历一个在政治和意识形态的互相纠缠中不断被塑造的过程，这恐怕也是文学创作需要一直背负下去的一个必然前提。因此，对于多和田女士提出的所谓"纯粹的文学"这种意见，也许很多专家的评价都容易显得过于严苛了。正如您所说的那样，多和田女士是在尝试以一种更加纯粹的方式开启某种带有实验性质的语言世界之门。俄罗斯文学或者东欧的流亡文学通常以政治、革命、战争等社会事件为中心，从未考虑过有所谓"纯粹的语言实验"，因此，多和田女士的这番尝试反倒显得不落俗套，也更加难能可贵。另一方面，与之相对照，利比先生的作品不仅反映出他本身处于支配和被支配的政治权力关系中不得自由的窘境，也正因为这种逼仄的境况，导致作者迸发出试图打破桎梏获得自由的强烈的"越境"意识。我觉得这才是利比先生文学作品中的力量源泉。

既然提到了这本《Exophonie——走出母语的旅行》，我也有两个问题想要请教一下利比先生。第一个问题算是老生常谈了，可能您也已经回应过无数次了，而且也是在您的散文作品中有所提及的一个问题——您为什么要坚持用日语进行文学创作呢？多和田女士说她并不是迫于政治或经济上的原因而进行的文学创作，纯粹是因为用外语写作给她带来了巨大的创作乐趣。那么利比先生，您究竟是怎么想的呢？特别是如今您已经成为一位名副其实的日语作家了，在这个节点上回顾初心，您对自己有何评价呢？

另一个可能也是您经常被问到的问题，利比先生您自己就没考虑过用英语进行创作吗？多和田女士是双语作家，她在创作日语作品的同时，也创作德语的小说、诗歌，还会把自己的作品从一门语言翻译成另一门语言。最近，我稍微计算了一下她的单行本著作的数量，虽然厚的作品并不是很多，但是两个语种基本上都各有三十本左右，在日语和德语的创作量上可以说大体相当。此外，纳博科夫的俄语著作和英语著作的数量也大致相同。与此相对，利比先生在美国作为日本文化的研究学者也积累了大量的经验，而且您的博士论文也是用英语撰写的，但是作为小说家，您却一直保持着只用日语创作的态度。这是为什么呢？您今后也没有用英语进行创作的打算吗？

利比：其实当我过了花甲之年后，就感觉用什么语言写都无所谓了。在我年轻的时候，差不多二十岁左右吧，我有一种很浓重的情结，特别是在日本人面前，对于自己不是日本人，因而难以融入日本社会这一事实有着很深的自卑感，这种情结一度令我感到非常苦恼。

怎么说呢，这恐怕还是与日本社会是否真正实现了国际化这个问题大有关联。在我年轻的时候，整个日本社会对所谓"老外"的基本认知就是：这帮老外是看不懂日语的，更别说写日语了。更极端地说，即使他们知道你正在读《万叶集》，他们也会认为从民族属性上而言我们这些老外是无法理解作品内涵的，更有甚者，甚至打算从生物学的角度去否定外国人解读《万叶集》的可能性。这是当时日本社会看待外国人的主流态度。

关于这个问题，虽然很多专家都有着自己的相关评论，但是在这里我想指出的是，也许正是由于二战失败的冲击，相较于战前，这种对于外国人的抵触情绪在战后变得更加极端了。我总是在想，我要是能生于明治、大正或者昭和初期那些对外国人的态度比较和缓的时代就好了！遗憾的是人类没有办法选择自己所诞生的时代，我的运气不佳，正好遇到了这么一个世道。如今回想起来，我之所以创作《听不见星条旗的房间》这部小说，一个主要的动机就是极力想要证明"自己虽然是个外国人，但同样可以用日语来表达自己的思想"。

个人投身文学创作的初衷或许有些荒诞可笑，然而这并不代表其作品也一定就是荒诞可笑的，这大概就是文学的魅力之所在吧。事实上，文学作品的作者本人并不需要非得去树立一个多么宏大的目标，作为文学创作的契机，即便是源自一些看似荒诞的念头也都已经完全足够了。因此，我愿意再重申一次，我用日语进行文学创作的契机，事实上就是来自对日本人抱持的一种情结。一种由日本人的集体性情结衍生出的我个人的情结。而在我看来，这种情结恰恰是支撑日本文化的重要力量之一。我甚至觉得如果丧失了这种情结，日本文化也将不复存在。比如说，如果去中国的话，你就会感受到中国人有着一种很深刻的觉得自我不足意识。那种意识产生于鸦片战争以来的近现代历史，但却并不一定是一种情结，而且也并不一定是多么复杂的东西。因为明白了这一点，我就开始觉得所谓"中华思想"的这种说法不过是日本单方面对中国的解读罢了。

为什么这样说呢？我小的时候曾经住在中国台湾，此后在中国香港也生活过一段时间。可以说自幼年以来我就一直从周边的视角眺望着中国大陆（内地）。但对于只了解中国的人来说，大概很难有这种认知。更何况，现在的我还没办法用汉语去创作。

为什么会出现这种情况呢？可能是因为在日本的书面语中，存在着由其他各种语言复合而成的情况吧。古代，从中国传来的文字经过变形生成了平假名，到了我开始认识、了解日本的时候，片假名也得到了广泛的使用，罗马字更是把不同文化的文字与日语的发音融合在了一起。可以说，我们从语言学的角度和感性的层面，很容易就能发现，对于他国的语言，日语中一直存在着能够形塑出某种自卑情结的素材。而中国却没有这种情结。因此我觉得我的小说只能通过日语来进行创作。现在做结论也许过于草率，不过，听了沼野先生最初的讲话之后，我觉得在文学领域中引入"我们"这种概念，可能是只有在日本这样的社会文化环境下才会存在。不知道其他的国家会不会有这种情况呢？譬如在俄罗斯，也会存在所谓"我们的文学"或者"世界文学"的观念嘛。

沼野："国民文学"这个概念，本身就带有某种意识形态层面的内涵，任何近代国家都存在这样一种倾向，就是通过划定"自己国家的文学"这个概念，来突出其特殊的价值。日本所谓的"国文学"也是其中之一吧。但是，根据国家的不同，这种情况也是存在些许差异的。

事实上，俄罗斯人对于"我们"和"他们"这两个领域的事物，在心理上有着相当强烈的差别意识，这种心理上的差别也很大程度地反映在了俄罗斯的文学教育方面。与日语中的"国文学"相似，俄语中所使用的提法叫作"祖国文学"。而与之相对，由于美国是一个移民汇集而成的国家，要像这样给美国的文学订立某种一元化的框架就不是一件容易的事情了。至少要在英语中，去强调所谓"我们的文学"或者"我国的文学"还是比较困难的。而在俄罗斯和美国这两种情形之间，日本显然更接近于俄罗斯。在日本人的意识中，对于区别属于"我们"的自己人和非"我们"的外人仍然有着很明显的倾向。甚至整天大言不惭地叫嚣着"日本文化冠绝于世"的也还大有人在。

持续探访中国的缘由

沼野：读过利比·英雄先生作品的人应该都知道，虽说他一直坚持用日语创作小说，但是在创作的间隙，甚至创作过程中，利比先生却不断地经由日本造访中国，最近甚至获得了一个新的名号——"用日语描写中国的作家"。

在这里，我就想稍微请教一下利比先生了。美国、日本和中国之间在历史和现实中存在着影响与被影响，或者侵略与反侵略的关系链条，面对这样一种复杂的三角关系，我用一种可能稍显草率的说法来形容吧，欧美那些在年龄辈分上较利比先生大的日本研究学者中，往往存在着这样一种倾向，那就是伴随着研究和翻译工作的深入，当他们一旦领略到日本文化的独特魅力时，就很容易会深深地沉浸到日语和日本文学的世界中，并在那里寻找到自己心灵的安身之所。而作为学者，您的日本研究之路也是自美国起步的，但是您却并没有止步于最初的研究对象——日本，您虽然最终选择了以小说家的身份，用日语进行文学创作，却并不受制于日语，而是进一步跨越到了汉语的世界之中。您和先前世代的那些研究日本的学者相比，为什么会呈现出如此特立独行的一面呢？是因为不断跨越各种境界的藩篱对于您的创作而言至关重要，或者只是单纯地因为您自幼便与中国有所亲近呢？

利比：要回答这个问题可能还真有点复杂呢。回顾我的个人生涯，1989年我从斯坦福大学辞职，1992年创作《听不见星条旗的房间》，并获得了野间文艺新人奖。在此之前的二十年间，我一直希望自己能够长期在日本生活。那时候，在我的意识之中，普林斯顿和新宿之间有着十分奇妙的联结，我也因此频繁地往来于两地之间。我从三十岁到四十几岁的这十多年里，一直想要在日本长期生活，变成日本人，甚至希望从精神上蜕变成为一个能够获得日本社会认同的真正的日本人。我的内心就这样一直受到追逐、归属、跨越等各种情感的驱使，不断地游移飘荡。这期间我在美日之间大概往返了四十余次。虽然获得了各种奖学金的资助，也进行了一些无关痛痒的学术研究，得到了很多资金的支持，但是当我定居于日本，并作为日本的小说家获得了社会的认可之后，就立刻萌生了走出日本到另一个地方去看看的愿望。

也许一切都是命运的安排吧，大约是在上世纪 80 年代末，一本叫作《月刊现代》①杂志的负责人邀请我前往中国访问。我带着十分轻松的心情参与了杂志社安排的采访工作，正如我在前面提到的那样，中日语言的差异，以及这种差异所体现出的两个社会不同的思想情结，让我对语言的认知受到了巨大的冲击。当我来到北京的时候，这种对于语言认知的冲击，与我当时所萌生的走出日本的愿望，以及儿时的对中国的记忆相互交织缠绕，构成了一种独特的体验。作为白人的我，于是尝试着用日语记录下了这一体验，才最终催生出了一部与中国有关的小说。

在那之后的一段时间里，我开始陷入了一种不知所措的境

---

① 《月刊现代》，创刊于 1966 年 12 月，主要面向白领男性的杂志，内容涉及政治、经济、社会、传媒、体育、健康、教育、夫妻情感等多个领域，2009 年 1 月停刊。

地，但不管怎样，我还是频繁地造访中国，回到日本后也创作了包括纪实文学在内的各种作品，我到现在也弄不明白那种发自内心的狂热之情究竟是怎么一回事。我想大概是因为我感受到了对于日语来说，比起在美国和日本之间的来来往往，中国和日本之间的跨越更具有某种本质性的联系吧。

所以，切换到多和田女士的角度，我想她应该是以日本人的身份与德国产生了某种联系。而从水村女士的角度考虑的话，她就应该是以日本人的身份与美国产生了某种联系吧。也就是说，在我看来这两位作家，一位代表着日语和德语的对照，另一位代表的是日语和英语的对照，而我则在日语和汉语的对照中发现了与她们有所不同的另一种表达的可能性。

刚才，沼野先生提到了西方学者从事东亚研究的相关话题。在欧美，所谓的东方学除了各位所熟知的日本学以外还包括汉学，前者从事日本研究而后者则属于中国研究的范畴。不过，比起日本学的研究，对中国的研究有着更为悠久的历史。有不少人认为，在近代的历史中，欧洲对日本的评价一直是偏低的，而对中国的评价则显得过高，但是考虑到汉学的历史影响，这种不平衡即使到了今天仍然是一个比较普遍的现象。比如说，在我差不多十七八岁，还是普林斯顿大学一年级学生的时候，同样属于东亚研究的日本学和汉学，仍然会经常受到区别对待。

自从1949年中国革命胜利以后，西方人在相当长的一段时间内，不能随意进入中国。所以，从这个意义上讲，我在1993年所感受到的，是一个已经从"我们"所能体验到的领域中消失了很久的真正的中国。当然，找这里所说的"我们"，指的是咱们日本人常说的属于"资本主义阵营"的西方人。

要说我在当时是一种怎样的心境,就不得不提到我所喜爱的另一位作家安部公房①了。安部公房以他自己年轻时在中国东北的经历为基础,创作出了一部在精神上十分阴郁的被称为"黏土墙"的小说(后以《道路尽头的标志》为题,由日本真善美社出版)。在这部小说中,安部公房细致地描写了在中华人民共和国成立以前,尚未获得解放的中国东北的情况,以及在当时社会环境中彷徨无依的一个日本青年的故事。小说行文激荡,笔触浓烈,令人印象深刻,是我一直以来都很推崇的一部作品。

而到1993年江泽民担任中国国家主席时,中国在做什么呢?就我个人的理解而言,中国在开始大力发展经济。经济建设的思想变成了社会主流。经济建设成为中国的社会主义初级阶段基本路线的中心。

这就是1993年到1995年之间的中国国情。而要发展经济就必然要求国家满足社会中个体自由流动的需求。于是,像我这样的外国人在时隔四十年之后终于又可以再次来到中国大地上旅行了。可以说除了个别地方以外,大多数地方都可以成为你探访的目的地。你大可以坐着各站停靠的慢车,在自己喜欢的车站下车,和农民促膝闲谈。

为了探寻时代变迁遗留于中国的那些残影,我不断旅行,并

---

① 安部公房(1924—1993),小说家、剧作家,与三岛由纪夫并称为日本战后派作家的代表人物。1948年发表作品《道路尽头的标志》(国内也有译者译作《终道标》)。安部公房与中国渊源颇深,早年曾生活在沈阳,读者经常能在他的作品中发现中国东北的风土人情。

尽我所能地用日语记录下了这一次次旅行给我的精神世界所带来的巨大冲击。同时，对于我近年来的创作而言，这些来自中国的丰富体验又成了最具可塑性的文学素材。

谈到我自己写的小说，其实我也创作过很多类型不同、题材各异的作品，不过令人出乎意料，我的纯文学类作品中比较畅销的却是《听不见星条旗的房间》和涉及"9·11"恐怖袭击事件的《支离破碎》，并且这两部作品还获得过一些重要的文学奖项。而我的那些描写中国的小说却很难畅销或得到较高的评价，或许是因为人们觉得一个美国佬用日语讲述有关中国的故事没有多大意义，直到2009年，我才凭借《假水》这部作品拿到了伊藤整文学奖。

这部《假水》用日语的表达方式将我当时在中国大陆的切身体验如实地反映在了作品之中。小说题名为《假水》，其中"假"这个字在汉语中读作"jiǎ"，是"不真实、伪造"的意思。如今这世道一个不留神，什么东西都能跟"假"字沾上边，不只有假钞，还有假酒、假烟，甚至假日本人、假军官等等。而当时我所认识的中国人，每个月领着微薄的工资，有些人的月收入还不到一千元人民币，一旦收到一张假钞，就意味着三四天的工资化为乌有，害得有些人的生活到了无以为继的地步。普通的中国民众只能非常小心，甚至连我本人都有过这种切身体验。那是坐落在"丝绸之路"东端的一座城市，城市西郊有一家饭馆，我进去买了一瓶四块钱的矿泉水，喝进嘴里时却发现味道有点不对，谁知没过多久就拉肚子了。我赶紧吃了从日本带来的止泻药，竟然不起作用，没办法，只能吃了一整天的豆腐，等身体慢慢恢复。

此后，我乘火车回到中国大陆的东部海岸，跟熟识的中国朋友聊起了这件事情。我的中国朋友马上说道："你怕不是遇到假水了吧。"这里所谓"假水"是"伪劣的水"的意思，但是当对方提到"假水"这个词的时候，首先在我脑海中反映出的日语却是"仮の水"①。这样一来，我突然意识到这个"假"字（或者"仮"字）已经不仅仅是一个关于"真假"的概念了，更涉及千年以来日语中的一个重要主题——"假借性、临时性"。现实中的一个汉语词语就这样与另一个时间轴中的日语联系在了一起。由此，我将这一段旅行的体验用日语写进了小说之中。这也是我所创作的所有有关中国的作品当中，第一部获得日本文学重要奖项的小说。

那时候我就在想，水村女士在她所使用的英语当中，或者多和田女士与德语之间的碰撞，恐怕很难领略得到这样的趣味吧。我如此频繁地造访中国，也正是为了追寻这一乐趣。当然，这并不意味着我成了所谓的亲中人士，也不是因为厌弃了日本，而仅仅是为了追寻这种语言上的乐趣。时至今日，我的这种追寻仍在持续，而《假水》只是少有的一个成功例子罢了。

---

① 日语中的"仮"字源自汉语的"反"字，常常用来表示"假借、暂时"的含义。日语的"仮の水"应该理解为"假借的水、临时的水"，与汉语的"假水"，即"伪劣的水"实际上是有语义差别的。而这种日语和汉语的差异，恰恰给《假水》的作者利比·英雄带来了语言认知上的独特体验。

在布什和本·拉登的语言面前

沼野：从日中语言交流的角度来看，《假水》确实是一部非常有趣的小说，正如利比先生所说，日语和汉语之间存在着微妙的差异。毋庸置疑，在漫长的历史上，日语从汉语中汲取了非常多的经验和智慧，但是在不同的文化和历史背景下，由于日语和汉语终究是完全不同的语言体系，即便是从汉语中借用了大量的字、词、发音等语言素材，当这些语言素材融入日语时，也会产生复杂而微妙的变化。日中之间对于"假（仮）"字含义的认知差异也是这么来的。虽然使用同一个汉字，却存在着各自不同的语感或意涵。在日中两种语言中，类似这样的词语和表达方式还有很多。

比如日语所使用的文字符号，汉语叫作"假名"，包括"平假名""片假名"，不过，事实上"假名"本来是对应所谓"真名"的一个概念，就是"假借"来替代"真名"的意思。

利比：对于汉语来说，日语的那种标记符号确实应当称为"假名"。

沼野：嗯，是的。因此，如果追溯到"假名"的起源，那么在日本这个"假（仮）"字的使用方法确实有着非常独特而悠久的历史。您在涉及美国"9·11"事件的小说《支离破碎》中，也提到过自己曾尝试着将美国电视节目中播放的英语译成日语，结果翻译出的日语却非常奇怪，产生了明显的不协调感。

从这个意义上来说，《支离破碎》也是一部语言性很强的小说。但是比起英语和日语，汉语和日语之间显然有着更悠久的历史关系和更复杂的文化联系，因此，可以说《假水》将一系列更为复杂的语言问题呈现在了我们的面前。但是，相较于其他的政治性的议题，我觉得《支离破碎》也同样体现出了在语言之间实现"越境"的可能和极限。

利比：正如您所言，在推出《支离破碎》这部小说的时候，我经常听到类似这样的评论。"9·11"恐怖袭击事件发生时，我正在加拿大的温哥华。电视上不断播放着美国总统小布什的演讲和本·拉登的录像声明。当时我发现布什的演讲中出现了一个英语关键词，用日语的话，只能翻译为"作恶的人们"① 这种怪异的说法，而另一方面，本·拉登则在视频中对自己口中的所谓"异教徒们"② 语出恐吓。然而，在英语和阿拉伯语之间，或者说在基督教和伊斯兰教的文化脉络中，这两个语感十分强烈的关键词都无法直接用日语中的词语来翻译，只能用这种不伦不类的日语来表达，这一现象让我意识到在语言的背后有着更深刻的文化内涵。尽管二者都无法抹去其中的政治性因素，但是我从"对某种语言的不理解"发展到"只想要纯粹地说（使用）某种语言"的思想变化，却恰恰根源于此。

---

① "作恶的人们"，原文为"evildoers"，是典型的基督教徒惯用词，汉语中一般译为"歹徒"。
② "异教徒们"，阿拉伯语原文"كافرون"，汉语音译为"卡菲尔"，是对不信仰伊斯兰教的人的蔑称，英语翻译为"infidels"，和日本类似，中国国内一般把这个词翻译为"异教徒"，但是语感已经显得较为中性化了。

沼野：《支离破碎》这部小说在文坛获得了很高的评价，还夺得了大佛次郎奖，也可以说是我个人十分推崇的一部作品。现在我手头上就正好有这本小说的文本，所以我参考了一下利比先生提到的那部分内容，在温哥华的酒店里，主人公爱德华从电视上听到一个操着得克萨斯口音的人频繁地重复着同样的话语。而主人公对话语的内容，却不由自主地思索起来。

> 那人说"evildoers"。
> 我脑子里突然蹦出一个很烂的日语表达——"作恶的人们"。这实在是一个没法儿用日语直接翻译的词啊。我只在四十年前的主日学校里听到过一次，从那以后就几乎再也没有听到过有人提到这个词了。两栋大厦就像沙雕的城堡一样在眼前崩塌，即便是身处其中的罹难者，恐怕口中也喊不出这样的词吧。①

主人公立刻意识到在电视上说话的人正是美国的新任总统小布什。

而就像刚才利比先生提到的那样，再过片刻，当爱德华看到电视台为本·拉登的录像画面所配的英语字幕时，脑海里便开始浮现出一种诡异的幻景。

---

① 因小说《支离破碎》未有中译本，所引用的作品内容为本书译者译。——编者注

infidels

英语的字幕打在画面上。

异教徒们，

一瞬间，爱德华觉得自己仿佛在观看一场一千年前的电视辩论。

眼前一掠而过的是：沙漠，由钢筋和玻璃幕墙构成的高楼化作城堡，在自己的脑海里又再次开始崩塌。

读到这里，我们就会发现这部作品除了深入地探讨了相关政治议题以外，还运用了极为高超的语言表达手法。只是，在英、日两种语言之间，由于语言鸿沟过于明显，导致出现英语中的个别词语无法用日语表达的情况，或者说即使勉为其难地翻译出来，也会显得非常蹩脚。这一现象从另一个侧面反映出英、日两种语言之间存在着所谓"翻译的极限"，非常值得我们细细玩味。而与之相较，日语和汉语之间的关系则更为复杂、微妙。

利比：纵使日语和汉语之间存在着复杂的联系，然而在日本，关于中国的故事却难以流传开来，我觉得其主要原因还是日本社会对中国的市井民情等基本信息缺乏认知和了解吧。有些朋友在看过我写的有关中国的作品之后，甚至评论道："利比最近写的书，基本都是关于金钱方面的内容啊。"言下之意，我的作品只谈论经济类话题，我不能算得上是个文学工作者。

近百年来，在日本文学界内部一直有一个不成文的规定，那就是尽量回避经济类话题，文学作品中也往往存在着一种排斥数据的倾向。鉴于北京、上海等大城市已经发展成为大都市了，所以我现在去中国，并不喜欢待在这些大城市里，而更愿意去深入探访中国内陆广袤的腹地。

我很热爱语言，所以对方言也很感兴趣，只是碍于中国的方言实在太过复杂，相关资料也不够全面，很难一窥究竟。不过，实地生活差不多一星期左右，我也能逐渐适应当地的方言。结果当我意识到自己已经能够听懂方言时，会立刻发现当地人社会生活中的主流话题仍然是以经济活动为中心的。聊天的内容多是诸如去哪里打工能挣一千两百元；哪家面馆很贵，一碗面竟然要卖五元；想置办点家当竟然要花五千元；或者火车软座票只要一百五十元之类。

所以，我逐渐意识到中国正朝着经济"市场化"的方向蓬勃发展，一场经济大变革的序幕正在拉开。这一巨大的变化意味着什么呢？这不正是后冷战时代作为世界主流的市场经济的呼声吗？它标志着中国的老百姓即使身处内陆偏远的腹地，也在积极回应着这一呼声。我试图用日语来还原我所经历的一切，但令我苦恼的是，这一宏大的社会变革是很难用文学来反映的。不得已，我只能沉浸在各种经济数据的海洋之中，任由数字的原始张力冲击着我的感官，而这种体验也只能诉诸纪实文学。抱歉，我把话题扯远了。

李良枝的重要性

沼野：我看您谈兴正浓，咱们讲座中途就不中断了，节省下休息的时间，我们继续聊下去。

今天,我们谈到了美国、日本和中国的关系,利比先生给我们分享了很多他自己的看法。此外,利比先生对于语言的一些思考也非常具有启发性,很值得我们仔细聆听。虽然在谈话中偶尔也会涉及一些看似与文学没有什么直接关联的事物,但是能够参与和聆听像利比·英雄先生这样的文学大家的访谈,本身就可以看作是文学的一部分,我个人感到非常荣幸。

其实,我们今天讨论的话题并不仅仅局限于文学理论框架之内,而是以优秀的文学家和文学作品为实例,向各位听众展示文学的魅力。当着您的面将您作为实例,可能有点失礼,不过由您亲自来向各位听众阐释您所参与构建的现代世界文学,会让大家对这一主题有更真切的感受,这对于各位听众和我个人来说,都是一次十分难得的体验。

最后,我想请您就"值得一读的好书"再谈一谈您的看法,以及您在阅读指导方面对我们的听众有什么更好的建议。那么,我这里现在有三本利比先生推荐的作品,其中两部作品的作者李良枝①和萨曼·拉什迪②是在我们前面的谈话中没有提到的两位重要作家,能请您向我们介绍一下这两位作家和他们作品的精彩之处吗?

---

① 李良枝(1955—1992),第三代在日朝鲜人文学的代表作家之一。代表作有《刻》《由熙》《石之声》等。
② 萨曼·拉什迪(1947—),印度裔美国作家。出身于穆斯林家庭,创作了一系列讲述穆斯林文化的小说,小说代表作有《午夜的孩子》《撒旦诗篇》《摩尔人最后的叹息》等。

利比：在座的各位听众朋友中，可能有人之前已经读过李良枝的作品了吧。作为一位在日朝鲜人作家，李良枝是她的汉字姓名，她比我出道稍早了一两年。她出生于日本山梨县，父母给她起了一个叫作"田中淑枝"的日本姓名，直到九岁的时候，她才第一次知道了自己在日朝鲜人的身份，可以说如果没有人告诉她的话，她可能永远也不会发现这个事实，而且将会以一个普通日本人的身份，和其他的日本现代女性一样，一辈子就这样生活下去。而作为具有这样复杂身世背景的一名作家，她创作了一部以主人公的名字为题的小说《由熙》，并一举斩获了第 100 届芥川奖。

《由熙》可以说是一部内容相当复杂的小说，我觉得自己也不太有资格给这部小说做一个定性评价，但是简单地说，核心主旨是一名新时代的在日韩裔女性，即便自己在生活中可能并未受到日本社会的歧视或差别对待，但是面对本民族曾经饱受苦难的历史，她充满着对祖国的无限向往。在二十多岁的时候，她毅然决定前往首尔留学。谁知当她踏入首尔的一瞬间，却深深地感受到自己对韩国文化强烈的抵触情绪。

这种对祖国文化的抵触情绪中最为明显的反应是对韩语的不适，也就是说，她发现自己在语言上根本无法融入韩国社会。主人公虽然知道自己的民族身份，也十分清楚自己的民族在日本社会曾经遭受严重歧视的历史，但是当她想要全心全意地"拥抱"这一民族时，却发现自己的精神世界已经同日语紧密相连，她根本无法从精神构造上剥离日语的影响。这是一个何等艰辛而悲哀的故事啊！

因此，在小说的最后，作者提到了"语言之杖"这么一个概念。清晨，当主人公一觉醒来之时，每每希望借助这根"语言之杖"站立起来，却又在内心深处陷入痛苦的挣扎，自己语言的首字母究竟应该选择平假名"あ""い""う""え""お"的"あ"，还是长得像箭头一样的谚文字母"아"，主人公根本无法做出决断。

小说的内容写到"语言之杖"这里就结束了，而我之所以推崇这部小说的原因，主要在于我虽然没有能力纵览所有的"在日文学"[①]，也不敢做出什么断言，但是就我所了解的"在日文学"中，大多是以民族歧视、故国思恋、韩国政治史，或美日韩朝的国家关系为题材的作品，而从语言问题的角度切入民族身份认同的话题，这部作品还是首例。

因此，我在其他地方也提到过，就算不是日本人或韩国人，比如印度人或法国人读了这部小说也会对这个问题感同身受。更直白地说，所谓民族身份认同的问题，并不是单指某一个个人自身的民族身份属性，而是与其在生活中所使用的语言息息相关的。很多存在这方面困扰的人士都处在两种语言的夹缝之中，而正视这一现象为我们从更广泛的层面探讨民族身份认同提供了更大的可能性。我觉得这一点是非常重要的。刚才我所提到的作家多和田女士，和作为日本社会中的少数族群里最具有政治性的在日韩裔之间，恰恰是在语言问题上存在着某种内在联系。

[①] "在日文学"，此处特指在日韩国人、在日朝鲜人文学，即生活在日本的朝鲜、韩国裔人士所创作的文学作品的总称。

接下来我要介绍一下萨曼·拉什迪的《撒旦诗篇》。由于日文版译者五十岚一①先生的遇刺事件，这本书在日本的新闻界也有一定的知名度。拉什迪在书中对伊斯兰教的先知穆罕默德做出了具有争议性的描写，引来了伊斯兰国家特别是伊朗的批评，伊朗前精神领袖霍梅尼②按照伊斯兰教法对拉什迪宣判了死刑，在国际社会引发了轩然大波。然而，出生于印度的拉什迪是直到少年时代才移居英国生活的，因此与那些由小说引起的宗教或政治性纷争相比，我更看重拉什迪在这部小说中对两种性质迥异的文明的描写。在我看来，就这个作品而言，其内容所反映出的文明差异，远比伊斯兰宗教问题更为重要。

我个人非常喜欢拉什迪的一句话，而且从某种角度上讲，也可以借用这句话来概括今天我对这个问题的结论。他在短篇小说集《东方、西方》③中写道："全世界都在朝我呼喊着，要我做出选择。但是我拒绝选择。"

也就是说，拉什迪面临着非常严峻的精神拷问：自己究竟是印度人还是英国人？一方面按照印度民族主义者的主张的话，作家就应该抛弃那些移民英国期间所经历的一切，回归到所谓真正的印度人的状态；而另一方面英国的白人社会则强调作为一个真

---

① 五十岚一（1947—1991），中东和伊斯兰问题研究专家，著述颇丰，涉及伊斯兰思想、数学、医学、希腊哲学等多个研究方面。因其翻译了萨曼·拉什迪的争议作品《撒旦诗篇》，1991年7月11日在筑波大学校园内遇刺身亡。
② 鲁霍拉·穆萨维·霍梅尼（1900—1989），伊朗什叶派宗教学者（大阿亚图拉），1979年伊朗革命的政治和精神领袖。该革命推翻了伊朗的巴列维王朝建立了伊朗伊斯兰共和国。在经过革命及全民公投后，霍梅尼成为当时伊朗国家政治和宗教最高领袖。
③ 《东方、西方》，萨曼·拉什迪于1994年推出的一部短篇小说集。

正的英国人，多少应该要从英国人的立场出发来思考问题。但是，拉什迪却坚持认为不应该拘泥于所谓的民族立场。在全世界各国向着多民族社会转变且各民族日益交融的时代背景下，抛弃自己多民族身份中的任何一个部分，单方面地去迎合另一种狭隘的民族意识是很不理性的。最终，在所谓民族立场上，拉什迪拒绝采取任何选边站的行为，并在自己的作品中体现出一种更为平衡的创作理念。

这意味着，在拉什迪的身上，我们可以看到两种文化的共同影响，而在他的作品中我们也能感受到两种文明同时并存的事实。总而言之，这个问题已经不属于所谓"异文化共生"的范畴了，而是在探讨单一个体的精神世界中所存在的多种文化并存的现象。

我很推崇拉什迪在这句话中所体现出的理性态度。简单地说，强迫个人在民族立场上选边站的行为，就如同命令对方必须患上失忆症一样，是一种极其粗暴的做法。这就相当于要求对方将其所经历的一切体验统统砍减一半。19世纪以来，帝国主义和民粹主义都热衷于命令人们"选边站"，而拉什迪这种坚持不做选择的态度令我十分钦佩。萨曼·拉什迪堪称当今西方世界优秀的作家，而我认为他这种坚持不选边站的态度正是他获得成功的一个重要原因。

但是，要谈到结论的话，无论是拉什迪，还是生于日本长于英国的石黑一雄①，或是出生于异国他乡的其他作家，包括来自非洲的后殖民主义作家们，没有一位能够像李良枝那样直接地探讨了语言和民族身份认同之间的内在联系。

这正是我所发现的一个不可思议的事实。在东亚诸国中，要追究日本所具有的显著特征究竟是什么，其中之一也许正是民族主义、民族身份认同和语言之间的相互纠葛吧。正因为如此，李良枝才会生出那许多的烦恼，也才会有人觉得无论从生物学还是民族学的角度，十七八岁的我是根本看不懂《万叶集》的吧。

但是，反过来说，我认为日本文学向我们更加清晰地展示了一个重要的事实，那就是人类的所谓身份认同实际上并非源自人种的差别，而是源自语言，源自各民族固有的语言差异。关于这方面的探索，在英国文学、美国文学、韩国文学，乃至中国文学中都未能被真正深入开展过。

问题已经超越了 W 文学的范畴

沼野：谢谢利比先生对两位作者的精彩介绍。作为阅读指导，我也向大家推荐了三本书，在讲座的最后，我们也一起来了解一下这三本书吧。

---

① 石黑一雄（1954— ），日裔英国小说家和剧作家。出生于日本长崎县长崎市，1960 年随父母移居英国并于 1982 年获得英国国籍。1983 年开始发表小说，是当今英语世界著名的作家，四次入围布克奖，并在 1989 年凭借作品《长日将尽》获得此奖。他在 2005 年出版的长篇小说《别让我走》被《时代周刊》评选为"2005 年度十佳小说"和"1923 年至 2005 年间百部优秀英语小说"。2017 年石黑一雄获得诺贝尔文学奖。此外他还被授予大英帝国勋章、法国艺术及文学骑士勋章等多个奖项，与拉什迪、奈保尔一起被称为英国文坛"移民三雄"。

这三本书中，有两本是利比先生的作品。其一为《英语读解〈万叶集〉》，相信对于古典文学有兴趣的读者朋友，这本书应该是很容易上手的，而且功利地说，阅读这本书对提升我们自己的英语水平，或多或少也是有一定帮助的，因此也受到了读者朋友们的广泛好评。同时，这部作品的出版也标志着利比先生作为现代作家的成熟，为其接下来的创作生涯奠定了坚实的基础。

但我们要注意的是，这本书并不单单只是一部用英语介绍日本古典文学的作品，它对帮助我们深入思考世界文学的发展提供了大量富有启发性的见解。把《万叶集》纳入世界文学的范畴来阅读究竟意味着什么呢？那些古老的口语如何才能够准确而优美地翻译成现代的英语呢？原文中有哪些部分是可以顺利翻译，而又有哪些部分是翻译力所不逮的呢？作品在探讨这些问题的同时，也带领读者们更深入地去思考什么是所谓"诗性的感动"，思考超越时空的文学又是一个怎样的概念。

话说回来，之前我们提到过温又柔女士的一部作品，书名《好去好来歌》正是取自《万叶集》中山上忆良的一首长歌。在这首长歌中，山上忆良赞美日本是"受言灵赐福的国度"①，这已经是大家所熟知的名句了，而想要把这句话翻译成英语，却是一件十分困难的事情。利比先生，您能针对这个问题谈谈自己的看法吗？

---

① "受言灵赐福的国度"，出自《万叶集》卷五中"言霊の幸ふ国"，意为"因语言的灵力而带来幸福的国家"。

利比：这句话确实很难翻译。在这里，我借用沼野先生在《东京新闻》上曾经发表过的相关见解来简要谈一谈我个人对这个问题的思考。

怎么说呢，据比较可靠的研究表明，在古代的日本文学作品中首次提到"言灵"①的诗人山上忆良实际上是出生于朝鲜半岛的"渡来人"②。他在为起程前往中国访问的日本遣唐使送别时，创作了这首祈祷使团访问顺利并平安归国的诗歌，而"言灵"一词正是出现在这一文章脉络之下。

也就是说，在各种因缘际会之下，山上忆良作为一个朝鲜半岛出生的诗人，却在为日本的遣唐使送别时赋诗一首，并明确记录下了日本作为"言灵之国"的文化背景。我们可以从很多的层面来深入探讨这个有趣的现象，而就在最近（2009年10月），沼野先生以此典故为切入点，在《东京新闻》上撰写了一篇文艺时评，文章对近来日本社会中涌现出的各种"语言之魂"做了精彩的阐释。在这里，我想跟大家一起来分享这篇文章，并借

---

① "言灵"，可以通俗地理解为语言中所蕴含的灵力。在古代日本，人们认为语言中蕴藏着某种神秘的力量，相信语言中表达的内容会因这种神秘的力量而转化为现实。日本古代文学作品中第一次记录下"言灵"这个词语的是《万叶集》，在《万叶集》中，"言灵"一词一共只出现了三次，其中之一便是山上忆良的《好去好来歌》。

② "渡来人"，广义而言是指古倭国（日本的旧称）对朝鲜、中国、越南等亚洲大陆海外移民的称呼，约4世纪至7世纪从海外迁移到倭国的人口被考古学者称为"渡来人"，不过主要仍是代称由东亚迁徙而来的移民，这些移民主要来自黄河流域、山东半岛、长江流域、辽东半岛、朝鲜半岛，这些人通常是因国内战争频繁或随文化交流传播而移居日本，这些拥有高度文明的"渡来人"在日本传播了诸如农耕技术、土木建筑技术，以及烧制陶器、冶铁锻造、纺织等技术，推动了日本农业文明的发展。

此为今天的讨论做一个总结。

沼野：总的来说，每当我们提到"言灵"这个词的时候，总是被国粹主义者或者民族主义者看作是一个彰显日本文化的例证，认为是有优秀文化的日本为语言带来了灵力，但我却不这么理解。我反倒觉得恰恰是丰富多彩的"言灵"在冥冥之中造福日本。小说《好去好来歌》之所以令人称道，不正是因为发扬了这种精神吗？因此，尽管这部作品在写作手法上仍有稍显稚嫩的地方，但是我仍然愿意抱着一种欣赏的态度去认真阅读。

以上我们简单聊了一些有关于《英语读解〈万叶集〉》的话题。当然，刚才在谈话过程中也提到了利比先生的其他作品，可以说每一部都非常精彩，如果非要从其中找出一两部推荐给各位年轻朋友的话，我觉得被收入"讲谈社文艺文库"的《听不见星条旗的房间》是一个不错的选择。此外，涉及"9·11"恐怖袭击事件的《支离破碎》，和以中国为故事背景的《假水》也可以作为大家延伸阅读的选项。

今天受利比先生的启发，我们也谈到了关于中国的话题。顺着这个话题，我希望借此机会跟各位听众朋友一起思考一下，如果我们想要了解中国文学，应该选择从哪些作品入手呢？

现在的中国文坛活跃着包括莫言、残雪在内的很多优秀的小说家，虽然他们的作品风格独特，个性鲜明，但多数篇幅较大，内容也比较晦涩，简短易读的比较少。因此，我们可以尝试选择更加传统一点的经典小说，比如鲁迅的作品。鲁迅的小说在日本已经被翻译过很多次了，也涌现出了很多高水平的译作。在这里，我要向大家推荐藤井省三先生最新翻译的《故乡　阿Q正传》。藤井先生颇具现代感的翻译，令鲁迅先生的作品更为贴近时代，也显得更加平易近人了。

由于时间的关系，关于鲁迅文学的相关话题我们就不详细展开了，我在最后强调一点，在鲁迅先生的短篇集中，除了我们日本人熟知的《阿Q正传》以及《狂人日记》之外，还有一部叫作《藤野先生》的作品，对于此前没有接触过这部作品的朋友，我是推荐大家去读一读的。

鲁迅在日本留学时就读于仙台的医学专门学校，他在那里遇到了教授解剖学课程的藤野老师，当时正值日俄战争期间，他看到中国人因为替俄国做间谍而被日本兵枪杀的新闻影片时，内心受到了很大的震动。小说中不仅记录下了鲁迅先生在日本的这一段痛苦经历，同时也详细描写了藤野老师这样一位对中国留学生毫无偏见，治学严谨且学术态度始终如一的教育工作者形象。

要说这位藤野老师究竟有多好呢？当时鲁迅刚到日本不久，日语不是很流利，听老师用日语授课，根本做不了笔记。察觉到这个情况的藤野老师，一次次地让鲁迅把自己的笔记交给他，然后十分严谨地用红笔对笔记中的错漏之处加以订正，甚至连日语本身的错误都一一修改，再还给鲁迅。这样的笔记订正工作一直持续到了整个课程结束。我本人也在从事教育教学工作，而且现在也指导着许多留学生，但是如果真要像藤野老师这样与每一个学生亲身交流，恐怕我自己也很难照顾周到。

这是连咱们日本的教科书都加以收录的一篇名作了，不过，再优秀的文学名作，一旦编入教科书，对于学生来说也只会沦为学习的对象，瞬间变得乏味了许多。但是，如果大家能端正心态，怀着真诚去体会这篇作品的话，就一定会发现这真是一篇描写在跨越国境、跨越文化的过程中个体生存状态的感人佳作。

特别是置身于当时日中两国之间复杂的关系中，作品的情绪基调也掺杂着对于自己受到歧视的不忿和深刻的民族自卑感。虽然只是一篇文风简练的回忆式小品文，但是在文字的背后却映射出当时复杂的社会背景和作者深刻的思想内涵。

顺带一提，从事鲁迅作品翻译的藤井省三先生曾经说过，据他推测，"村上春树其实也深受鲁迅的影响"。因为藤井先生是鲁迅研究方面的专家，所以做出这样的推断，可能或多或少地含有他本人的某些惯性思考的成分，但也从另一个角度向我们展示了中日两国文学间某种意想不到的联结，这种文学与文学之间的沿袭和承继，也正是"世界文学"的一种表现形式。

关于推荐书目的相关介绍，我们今天就先聊到这里。最后，有请利比先生为我们今天的讲座做一个总结吧。

利比：不好意思，我还想再请教一下沼野先生一个问题。在我们今天的讨论中缺少了一本很重要的作品，那就是沼野先生的《通向 W 文学的世界——跨境的日语文学》。这部作品涉及世界各国的众多作家，内容也涵盖了各种文学理论与文学思想，将这部作品命名为《通向 W 文学的世界——跨境的日语文学》，代表着您怎样的一种文学态度呢？

沼野：在创作这本书之前，我经常听到有人谈论所谓的"J 文学",但是我的态度是"对于文学而言,不要总是拘泥于'J文学'这种狭隘的说法,文学应该是'W'的"。这里的"W"当然就是代指World(世界)。因此,我的意见是,我们要放眼"世界文学",而不是囿于"日本文学"的窠臼,在阅读日本文学的同时,更要把日本文学作为世界文学的一分子去看待。这是我当时所抱持的基本的文学态度。但是,距离那本书的出版已经过去了一段时间,如今再回想起来,那种按照所谓"J"或者"W"的标准对文学进行二元对立的划分本身就已经是一种落伍的问题讨论方式了。今天,恐怕我们已经没有非得在二者之间做出一个明确选择的必要了,文学就应该回归于文学本身!

我们在认知世界的时候,对于暂时无法理解的东西,总是会通过给它们贴上各色标签来进行自我安慰。在今天讲座的最开头,我们谈到了许多"越境"作家,而利比先生给我们的回应是似乎这些"越境"作家跟他并没有太大关系,在我看来这应该是一种更加成熟的看法。也就是说,以所谓"越境"作家的框架来框定文学创作者,这种思维模式本身就有问题。

利比:我之前曾认为那个"W",是日语的W[①]。也就是说,在日本的社会环境中才能诞生出的日式思维,以及带有这种日式思维的语言。

沼野:原来如此!相对于"J"的"W式思维"啊!您把这种思

---

① 利比应该是将此处的W,理解为了日语的"わ"(wa/和)。

维模式本身也看作是日语的一种表象特征了。您的这种解读很有意思！

那么，今天我们与利比先生连续进行了近两个小时的对话，中途也没有休息，让我们再次向利比先生表示感谢。对于在座的各位听众朋友而言，此次讲座也是一个难得的机会。通过此次讲座，想必大家对目前世界文学领域中现实存在的问题，也有了一个更直观的认识。谢谢大家的热情参与！

（本次访谈于2009年11月3日，在光文社总部举行）

●利比·英雄为中学生推荐的三本书：
①李良枝《由熙》（讲谈社文艺文库）
②多和田叶子《Exophonie——走出母语的旅行》（岩波书店）
③萨曼·拉什迪《撒旦诗篇》（五十岚一译，新泉社）

●沼野充义为中学生推荐的三本书：
①利比·英雄《英语读解〈万叶集〉》（岩波书店）
②利比·英雄《听不见星条旗的房间》（讲谈社文艺文库）
③鲁迅《故乡　阿Q正传》（藤井省三译，光文社古典新译文库）

●延伸阅读：
○利比·英雄
《日语的胜利》（讲谈社）

《新宿的〈万叶集〉》（朝日新闻社）
《支离破碎》（讲谈社文库）
《越境之声》（岩波书店）
《假水》（讲谈社）

〇安部公房
《终道标》（讲谈社文艺文库）

〇温又柔
《好去好来歌》（收入《来福之家》）（集英社）

〇鸭长明
《方丈记》（岩波文库、讲谈社学术文库等）

〇川端康成
《我在美丽的日本》（讲谈社现代新书）

〇沼野充义
《通向 W 文学的世界——跨境的日语文学》（五柳书院）

〇席琳·内泽玛菲
《白纸》（收入《白纸　塞拉姆》）（文艺春秋）

○水村美苗

《私小说 from left to right》（筑摩书房）

《日语灭亡之时——在英语的世纪之中》（筑摩书房）

○村上春树

《去中国的小船》（中公文库）

○杨逸

《小王》（文春文库）

《浸着时光的早晨》（文春文库）

○萨曼·拉什迪

《东方、西方》（寺门泰彦译，平凡社）

第二章
飞跃国境与时代

——平野启一郎与沼野充义的对谈

互联网将会改变文学吗

平野启一郎

小说家,1975年出生于爱知县,毕业于京都大学法学院。1999年凭借处女作《日蚀》获芥川奖,时年二十三岁,是当时最年轻的芥川奖获奖作家。同年出版了第二部作品《一月物语》,2002年又推出大作《葬送》轰动日本文坛。这三部小说均以宏大的历史线索为背景,被誉为"浪漫主义三部曲"。此后,平野启一郎文风突变,转而致力于实验性的短篇小说创作,近年来则发行了《溃决》①、《曙光号》② 等以现代社会为舞台的长篇小说。另有代表作《高濑川》《滴漏时钟群的波纹》《无颜者》和《有名无实的爱》等。小说创作之余,平野启一郎也经常发表散文或文艺评论文章,小说《填满空白》于2011年在漫画杂志 Morning 连载。

---

① 《溃决》,日文原题为《决坏》,另有国内学者译为《决口》。
② 《曙光号》,2010年获日本文化村双叟文学奖。

现代日本文学所处的环境

沼野：今天我们请来的对话嘉宾是著名作家平野启一郎先生。在这里，我先向大家交代一下今天我们此次访谈的整个流程，首先由我做个简要的开场白，然后再有请平野先生接着我们的话题谈谈自己的看法，最后如果各位听众朋友有什么感兴趣的问题，再请平野先生为我们解答。如果大家的问题比较多的话，到时候我们也可以适当延长一点交流的时间。当然了，这些事情本来也没必要交代得这么清楚，只是最近，日本社会上普遍要求不管任何项目、活动，都要一丝不苟地按照事先安排的计划来行事，稍有差池就很容易受人诟病，因此很多活动的主办方都会尽力把各项活动的具体时间按照流程细化到每分每秒。幸好，这次活动的主办方还是比较理解我们这个活动的性质的，所以应该可以允许我们在活动流程的执行上稍微有所放宽。那么，我们的访谈现在正式开始。

作为访谈的引言，请允许我把话题稍微扯远一点。我自己也经常举办各种各样的会议，也有很多的机会邀请来自世界各地的作家和研究人员举行演讲会或者研讨会等活动。当然，在这些活动的组织过程中，我也会为相关人员准备好相应的活动日程安排表。这类日程表上不仅要标明各项活动预定的开始时间，还要写清楚活动的结束时间，这基本上已经是日本社会的一种常识了。但是，这两天，我突然意识到一个问题。那就是，当我在俄罗斯接到这种活动通知的时候，日程表上一般都会标明活动开始的时间，但是我却不记得看到过活动结束的时间安排。而且，如果大家上网去查一查在俄罗斯的各种学术活动信息，就会立刻发现，凡是由大学或其他文化团体来组织的讲座、讲演会之类的活动，基本上都不会写出活动结束的具体时间。我本人的专业是研究俄罗斯文学，所以跟俄罗斯人也有较长时间的接触，但是在这之前我都没怎么意识到这个问题，这个小小的发现还是让我感觉挺惊讶的。

这种事情在日本是肯定无法想象的。比如我在文化中心的讲座，作为讲师，迟到是肯定要杜绝的（毕竟听众是花了钱专门来听讲的），而就连讲座结束的时间也是必须要严格遵守的。文化中心曾经也接到过类似的投诉，说是个别讲师的时间观念淡漠，导致一名学员错过了回家的末班电车。当然了，这只是少数极端情况。不过在现代社会，如果没办法预计活动结束的大致时间的话，对于我们自己的生活安排，确实会带来很多不便。而在俄罗斯，特邀讲演或学术研讨会的通知中从来不会明确告知活动结束的具体时间，那为什么俄罗斯人会对于这一现象习以为常了呢？我对这个情况感到十分好奇，于是在前几天特意询问了一位俄罗斯朋友，结果他一脸漠然，丝毫没觉得这是一件多么值得大惊小怪的事情，他说："这当然不用规定时间咯！这种活动不就是应该让发言者尽量畅所欲言，听众尽量一饱耳福的吗？谁会去在意什么结束时间啊？"

乍听之下觉得有点不可思议，但是仔细想来，从某种意义上讲，这才是正确的道理啊！如果真的是非常有趣的讲座或讨论的话，大家巴不得一直听下去，还有谁会去在意时间呢？换作是一本精彩的小说，有哪个读者会一边读，还同时一边在留意着要什么时候才读得完呢？恐怕大家甚至还会希望好书永远都读不完吧。就像我自己，有的时候必须要为一些书写写书评，偶尔也会遇到临近截稿日期了，却怎么也读不完的书，那时候心里就会开始惦记着究竟还剩多少页没读完，还要花多少时间，眼睛也就不由自主地就老往时钟上瞟，这样的读书体验实在不怎么好。要是大家看戏或者看电影的时候，也总是盯着手表看的话，那说明这戏或者电影也一定是很无聊的吧。

因此，我现在谈到的虽然全部都是题外话，不过这些问题和小说也并非完全没有关系。也就是说，当我们在思考小说究竟应该写多长，必须在什么地方结束的时候，也或多或少会与这些问题有所联系。在文学领域，传统上我们认为小说的整体构造都是要有头有尾的，写到一定的长度，就应该要有一个明确的结尾。但同时也有另一种文学观点是认为不用去理会这些限定性的框架，只要故事内容能够很好地延续下去，就不必特别在意其长度。比如芥川龙之介和志贺直哉的短篇小说就基本上是有着一个固定长度的作品，故事讲到该结束的时候就会干脆漂亮地收尾。但是，诸如古代印度的史诗《摩诃婆罗多》、日本的《源氏物语》，或者托尔斯泰的《战争与和平》、马赛尔·普鲁斯特①的《追忆似水年华》，当然还有平野先生的《葬送》，这些长篇大作

---

① 马赛尔·普鲁斯特（1871—1922），法国小说家，意识流文学的先驱。代表作有《欢乐与时日》、《追忆似水年华》、《让·桑特伊》（未完成）等。

在文学史上屡见不鲜。那么在这些作品中，对于篇幅的长短，是否有什么客观规律可循呢？因为一般情况下我们都能认识到，对于作品本身的性质而言，篇幅的长短是一个不可忽视的要素。

以上谈到的呢，就算是我的开场白吧。可能有点啰唆了，但总而言之，我想说的是今天我们的访谈不用太在意时间问题，什么时候结束都可以。

互联网时代的文学创作

沼野： 那么，我们言归正传，首先来思考这么一个问题——"在互联网时代为什么会有人想要选择文学创作这条路"。三十五岁上下的平野先生，作为一位非常年轻的知名作家，为日本文坛带来了一股新风，也展现出成为日本文学界未来领军人物的气质。他出道很早，在就读于京都大学的时候，就已经创作出了《日蚀》这样的优秀作品，并受到了社会的广泛好评。如果从那时算起来，平野先生已经在文坛活跃了相当长的一段时间了，所以总会给我们一种比较成熟的错觉，但他实际上还是很年轻的。

和很多年轻人一样，平野先生一直以来也对日本文学的现状抱持着一种批判性的态度，并且对于当下的日本文学在发展过程中出现的各种问题有着敏锐的感知。之前，他就多次在座谈会或者访谈中提出，伴随着信息化社会的快速发展，在计算机技术日新月异、互联网广泛普及的大背景下，当代的文学究竟应该如何发展的问题。在这里，我们想与各位听众朋友一起来探讨一下这个问题。

其实对于这个问题的看法，各年龄层之间的人是有着相当大分歧的，想必在今天的会场中，也一定有不少对电脑和互联网感到力不从心的年长者吧。以我任教的大学文学部为例，百余名教授、副教授中，直到现在仍然有一位老师顽固地坚持拒绝使用电脑和电子邮件。当然了，这是一位相当资深的教育界前辈了，而且似乎我们之前访谈过的利比·英雄先生也是一位完全不碰电脑的作家。

对于包括我在内的五十岁以上的几代人来说，无论如何，传统纸媒才是最基本的阅读素材，早上起来第一件事肯定是看报纸，而且不能是网上传播的电子报刊，得是正正规规印刷的报纸，这已经成为我们的生活习惯了。然而在我所教授的学生中间，有很多人已经不再阅读报纸了。对于他们而言，如果只是为了了解新闻，那么稍微留意一下来自电视或者互联网的信息就已经绰绰有余了。以前从外地来东京求学的大学生，只要安顿好了自己的住处，首先要做的一件事情就是订阅一份报纸。在日本，送报服务是很普遍的，送报者每天早上都会按户派送当日晨报（其实，像日本这么高的报纸销售量在全世界都是很少见的），即使只是一个大学生也应该订阅报纸，这种观点是以前支撑教养主义人才培养理念的支柱之一。

但是，现在过着单身生活的大学生不仅不订报纸了，而且连固定电话也不再安装了。因为办理一个固定电话，动辄需要花费数万日元来购买电话入网权，这对于一个大学生来说也是一笔不小的花销。不过，现在的年轻人基本都有手机，有些甚至从小学就开始用了，所以即使考上大学，搬到了新的住所，也完全没有安装固定电话的必要了。类似这样的通信设备和信息媒介的变化给我们日常生活所带来的影响是不可忽视的。不过，当我们在思考这个问题的时候，也必须注意到存在于不同年龄层之间巨大的鸿沟。

谈到手机的话题，我顺便再问大家一句，大家用手机接打电话的时候，一般是用哪只手啊？年轻人里的绝大多数肯定是用右手的，而实际上，年长的一代人则往往使用左手的比较多。那为什么会出现这样的差别呢？恐怕主要还是因为以前的固定电话往往设计成左手持话筒的样式，打电话的人用左手拿话筒，而右手空出来就可以做笔记。由于长者们几乎都是在这样一种电话操作习惯下成长起来的，所以他们拿手机的时候就会经常使用左手。我自己也惯用右手，却同样是用左手握手机，一换到右手就会感觉很不协调，不好操作。这事情看起来并不起眼，但是通过这样的一个例子我们仍然可以窥见，通信设备的发展给我们日常生活所带来的影响，已经渗透到如此细微的地方了。当然，手机更直接地影响着当代文学的表现形式。事实上，用手机阅读乃至创作小说从2000年的方兴未艾，发展到今天，"手机小说"作为一种社会现象已无须赘言。

纵观现在的日本文学创作者们，既有在二十岁上下就获得芥川奖，并成为最年轻畅销书作家的金原瞳①、绵矢莉莎②，也有像大江健三郎、古井由吉③、丸谷才一④那样七八十岁仍然笔耕不辍的大文豪。大江先生出生于 1935 年（昭和十年），现在已经七十多岁了，自从 1957 年文坛出道以来，从事文学创作已经超过五十年了。2009 年大江先生又推出了一部小说《水死》，充分显示出自己仍是现役作家，或者说仍是文学界领军人物。

因此，虽说同是现役作家，但是在最年轻和最年长的作家之间竟然有着超过五十年的巨大跨度，而伴随着信息技术的发展，并不是所有的作家都能超越年龄层的限制，接受信息技术发展给文学创作所带来的影响，或者具备驾驭这种影响的能力。在这方面，作家之间的世代差距是相当大的，不同世代的作家不仅在文学观上各异，对信息化社会的态度也是不同的。

从"声音的文化""文字的文化"到"电子的文化"

沼野：说起来，这已经不是人类第一次面临沟通媒介的根本性变

---

① 金原瞳（1983—　），日本小说家，生于东京，其父为儿童文学家金原瑞人。2003 年金原瞳以《蛇信与舌环》获得第 27 届昴星文学奖佳作奖，并于 2004 年与绵矢莉莎共同获得第 130 届芥川奖。2010 年又以短篇小说《夏旅》获川端康成文学奖提名。2012 年小说《母亲们》获日本文化村双叟文学奖。
② 绵矢莉莎（1984—　），日本小说家，出生于京都，本名山田梨沙，十七岁时凭借小说《Install 未成年加载》夺得第 38 届文艺奖，后以《欠踹的背影》一作与金原瞳共同荣获第 130 届芥川奖，她也成为上述两个文学奖项最年轻的获奖作家。
③ 古井由吉（1937—2020），日本作家、翻译家，出生于东京。古井由吉是战后日本文学流派"内向的一代"代表作家，代表作有《杳子》《圣》《栖》《亲》《槿》《野川》等。
④ 丸谷才一（1925—2012），日本小说家、文艺评论家，代表作品有《假声低唱君之代》。

革了,从远古时代以来我们已经历了沟通媒介的数个发展阶段。回想过去(虽然很难想象),在人类语言的起源过程中,作为众多人类个体之间信息交流的产物,最初出现的显然不是文字,而应该是声音。

围绕着人类语言的起源,至今仍留有许多未解之谜等待我们的探索,距离我们彻底解释清楚语言形成的过程仍有一段相当长的路程要走,但无论是谁,只要稍做思考就能马上明白,要人类一开始就用铅笔在纸上书写文字是一件很不现实的事情。

语言的形成始于"语音"的诞生(在此之前当然也肯定存在着包含手势、身体姿态在内的所谓"身体语言",这里先姑且不论)。不仅文字的发明事实上远在语音之后,纸张、铅笔之类方便的书写工具的产生则又是更为晚近的事情了。

也就是说,只有在以语音为表现形式的语言获得充分发展之后,人类为了记录语音才诞生出了"书写"这一行为。虽然书写最初采用的是以尖锐的器物在石质或木质的材料上刻画痕迹这种相当原始的手段,不过到了15世纪,印刷术在西欧应运而生,这即我们所熟知的"谷登堡革命"①。随着"谷登堡革命"的兴起,人类创作的书籍便不再需要依靠人力逐部手抄了,而是作为印刷品开始大范围地流通。

这只是我们从发展历程的角度,对人类表达方式的变化归纳出的一个梗概。简而言之,语言发展经历了一个从依赖语音的口

---

① "谷登堡革命",指由德国人约翰内斯·谷登堡的铅活字印刷术带来的西方印刷革命。

头表达，到使用文字的书面表达的过程，而这一变革的意义显然已经远远超越了所谓创造出某种便利的书写工具的维度了。作为从正面详细论述这一问题的著作，沃尔特·翁①的《口语文化与书面文化》值得我们特别关注。在这部著作里，沃尔特·翁深入分析了"第一维度的口语文化"（完全不采用书写的文化）和"深受书面写作影响的文化"之间的根本差异，并系统地论述了"写作"对于现代的人的思考方式和文化产生的巨大影响。

该书的英文原名为 *Orality and Literacy*，"Orality"是"Oral"（口头的）的名词形式，指的是基于语音的一切口头表达。与此相对，"Literacy"一词则一般用于表示"读写能力"，原本是从表示"文字"的拉丁语"littera"演变而来，联系上下文，这个词在这里的含义是指使用文字来进行表达的形形色色的书面文化。

也就是说，在沃尔特·翁看来，由谷登堡的发明所引发的媒体革命，并非只是单纯地让这个世界变得更加便捷了而已，它为人类的意识和语言表达本身带来了更为根本性的变化，其范畴涉及"从口语到书写"的一切文化内容的转换。简单来说，也许在口语文化时代创作的文学作品，无论是《荷马史诗》，还是《源氏物语》，都与书面文化时代创作的作品在构造上有着根本性的差异。

---

① 沃尔特·翁（1912—2003），20 世纪媒介研究学者。身为北美媒介环境学派第二代人物，致力于研究从口语文化到书面文化及电子文化的变迁如何影响文化、改变人类意识。沃尔特·翁关于文字媒介的研究重点是文字媒介如何重构了人的意识。他在这方面研究的重要主题是技术的内化。

人类的文化经历了"从口语到书面"的发展历程，这是我们大家相对比较容易理解的，但是在此基础上我想进一步强调的是，现在人类有可能正在进入接下来的第三个发展阶段。只是，与"从口语到书面"这一变革的显而易见相比，新一阶段的变革处在一个比较难以清晰论述的状态之中。该如何用一个短语来称呼这一变革呢？我个人也不太笃定。但众所周知，我们正在迈入以计算机技术和互联网信息传播为基础的电子信息时代，那我们就姑且以这一信息技术变革来为新的文化发展阶段命名。也就是说，如果人类的第一个文化阶段叫作"口语时代"，第二个文化阶段叫作"书面时代"的话，与之相应地，人类第三个文化阶段就应该被称为"电子时代"了。

当然了，语言作为人类所掌握的一种工具，是人类表达和传递信息的基本手段，也是将人类与其他动物区别开来的基本特征之一。反过来说，如果人类失去了语言，也就不再是人类了。因此，即便是在"电子时代"，人类对语言的依赖也并未发生根本性的转变。但我们同样无法否认的是，今天人类记录语言的手段已经有了飞跃式的发展了。在文字时代，我们把语言用文字记录在纸张上，但是电子媒体已经根本不需要使用纸张了。如今，从印刷品过渡到电子书籍的发展究竟已经深化到何种程度了呢？这种变化又到底会对文学的发展带来多大的影响呢？我们现在就正在亲身经历着这么一场深刻的变革。

沃尔特·翁强调，对于生活在口语时代的人来说，所谓的"知道"，实际上指的就是"记得"，涉及的是人类记忆的问题。但是，到了书面时代，知识和信息都被记录在了纸上，其最甚者首推百科全书，人类只要根据自己的需求加以查阅即可，记忆就已经变得不是那么重要了。而到了如今的电子时代，几乎所有的信息都可以通过互联网，如在"谷歌"上进行检索，或者参考网络上的维基百科来获得。当然，人们通过互联网得到的信息中难免掺杂了许多良莠不齐的内容，乃至有很多的错误和偏见，所以大学里的老师们往往苦口婆心地规劝学生说"不要轻易地相信互联网上的信息"，但互联网绝佳的便利性却是无可否认的。而早前用纸张印刷出来的大部头百科全书，也在迅速地从我们的视野中消失。

因此，我们现在正在经历一场人类史上的大变革，这次大变革的重要性可能丝毫不亚于沃尔特·翁所指出的从"口语文化"到"书面文化"的革命性过渡。在这种情况下，迄今为止一直是由文字和纸张有机结合而形成的文学又将如何发展下去呢？如果文学家们依旧按照过去的传统模式构思、创作、出版，还能继续在这样的时代变革中挣扎求生？也有不少人在大声疾呼，也许文学正面临着前所未有的危机。不过，我们还是不要去盲目地相信这些刻意煽动危机感的言论。比如说当初电影刚被发明出来的时候，也有人对传统的戏剧抱有同样的危机意识，觉得在电影激烈的竞争之下，戏剧行业肯定会被摧毁殆尽吧？可事实上，事情的发展却往往出乎我们的预料。现在的实际情况是，无论互联网多么发达，传统的出版市场上却以更加迅速的节奏推出了各种各样的印刷品，反倒显得热潮汹涌，更胜以往了。只要大家去书店一逛，便会立刻发现，新发行的各类书籍可谓堆积如山。总有人说电子书籍的普及能从根本上改变这样的境况，可事实上这种巨大的变化真的会有到来的一天吗？

用电脑写作会给人类社会带来怎样的影响

沼野：不管怎么说，对于这样一个开放性的议题，在当下，我并不认为有谁真正掌握着所谓绝对正确的答案，但是没人知道答案并不代表对这个问题的探索就没有意义，或者说就不重要了。然而，面对这样一个需要我们持续不断探索下去的重要议题，纵观整个文学界，大部分的作家都显得过于淡定，他们似乎并不太关注这方面的问题，仍旧一如既往地坚持着书面写作。而与此相对，平野先生则以其敏锐的洞察力，牢牢把握住了媒体革命的趋势，成为作家群体中最敢为人先的先锋。

然而，从表面上看，虽然大多数作家并没有太过强烈的危机感，一如既往地坚持着书面写作的习惯，但现在的事实是，大部分作家，特别是六十岁以下的中青年作家中百分之九十九的人早已改用电脑作为自己写作的基本工具了，这是一个相当明显的变化。

写作工具的变化，将会给文学家们创作出来的文学成果以及创作者本人的意识带来怎样的影响呢？这实际上是一系列相当重要的问题，只是如今我们还没有真正探明其中的情况。从更加直观的角度来看，作家不再亲手执笔进行书写创作，而是用打字机或电脑来进行创作，势必会带来作者本人身体感觉上的变化。将文字书写在纸张之上的行为，伴随着复杂的手指和手臂运动，这种行为本身就带有一种身体上的紧张感。特别是在日语的表记体系中，作家除了要使用平假名、片假名以外，还必须能够熟练地运用汉字，整个过程是非常复杂的，尤其是在书写复杂汉字的时候，必须经常依赖自己的头脑，去不断回忆那个汉字的写法（这与沃尔特·翁提到的"口语时代"的"记忆"何其相似）。

然而，用电脑书写汉字的时候，我们就根本不需要去记忆汉字的写法了，在这种情况下可以说"知道"和"记得"这两件事情开始被人为地割裂开了。事实上在日常生活中，就连我本人也已经是百分之九十九的情况下使用电脑进行书写了，结果这么一来，导致本来就不擅长汉字书写的我，更加不会写汉字了，特别是遇到复杂一点的汉字，想写的时候却怎么都想不起来。所以我在大学里给学生们上课的时候，最害怕写板书了。前几年，我在莫斯科大学的日本学系任教，曾一度想要在学习日语的俄国学生面前大显身手，我对他们说"有学识的日本人，连这么复杂的汉字都会写哟"，然后开始在黑板上写"忧郁"（日语汉字为"憂鬱"）两个字。但是，当"郁"（鬱）字写到差不多一半的时候，却突然怎么也想不起来另外一半究竟该怎么写了，当时真可谓是骑虎难下，一筹莫展。因为觉得实在太丢人了，只好硬着头皮狡辩道："哎呀，对于这么复杂的汉字，即使是有学识的日本人，有时也不一定能够写得出来，大家明白了吧。"

如果长时间依赖电脑进行写作的话，由于电脑会替代我们人脑对汉字写法的记忆，所以，渐渐地，我们开始遗忘汉字的具体写法，导致出现复杂汉字不会写，或者对于某些汉字只会认读却记不住写法的问题。而且，使用电脑写作的话，可以对原稿反复多次地进行删改，作者们就会倾向于姑且先把想到的内容一股脑儿写上去，回头再马上修改就好。这种写作模式看起来更简单，但却丧失了在纸张上亲笔手书时的那种身心上的紧张感。因此，也有学者对使用电脑进行文学创作的行为大加挞伐，认为这是导致文学走向堕落，造成人类精神世界力量涣散的罪魁祸首。书法家、书法史专家石川九杨先生就是这种说法的代表人物。石川先生在他的众多著作中，都以非常雄辩的事实阐述了相关理论，值得大家认真倾听，如果各位听众朋友也对这个问题感兴趣的话，请一定要认真读一读这些作品。

但是，石川先生的主张也有稍显极端的地方，所以我个人也并不能完全地赞同他的意见。我们日本人的主要书写工具经历了从毛笔到铅笔、钢笔的演变过程，而后来活动铅笔和圆珠笔的诞生又为这一演变拓展了新的方向，不过，这一系列的演变对日本的文学乃至文化究竟带来什么具体的影响却是一件难以证明的事情。而电脑的普及也同样以这样一种十分微妙的方式在不断地影响着我们的文学创作和社会文化，虽然我们可以明确地感受到这种影响，但是，对于究竟是什么东西发生了怎样的变化，却一时半会儿怎么也说不清楚。

人类的语言本来就随着时代的发展不断变化，而每当产生这种变化的时候，前辈们又往往会发出学统崩摧或文脉衰颓的叹息。但事实上，语言就如同生物一般，只有新陈代谢、不断变化才能存活下来，一成不变的语言说其是形同死物亦可，把变化本身看作是洪水猛兽的观点，实在不可取。既然连日语都会随着时代的变迁不断变化的话，那么作为文学表现形式的文体当然也会随之改变。而要促成语言的这种动态发展，其中一个要素，就是书写工具的演变。我这么说并非刻意夸大。

人们常说世上的一切都是流转变化的，一定不易、永恒不变的东西是不存在的。但是我却不这么认为。我并不是那种虚无的相对主义①者。对于我来说，人类通过语言表达自己意识的这种心理需求就是一个恒久不变的存在。无论你是用笔把文字写在纸张之上，还是用电脑把文字打在显示屏幕上，人类用语言表达自己思想、情感的这种欲望似乎从来没有衰竭过。在这一点上，我还是相当乐观的。

语言是人类的基本能力之一，而正因为人类依旧是人类，所以人类的语言表达才得以通过各种形式传承了下来。一旦这种语言表达本身发生了质的改变，变成了我们人类难以理解的另一种东西时，我们人类也就变得不再是人类了。这听起来就像是科幻小说的题材，但说不定今后人类还会继续进化，在遥远的未来，也许还会掌握一种能够取代语言的、更加先进的信息传递工具，也许将来我们为了满足这种新的沟通工具的要求，还存在着需要对人体进行相应改造的可能。如果发生那样的情况，那时的文学应该也会出现根本性的变革吧，至少现在，无论你是用墨水写，用铅笔写，还是使用文字处理软件在电脑上写，语言表达本身在本质上并没有发生改变。正因如此，我们才有能力去阅读和理解过去时代的文学经典，也才能被它们的故事和情感所打动。

变化的文学与不变的文学

沼野：因为这第一个话题实在是太宏观了，所以我多啰唆了几

---

① 相对主义，是一种认为观点没有绝对的对与错，只有因立场不同、条件差异而相互对立的哲学学说。

句。接下来,我想就直奔几个主要话题,听听平野先生的意见。我们的下一个话题是"从过去到未来——对于小说家来说现代意味着什么"。

在我看来,所谓作家,既要从过去的小说中汲取养分,同时又要为未来的文学开辟新路,而无论是读者还是作家,我们又同样都生活在当下的时代之中。那么,与读者"同处一个时代"对于担负着继往开来使命的作家来说,又究竟意味着什么呢?我们都知道,历史学家善于挖掘过去,科学家醉心于探索未来,宗教家则希冀死后的天堂。不过,实话实说,对于任何人来讲,没有什么比活在当下更重要的了。也许我的这种说法听起来特别像极端现世主义①的言论。但我们终究是生活在当下的这个时代,自己的生活和孩子们的幸福才是我们最关心的事情,在文学上也是同样一个道理。

也就是说,文学也涉及我们应该如何理解、思考"现代"这样一个最需要被重视的议题。而对于小说家平野先生来说,他与"现代"有着更加异乎寻常的联系。平野先生初涉文坛之时还非常年轻,此后持续开展的创作活动也十分引人瞩目,凭借着惊人的智慧和大胆的实验精神,他的每一部作品都在自己的文学道路上开辟出了新的境界。

其出道作品《日蚀》的故事以中世纪的法国为背景,小说本身采用了一种非常古老的文体,文中还特意大量使用了许多生

---

① 现世主义(Secularism),文艺复兴时期兴起的一种追求现世生活的思想。当时的人从中世纪时代对灵魂救赎的全神贯注,转向渴望用获取的金钱去谋取城市生活的舒适和享受。简言之,现世主义是现实主义的强化版。

僻的古汉字，部分内容就连担任芥川奖评审委员的许多前辈作家也必须借助词典才能看得懂。评审委员之一的石原慎太郎就曾在评审意见中专门提出过质疑：《日蚀》中所展现的玄学意趣也好，逼真的拟古文风也罢，难道不使用这样的创作手法，现代文学就不能复苏了吗？但是，不管怎么说，平野先生文学道路的起点，竟然就是这么一部在文体和内容上，连石原慎太郎这样相当资深的前辈作家都觉得晦涩难懂的小说。

诚然，《日蚀》的故事背景在空间（地理）和时间上都与"当下"的日本有着强烈的距离感，小说的文体也与现代日语相去甚远。在此之后，平野先生虽然也陆续推出了一些作品，不过若要论及标志着他的作家生涯进入到下一个创作阶段的代表性著作，就又要首推《葬送》这部小说了。这部里程碑式的长篇巨著，以19世纪40年代后半期的法国为背景，以作曲家肖邦[①]和画家德拉克洛瓦[②]为主人公，以历史上真实存在的艺术家和他们真实的人生经历、艺术作品为基础创作而成，是一部描写非常细腻的现实主义小说。在19世纪的欧洲，现实主义小说的顶点已经由托尔斯泰和巴尔扎克构建完成，而平野先生的这部作品可以说是循着前辈的足迹，对现实主义文学巅峰发起的再一次挑战。这部作品的晦涩程度虽然没有达到《日蚀》的地步，但是它描

---

① 弗里德里克·弗朗索瓦·肖邦（1810—1849），19世纪波兰作曲家、钢琴家。代表曲目有《降E大调辉煌大圆舞曲》《降E大调夜曲》《c小调革命练习曲》《波洛涅兹舞曲》等，被誉为"浪漫主义钢琴诗人"。
② 斐迪南·维克多·欧根·德拉克洛瓦（1798—1863），法国著名画家，浪漫主义画派的典型代表，代表画作有《自由引导人民》等。

写的依然是一个远离现代日本的时空。

接下来我想为大家特别介绍的是平野先生的另一部作品《溃决》。这也是一部内容精彩、震撼人心的大作。故事以现代日本为舞台，讲述了一个在互联网高度发达的时代背景下发生的恐怖谋杀事件。同时，作品中也加入了作者本人对于"罪恶究竟是什么"这个问题所做出的哲学思考。这部长篇小说的诞生是平野先生与"现代"主题的首次正面碰撞。作为小说背景的现代社会，战争与恐怖主义的暴力在全世界疯狂肆虐，互联网上也充斥着来自人类"内心的阴暗"。按照小说的观点，如果放任这种情况持续下去，一旦超越了临界点，我们这个现代社会将面临难以修复的"致命性错误"，而其引发的严重社会灾难，也将如江河堤坝的"溃决"一般一发不可收拾。小说的名称《溃决》似乎正蕴含着这一警示。

最后，我要向大家介绍的是平野先生的最新力作《曙光号》。这是一部带有科幻性质的小说，作品的背景就设定在不远的将来——2030年。如果有的听众朋友还从来没有看过平野先生的小说的话，我建议大家可以首先从这部作品读起。在今天讲座的后段，有机会的话，我也会向大家介绍另一部由我本人翻译的现代科幻经典——斯坦尼斯拉夫·莱姆[①]的《索拉里斯星》。其实我自己本身就对这类科幻题材的作品很感兴趣，而且总是被其中天马行空的想象所折服。

---

① 斯坦尼斯拉夫·莱姆（1921—2006），波兰著名科幻作家、哲学家。代表作有《索拉里斯星》《机器人大师》等。

在《曙光号》中所描述的未来时代，人类虽然已经成功地登陆了火星，而在地球上，美国总统大选之类的政治议题依旧如火如荼地展开着。在这样的社会背景下，平野先生通过引入"分人"这个概念，来呈现个人在面对现代社会形形色色的人情万物时，被裂解出的各种身份、特质，并进一步深入挖掘了这种现象的本质。"个人"的人格，作为近代社会中的基本单位，往往被当作是一个无法分割的综合体。而与之相对应地，这部作品中的"分人"这个概念，则是人类为了应对社会中的各种情境、场面，或者为了达成某种目的而专门调动的某一部分自我。在神奇的整形技术的推动之下，"分人"现象不断蔓延，人类不得已开发出了能实现高精确度面部识别的摄像监视系统。这样的情节设定确实带有一定的科幻色彩，但是人类的"身份"或"特质"会发生分裂的现象与其说是科幻，不如说是我们长久以来就一直需要面对的一个社会问题。

在《曙光号》中，主人公的"分人"问题与夫妻情感等现实主题相互影响，不断发展，从这个角度来说，这部作品也可以看作是现代的社会问题在未来的投影。而且故事发生的时间就在不远的2030年，这样的时代设定可以说不远不近，恰到好处。如果那时候我还活着的话，也该七十六岁了。我是真不知道自己能不能活到那一天了，不过对于各位青年读者来说，你们是肯定能活着看到2030年真实面貌的。无论是火星探测也好，面部识别系统也罢，这部小说中出现的科幻设定也并不是多么难以企及的奇幻空想，都是一些只要稍微发挥一下我们的想象力便触手可及的内容。可以说这部小说的创作，展现了今天平野先生面对未来的独特姿态，我对此也是很感兴趣的。顺便一提，小说中的主人公——宇航员"明日人"的名字其实也是具有某种象征意义的。

以上，我们通过四部作品，回顾了平野先生作为作家的"进化"历程。大家可以很清晰地看出其中的脉络：从中世纪的《日蚀》到19世纪的《葬送》，再到描写现在的《溃决》，以及描写未来的《曙光号》，作品中的背景时代逐步前移，由过去奔向未来。平野先生，这是您精心设计的创作之路吗，还是冥冥中有一种力量在背后推动的必然结果？对于这个问题，我很想听听您的解答。而且，对于您这样一位既可以穿越过去，又能够放眼未来的作家来说，现代日本的"当下"又意味着什么呢？您觉得作家在构建自己作品世界的同时应该与眼前的社会保持怎样的距离呢，还是应该经常以某种特殊的形式与眼前的"当下"获得共鸣呢？

文学的古典是什么

沼野：接下来的第三点，我想再简要聊一聊所谓"古典与现代"的相关话题。如果读者们想对世界文学有所涉猎的话，究竟应该先去阅读那些已有定评的古典作品呢，还是应该把重点放在更贴近现实生活的现代小说上呢？之前，我们也提到过"作家应该如何面对现代"这个话题，而在这里，我们想探讨的也包括读者应该如何面对现代文学，以及对过去的古典作品应该采取怎样的态度等方面的内容。从某种意义上讲，这两类问题，实际上是并行统一的。

虽然我们经常笼统地把一部分文学作品称作古典作品，但其实这些古典作品中也有很多不同的种类。其中既有《源氏物语》，也有陀思妥耶夫斯基①的《卡拉马佐夫兄弟》②。《源氏物语》虽然是在一千多年前用平安时代的日语创作的一部小说，但是直到今天它依然受到广大日本读者的喜爱，不仅现代日语的各种翻译版本层出不穷，甚至还有漫画家对其进行过漫画改编。其实，《源氏物语》不仅在日本有着超高的知名度，而且在世界文学领域也同样大获好评。单看其英译版，20世纪初亚瑟·威利③《源氏物语》的首译本最早向西方介绍了这部古典巨著，此后赛登施蒂克④完成了对《源氏物语》的首次完整翻译，而罗亚尔·泰勒⑤的最新版翻译，不仅注释详细，而且解读准确，也体现出了较高的学术价值。而《卡拉马佐夫兄弟》就没有那么古老了，只是一本一百三十多年前的俄语小说。但是最近，由学者

---

① 费奥多尔·米哈伊洛维奇·陀思妥耶夫斯基（1821—1881），19世纪俄国作家，代表作有《穷人》《被侮辱与被损害的》《罪与罚》《白痴》《群魔》《卡拉马佐夫兄弟》等。
② 《卡拉马佐夫兄弟》最初在《俄罗斯通报》杂志上连载了将近两年（自1879年第1期至1880年第11期），并于1881年出版。
③ 亚瑟·威利（1888—1966），英国东方学家、翻译家。精通汉文、满文、蒙古文、梵文、日文和西班牙文等语种。从1921年到1933年，其翻译并出版了六卷英文版《源氏物语》。
④ 爱德华·赛登施蒂克（1921—2007），著名日本研究专家、翻译家。出生于美国科罗拉多州，长年居于日本，先后执教于东京上智大学、斯坦福大学、密歇根大学、哥伦比亚大学。曾因日本文化研究及日本文学译介方面的杰出贡献，获旭日章、菊池宽奖、日本国际交流基金会奖。所译英文版《源氏物语》家喻户晓，被认为是该作品的最佳英译本。
⑤ 罗亚尔·泰勒（1936—　），美国著名日本文学研究专家、翻译家。耗时八年，完整翻译了《源氏物语》。

龟山郁夫翻译的日语版《卡拉马佐夫兄弟》在出版后立刻就成了畅销书，发行量甚至突破了一百万册。作为一部古典文学作品，《卡拉马佐夫兄弟》能够斩获如此不菲的出版业绩，充分显示出在古典文学中依旧蕴藏着某些能够引起现代读者共鸣的深刻的现实意义。

此外，"古典"一词在日本文学中多指明治时代以前创作的作品，而在欧洲，"古典"被称为"The Classics"，最初是用来专指古代希腊文或拉丁文著作的词语。因此，类似陀思妥耶夫斯基或者夏目漱石这样较为"新近"的作家本来是不属于"古典"范畴的。但是，我们在这里采用了一种比较宽泛的说法，对于那些在19世纪、20世纪创作的文学作品，如果获得了文学界的广泛好评，被认为具备了成为传世佳作的条件，这些重要的优秀作品也都可以被纳入"古典"的范畴。这种相对"新近的古典"有一个更为准确的名称，就叫作"近现代古典（Modern Classics）"。实际上，英国的大型出版公司企鹅图书（Penguin Books）最近就推出了一套名为"现代·古典"的系列丛书，不仅囊括了川端康成、芥川龙之介等人的作品，甚至就连创作《1984》的乔治·奥威尔①的作品也被收录其中。

因此，虽然我们是在笼统地谈论"古典"，但是从古代的希腊、印度、中国到最近的现代文学，"古典"涵盖的范围可以说非常广阔。但不管怎样，"古典"指的肯定不是现在、当下创作

---

① 乔治·奥威尔（1903—1950），英国著名小说家、记者和社会评论家。他的代表作《动物庄园》和《1984》是反极权主义的经典名著。

出来的作品。这些在过去的时代中创作出的古典文学作品，经历了时间考验，不仅流传至今，而且仍然具有重要的价值，其个中原因究竟何在呢？

对于现代的读者而言，这绝不是一个抽象的问题，而是相当实际的问题，也是更具实践性的问题。因为光是在现代创作出来的有趣的、优秀的文学作品，就已经多到令人目不暇接了。无论是大江健三郎还是村上春树，或是平野启一郎，对于这些当代知名作家的文学创作，许多读者都想要一窥究竟。然而另一方面，文学的世界中还存在着从古至今不断累积的大量古典文学瑰宝，其惊人的数量更是远远超过了现代的文学创作。如今，旧式的教养主义思维已渐式微，年轻人也普遍不会再感受到所谓"古典作品必读书目"的阅读压力了，但即便如此，我们的阅读生活也不能完全无视古典作品吧。只是，面对古典文学的庞大体量，很多读者都困惑于不知道该选择怎样的古典作品来读才好。

体量过于庞大的"世界文学"

沼野： 其实，我们现在每年仍然有数量庞大的书在不断地出版，从统计资料来看，自2002年以来日本每年的图书出版量都超过了七万部，即便后来整个出版业都已经进入到了数字化发展的阶段，这个数字仍然在持续不断地攀升。到2008年，日本的图书年出版量已经高达约七万六千部了，再到2009年，这个数据更是增加到了七万八千部以上。虽然其中不可避免地包括了学习参考书、游戏攻略书以及其他各类实用书籍，而且也并非全部都是"值得一读"的好书，但是如果单纯从数量上去计算的话，差不多每一天都会有两百多本图书面世。这样一来,我们当然很难从整体上去把握如今活跃于创作舞台上的作家究竟是怎样的一群人物,以及他们究竟创作出了一些怎样的作品。

当然了,这些图书中的大部分都不具有多高的阅读价值。我可以很不客气地说,仅就小说而言,现在新上市的每一百部小说中,差不多百分之九十注定很快就会变成废纸或垃圾,五年至十年之后,将没有人会再去看它们一眼。但是在这一百部小说中,也许还是会有那么一两部是读者们在十年二十年之后仍然愿意继续阅读的作品,这样的作品就会成为名作流传下来,而读者阅读的视野也会随之不断地拓展开来。如果这样的话,那么不管这个"名作率"有多低,随着时间的推移,那些值得读者阅读的作品名单就只会不断地扩充下去。高中的国语老师在进行读书指导的时候,想必一定会拿出一份写着十本、二十本书名的书单对学生们说"你们在高中时代,至少要把这些书看完"。但实际上,想要把从古典到现代的世界文学名著都囊括进来的话,光靠罗列这么点儿书目,怕是远远不够的吧。

在我小的时候,集邮曾是我的爱好。其实阅读的难题和收藏家们所面临的难题非常相似。所谓收藏家,就是希望尽一切可能收集齐"所有"他们感兴趣的东西。但是,这个世界上有着数不清的国家,每个国家又发行过数不清的邮票。特别是世界上的一些小国家,为了赚取外汇,会大量制作很多非常精美的成套的纪念邮票手册。这样的邮票套装每年都在持续不断地推出,而全世界从过去到现在究竟发行了多少邮票,恐怕已经没人能说得清楚了,因此,想要收集齐"全部"的邮票也就成了一件根本办不到的事情。在美国，每年都会出版一本以网罗全世界所有邮票为目标的邮票目录，叫作《斯科特标准邮票目录》①。在这个目录的影响下，童年的我还天真地以为自己可以完成这一壮举，而现在，当真正了解到所谓"全世界所有邮票"这个收集对象的庞大规模时，任谁都会感觉到无能为力了吧。

其实，在世界文学领域也有着同样的现象，新的文学作品大量涌现，如果存在一个世界文学共和国，并持续开放注册的话，显示文学作品总量的列表数据将会疯狂地增长吧。而且，与邮票不同，文学作品还存在着语言方面的问题。对于那些用外语创作的文学作品，无论其内容有多么精彩，只要语言不通，我们就根本看不了。但是，现在世界上用于文学创作的语言究竟有多少种呢？大家觉得是几百，还是几千呢？说实话，对于这个问题的准确答案，恐怕又是谁都说不清的了。不过，不管是多少，反正一个人能认读的语言数和语言的总体数量相比，也就是沧海一粟而已。因为，大多数读者在欣赏文学作品的时候，能够实现流畅阅读的语言就只有一种而已，那些特别擅长外语的人，或者双语并用者当中，也许确实存在一些使用两门，甚至三四门语言的人，但即便如此，也很少有人能够让自己可以使用的语言数量达到两位数以上吧。

所以，我们探讨世界文学的时候，首先会惊讶于其庞大的体量，并且会马上意识到自己所涉猎的内容也许仅仅只是世界文学

---

① 《斯科特标准邮票目录》是由斯科特出版公司每年定期出版的一套六册约5000页的邮票目录。

中极为有限的一小部分而已。面对这种情况,就连文学方面的研究专家或者一些非常伟大的学者也似乎很难以真正诚实的态度来对待。所谓研究专家,往往会对自己专门从事的研究范畴做出明确的界定,并致力于将相关范畴中的所有内容都研究透彻。但同时,他们也绝对不会染指自己研究范畴之外的那片更加广阔无边的世界文学沃土。这种做法,对于研究专家们来说,也许是不得已而为之,但对于一般读者而言,就有些强人所难了。读者毕竟不是专业的研究人员,不是为了专门的研究目的来阅读书籍的。对于普通读者而言,阅读只是一种单纯的乐趣,或者一种探寻心灵归依的方式而已,无论什么书,只要内容精彩、有趣,就自然会有读者愿意追捧。

在美国有一位名叫弗兰克·莫莱蒂[1]的世界文学研究专家,作为学者的他,却有着自己非常特立独行的一面。在极为开阔的视野中,他以敏锐的洞察力捕捉着世界文学的动态系统和传播模式,并从这一角度开拓出了自己独特的"世界文学论"。然而令人感到有趣的是,就连他这样见多识广、博闻强识之人,也坦率地说出了"世界文学的体量已经非常庞大了,对于个人而言,你再怎么博览群书也都只是杯水车薪而已"这样的话。因此,他提倡一种新的阅读方法,那便是"远距离阅读"[2]。

---

[1] 弗兰克·莫莱蒂(1950—),意大利文学史研究家、文学理论家。长期在美国哥伦比亚大学和斯坦福大学任教。
[2] 弗兰克·莫莱蒂将文学与生物学、历史学、社会学、地理学、统计学、哲学等学科的知识资源整合在一起,提出了"远距离阅读"理论。远距离阅读就是系统地运用图表、地图、树形去分析文学现象的方法——图表来自计量史学,地图源于地理学,树形属于进化论领域。

这是一个与"细读"或"精读"相对立的概念，它不是从专业研究的立场出发，而是告诉广大的一般读者们应该更广泛地去接触包括翻译作品在内的各类文学。如果为了正确理解作品的内容，需要了解一些相关专业知识的话，也不必单纯依靠自己的力量去精研细读，只要借助相关专家们的解说和研究成果就可以了。因为如果不这样做的话，普通读者是根本无法面对浩瀚的世界文学海洋的。咱们仔细思考一下就会发现确实是这么一回事，事实上一般的读者朋友们一直以来也都是这么做的。

咱们的话题从"古典与现代"一路扩展到"世界文学"。总而言之，我想说的是包括古典文学、现代文学和日本文学、外国文学在内，世界上值得大家阅读的有趣的作品正在不断地涌现，那么我们究竟应该如何选择那些值得自己阅读的作品呢？在这里，我就只是想稍微提醒一下大家这个问题的存在罢了。如果说有某位了不起的学者能为我们制作出一份"必读书单"，并且在其中列举出几十部作品，告诉我们只要把这些作品读完就足够了的话，那事情就简单多了。但是在世界文学内容多样化、总量膨胀化的现实前提下，妄图整理出这样的权威书单也已经成为一个令人难以想象的难题了。

而不久之前，在日本的市面上，"世界文学全集"之类的出版物还是很受欢迎的。实际上，它也在一定程度上起到了这种类似"必读书单"的作用。这种世界文学全集一般都是邀请各国文学研究领域的知名学者参与编撰的，因此也可以看作是在一定的时代背景下有着很高阅读价值的古典作品的一种总集。这种受到文学界普遍认可的古典作品总集也被称作"经典"（Canon）。

而最近，大家开始强烈地意识到另一个有趣的现象，在文学历史的进程中，即便是"经典"也并非一成不变，有些曾经风靡一时的作家会逐渐被人淡忘，而另一些新的作家、作品又会补充进这个群体。实际上，"经典"本身也是在不断演化着的。

而到了现代，再想要编撰类似过去的那种带有"世界文学全集"属性的"经典"就已经非常困难了，我在思考，我们是不是已经到了必须确立新的"经典"的时代了。作为追求新"经典"的一个非常直接和成功的案例，首推由作家池泽夏树①的《池泽夏树 个人编辑 世界文学全集》（河出书房新社）。但是，另一位美国的比较文学家大卫·达姆罗什也曾说过，世界文学的真正意义也许并不是制作出某种形式的作品选集，而是要帮助读者建立起新的阅读模式。也就是说，所谓世界文学，其实是关于你我究竟应该读什么、怎样读的问题。这种说法乍听之下，虽然显得有点过于突兀，但其核心理念是希望读者不要在最初刚接触世界文学的时候就把自己束缚在某个书单之上，强迫自己"非要看完"某些作品，而是应该尽可能地沉浸在自己感兴趣的作品中，随着阅读的深入，读者们就会发现，能够引起自己阅读兴趣的下一部作品会自然而然地出现在心中。这样一来，读者自身的阅读视野才开始真正地面向世界，也才能获得不断的拓展。这应该也算得上是在世界文学之—崇山峻岭中一条最优的阅读路径了吧。

这种阅读模式极大地解放了读者的主观意识，给予了读者很

---

① 池泽夏树（1945— ），日本诗人、翻译家、小说家。

大的自由。但是，现代社会中书海茫茫，被赋予了自由的读者们也会相应地感觉到迷茫，不知道究竟该何去何从吧。因此，向读者朋友们稍微做出一点提示，指出一条文学探索的道路也是很有必要的。而我的目标就是致力于成为各位读者的文学指路人而已。

那么接下来，就让我们有请此次访谈的主角——平野先生来谈谈他的看法吧。

互联网对新文学的现状带来了怎样的影响

平野：大家好。刚才，沼野先生在谈话中提出了几个非常明确的疑问，那么首先，请允许我就这些问题做个简要的回应，然后再继续我们接下来的探讨。去年（2009年）年末，我有机会参加了几场出版界的"忘年会"①，正如各位朋友所知道的那样，前段时间日本经济萧条，各行各业都陷入了不小的困境，但是在出版界，我从来没有听到过像去年那么多的哀叹和抱怨，"太难了"这个词几乎成了出版界从业者的口头禅，每次见到编辑，人人嘴里都在念叨"太难了！太难了"。

出版界的业绩巅峰期大概是在上个世纪的1995年前后，日本公正交易委员会发布的资料显示，从那时到次贷危机（2008年）之前，出版业的市场规模就已经缩小了近百分之三十，仅为巅峰时期的百分之七十左右。再受到次贷危机的冲击，就目前

---

① "忘年会"，日本的企业或行业组织在年底举行的传统聚会，以回顾过去一年的成绩，准备迎接新年的挑战，类似于中国企业或行业组织的年会。

的业界形势推测，这个数据说不定还会被进一步腰斩。就算那些不是以文学作品为主营业务的出版社，日子也不好过。最近从美国传来的消息，旗下拥有多家时尚杂志的著名出版业集团"康泰纳仕"①同样业绩下滑，销售额跌落到仅剩巅峰时期的一半而已。所谓"忘年"一词，本来有忘却旧年是非，去旧迎新之意。结果编辑们在"忘年会"上越聊越颓丧，"一想到来年的形势……"一个个都面色凝重，如临大敌。

自去年年末以来，大家最关心的莫过于电子书籍的发展了，社会大众普遍将今年（2010年）视为日本的电子书元年。其理由有很多，但最直接的一个原因就是去年亚马逊推出了一款名为"Kindle"的电子书阅读终端设备。其英语版已经在国外先行发售了，今年将会正式推出日语版本，而在这之前，苹果电脑公司也发售了新款平板电脑"iPad"。今后，肯定还有其他公司会陆续推出搭载"安卓系统"的阅读终端设备来参与相关市场的竞争，到了那个时候，如何给电子书定价将会成为出版界的一大难题。要知道，在出版界辛苦谋生的可不仅仅是出版社和作家，也包括销售渠道商、书店，以及纸张企业和印刷企业等，它们本来都在出版业中扮演着各自的角色，也发挥着各种各样的功能和作用。不过，如今伴随着图书电子化的浪潮，出版业内部的关系又究竟会发生怎样的变化呢？这将会成为一个关系到整个出版界如何展开行业重组的复杂问题。

---

① 康泰纳仕，著名的国际期刊出版集团，于1908年由康泰纳仕在美国创立，总部位于美国纽约，旗下拥有众多出版物，包括《纽约客》《名利场》《智族》《服饰与美容》《现代新娘》《悦游》《连线》等众多知名杂志。

我涉足图书出版界的时间并不长。十多年前，也就是1998年，我才刚刚作为作家出道，1999年获得了芥川奖，说实话，那时候的我做梦也没有想到自己会遇上一个发展如此迅猛的时代。在我刚出道的时候就经常听人谈论一个词，叫"脱离铅字"，这其实是个比喻，意思就是说当时的年轻人，要么沉溺于电视节目，要么沉迷于电子游戏，总而言之就是不看书报，不读文字。

而现如今，再说起"脱离铅字"这个词的时候，恐怕就要按照它真正的字面意思去理解了。正如沼野先生所说，铅字本来是用于活字印刷的，被印刷机记录在了"纸张"这种媒介之上。严格来说，广泛采用"DTP"（桌面出版）技术的现代出版界其实老早就已经告别铅字的时代了。我们现在看到的不过是印制在纸张上的"模拟铅字"罢了，不过为了把这个话题聊下去，我们姑且就把这种"模拟铅字"也当作"铅字"来看待吧。表面上看，人们接触铅字的机会的确在减少，但是通过电脑、手机等数字媒体，现代人每一天读写的文字量却达到了历史上前所未有的高峰。

我小时候，身边有很多小伙伴，一遇到作业要写作文就脸色发青、脑袋发蒙。而现在，很多小朋友从小就会自己主动地撰写、更新自己的博客、日志，也许他们就不会再像以前的小孩那样害怕写作文了吧。我发现近来的一些青年作家，文章都写得得心应手，而且遣词用句也非常平易近人，比如已经出道了相当长一段时间的金原瞳，他们这一代作家虽然并不一定是从小学就开始习惯使用互联网，但总而言之，他们的作品都写得非常出色。

而在互联网时代之后成长起来的新一代青年人，从童年时代就已经养成了日常写作的习惯。今后，如果这些人成为作家，又会给文学带来怎样的影响呢？我经常爱举这么一个例子，就在前不久，整个世界体操界能完成"月面宙反"① 这个技术动作的，还只有屈指可数的一两名职业运动员，而现在，你去任何一所高中的体操队都会发现许多人都能完成这个动作了。技术的发展就是这么一回事，一旦有人达到了某个水平，那么用不了多久，其他人也能很快将这项技术掌握下来。写文章，当然少不了要看一个人的天分。不过，若论单纯的文学技巧，接下来的文学创作在技法上也一定会呈现出日趋早熟化的倾向，我认为这将会成为今后的一大趋势。

因此，当我们在评价新晋作家的时候，即使遇到了文章技法非常老练的作者，也不能对他们轻易折服。作为业余选手如果能完成"月面宙反"的话，当然很值得赞叹，但是对于参加体操比赛的专业运动员来说，仅仅完成一个"月面宙反"，还不足以让现代的体操裁判感到惊讶吧。这两件事情其实是同一个道理。

现代"报纸"的奠基人——吉拉尔丹②

平野：话说回来，我曾经接受过一个名叫"文字·铅字文化推

---

① 1972年慕尼黑奥运会，在单杠项目中获得金牌的日本选手冢原光男，自创了由正握悬垂前摆接两个团身后空翻兼转体一周下的动作，被命名为"Moon sault"，亦称"月面宙反"。

② 埃米尔·德·吉拉尔丹（1802—1881），法国报业企业家，常被认为是最早的传媒企业家。

进机构"的团体的邀请，做了一次演讲，而在讲演的过程中我却对该机构的名称做出了一个不太客气的评论，我认为"文字和铅字是不应该拿来相提并论的"。无论最初是写在木简上，还是刻在金字塔的墙壁上，从楔形文字、象形文字到现代互联网上的数码（电子）文字，文字的发展史可谓源远流长。而铅字则是伴随着活字印刷术的发明而出现的产物，从传播媒介的角度来看，铅字只不过是文字发展历程中的一部分而已。

以前有过这么一个词语，叫作"铅字信仰"，这个词语是什么意思呢？在当时，想要印刷出版自己的作品是一件非常困难的事情，只有那些被筛选出来的极少数人能获得公开出版自己著作的机会。所以，一个人无论多么想成为作家，只要出版社不愿意出版他的作品，那就真的是一点办法也没有。这就是出版社作为文学传播媒介的重要地位。同样，对于铅字来说，作为传播媒介的印刷技术和印刷机也是不可或缺的重要条件。可能有一些听众朋友已经看过了陀思妥耶夫斯基的《群魔》[①] 这部小说，小说中的人物为什么要自相残杀呢？我觉得这一切归根到底就是围绕着印刷机（传播媒介）的一场争夺。因为《群魔》的主人公彼得，原本只是一个传达来自日内瓦指令的传播媒介一般的存在[②]。这个故事的主题直到今天依旧发人深省，它充分说明了掌握信息传播的媒介是一件何等重要的事情。

[①] 《群魔》，俄国作家陀思妥耶夫斯基创作的长篇小说。该作品于 1871 年至 1872 年首次在《俄罗斯通报》上连载。
[②] 小说以流言传闻的形式多次暗示了主人公彼得·韦尔霍文斯基领导的秘密团体和日内瓦的"和平自由联盟代表大会"有关联。

在传统出版业中，作者和编辑都是被挑选出来的专业人士。他们具备了较高的专业技术水平，不仅能进行文学创作，还能从事调查采访、文章审校等工作。只有让这样的一群人来有组织地开展图书出版工作，才能获得社会大众的信赖。这也许就是"铅字信仰"的根本原因吧。

然而，这已经是出版业与印刷技术还存在着紧密联系的过去时代的事了。如今在互联网上谁都可以轻松地发表意见和观点，有时候一些网络信息的质量甚至比实际出版物的质量更高。这样一来，"脱离铅字"以及"铅字信仰"的衰退就成了理所当然的现象。

从今年开始，日本的出版市场将正式迎来图书电子化浪潮的巨大冲击，而最近，我又重新阅读了由鹿岛茂①先生创作的小说《报业之王吉拉尔丹》。在今天的时代背景下重温这部作品，能让我们发现很多别样的乐趣。吉拉尔丹活跃于19世纪，与音乐家肖邦同处一个时代。自1830年起，吉拉尔丹开始涉足报业，并逐步积累起了巨额的财富。在他早期发行的报纸上，我们发现了一个很有意思的标题——《剽窃报纸》。这是什么意思呢？要知道当时的报纸是必须通过订阅才看得到的，而报纸的种类又分得很细，只能提供某种单一门类的资讯，有的专门介绍最新款的服装，有的专门处理股票交易信息。由于在一张报纸上并不能囊括全部的资讯，社会上就出现了一些方便读者互相传阅报纸的场

---

① 鹿岛茂（1949— ），法国文学研究专家、评论家，日本明治大学国际日本学部教授。

所。吉拉尔丹敏锐地发现了这个商机，他亲身往来于这些报纸的传阅场所，收集那些在各家报纸上已经刊登过的最有看点的新闻，再每周刊发一次，而这种"剽窃报纸"竟然一跃成为当时最受欢迎的读物。

吉拉尔丹的这个点子，和现在的谷歌新闻有点类似，也就是将各家新闻机构通过采访收集到的资讯汇集到一起，再提供给读者的模式。虽然文学领域的所谓"编辑"跟谷歌新闻把所有的相关资讯捆绑在一起的做法还是有所区别的，但同时，在近代的历史条件下，作为信息综合平台的小说也逐渐成为一个新兴的资讯门类，可以说二者的发展内涵还是相通的。

此外，吉拉尔丹还注意到不仅仅是都市居民，生活在城镇和乡村的人们也有着相应的资讯需求，他通过在报纸上刊登广告的方式削减成本，把报纸的年订阅费用降低了一半。受到他这种开创性的经营模式的影响，巴黎诞生了世界上最早的一批广告代理商。可以说，吉拉尔丹不仅实现了报纸的廉价化，而且也为广大市民提供了政治立场更为中立的资讯。

吉拉尔丹虽然是近代报业的奠基人，但在当时却并不怎么受人尊敬，在这一点上，倒是和互联网的发展非常相似。

另外，为了吸引读者，增加报纸订阅量，吉拉尔丹开始在报纸上开辟小说连载专栏，这可以算得上是他的又一大功绩。当时，有部分读者就是冲着报纸上连载的小说，才选择订阅的。从那以后，经过了一百多年的漫长岁月，报纸也逐渐变成了一种"伟大的"存在，甚至成了"活字信仰"的对象之一。然而，伴随着互联网新媒体的出现，从某种意义上讲，报纸又陷入了另一种徘徊不前的境地。

激烈的时间争夺战

平野：这种"铅字信仰"不仅仅存在于新闻界，也渗透到了其他领域，小说当然也不例外。最初只是用来为报纸促销的小说，后来也逐渐发展成为一种正统的文学形式，变得高雅严肃起来了。法国的"新小说"[①]（Nouveau Roman）就是一个典型的例子，日本也一样，20世纪90年代的时候，动不动就冒出些故作高深的奇谈怪论。特别是在纯文学领域，感觉读者已经不再是单纯为了兴趣而去阅读小说了，到上个世纪90年代我刚出道的时候，这种趋势还是比较强的。今天，在购书网站"亚马逊"上那些让人感到无聊的作品会被标注为"一颗星"[②]，而当时，普通读者对于作品的评价是很难被如此公开地反映出来的。读者实际上也并不清楚哪些作品是比较受欢迎的，或者真正读过的人会有怎样的评价。正因为如此，文学评论家的作用就显得至关重要了，有的时候甚至会被过分夸大。

再到上个世纪90年代末，我觉得所谓的纯文学作家和读者

[①] "新小说"，法国的小说创作流派，其作家被称为"新小说派作家"或"反传统小说派作家"。以阿兰·罗伯-格里耶、娜塔丽·萨洛特、米歇尔·布陶、克洛德·西蒙、马格丽特·杜拉斯等为代表，公开宣称与19世纪现实主义的文学传统决裂，探索新的小说表现手法和语言，描绘出事物的"真实"面貌，刻画出一个前人所未发现的客观存在的内心世界。这一派在20世纪50年代刚出现时不为人所理解，被认为是"古怪""荒诞"的文学流派。20世纪60年代，则成为法国文学一支具有代表性的流派。

[②] "一颗星"，购书网站"亚马逊"的一种读者评价机制。读者购买图书后可以对图书做出评价，最低的为一颗星，最高的为五颗星。

之间已经拉开了一段相当大的距离。可以说这是一种互相之间视而不见的悲哀吧。反倒是类似町田康①先生和柳美里②女士这样跳脱出文学史脉络的非传统的新晋作家们开始受到读者们的关注。

在这样的背景下，互联网开始登上历史的舞台。最初，用户要上网是必须通过电话线路进行拨号连接的，当时的网络环境也不具备上传下载视频或者图片的能力，因此大家并没有真正感受到互联网的便利性。在 2001 年前后，网页浏览时间挤占读者书籍阅读时间的情况还并不突出。然而，不久之后，随着网络宽带的扩容，以及光纤的进一步普及，用户与互联网最终实现了持续性连接，从此以后，普通人在家中的可支配时间就开始被互联网大面积吞噬。上班族在下班回家后，如果能腾出两个小时的空余时间，就已经非常难得了，要问大家会把这个空余时间用来干什么，以前恐怕只有读书、看电视、听音乐之类的选择，而现在又一下子多出了上网、玩手机的选项。

尽管人们的空余时间本身在总量上并没有增加，但娱乐活动的形式却在不断丰富，一场针对个人有限的空余时间所展开的争夺战也日趋白热化，这场战役的结果，书籍的销售量和电视的收

---

① 町田康（1962— ），日本朋克摇滚歌手、作家。2000 年以小说作品《断断续续》获得芥川奖。
② 柳美里（1968— ），韩国人，演员、剧作家、小说家。最初在剧团担任剧员并从事剧本创作。1986 年以剧作《致水中之友》而闻名，1992 年以小说《鱼之祭》获第 37 届岸田国士戏剧奖，1995 年以《家梦已远》获泉镜花文学奖、野间文艺新人奖。1996 年以后主要从事小说创作。1997 年以作品《家族电影》获芥川奖。

视率都随之滑落。"阅读"这一智力活动本身更是陷入巨大的存在危机。"不读书，无以能"的教养主义意识越来越淡薄，大众往往会把阅读小说（文学作品），与上网、玩手机、玩游戏等娱乐活动并列起来看待，然后再从中选择出自己在空余时间想要做的事情。在这种情况下，大众凭什么非要选择去阅读小说（文学作品）呢？而小说（文学作品）又究竟应该如何去吸引读者的目光呢？

要说电视的收视率下降，有一部分的原因可能是节目的质量出了问题。不过，在我看来，最主要的不利因素应该是电视节目以外的娱乐活动已经变得越来越丰富了。也正如沼野先生先前所谈到的那样，在小说（文学作品）领域，尽管大众的阅读时间在持续减少，但是图书的出版量却在逐年增加，特别是今后图书一旦全面电子化，其电子数据将会无限地积累下去。收入图书馆或者网上电子书书库"青空文库"的文档也会日益膨胀起来。再加上由图书电子化所带来的出版事业低成本化，书籍的流通性也会越来越高，无论你身处世界的哪一个角落，只要想读书，任何书籍都是触手可及的。

今后，在一些出现新兴市场的国家①出版的小说当中，一定会涌现出将本国的现代化进程与当今潮流尖端相结合的优秀作品。与几乎是在封闭状态中创作出来的日本小说相比，这些作品将显得更加充满活力，更加富有戏剧感染力，也更加有趣。

在图书大量增长的背景下，想必大家会跟我一样感到迷茫，

---

① 此处特指巴西、俄罗斯、印度、中国等国家。

不知道究竟该读些什么书了。在最近这一年中，我也经常会收到来自报纸、杂志的问卷调查，想请我向读者们推荐"十本必读书目"。说实话，对这种要求，我已经开始觉得有点厌烦了。当然，这跟我们今天对话的宗旨似乎是完全相反的。我能理解大家提出类似问题的心情，但是作为杂志的编辑，你们应该自己去思考这个问题的答案啊，这是你们的本职工作啊。我自己是真的不善于向别人推荐图书，所以经常会出现我自己认为难得的佳作，在对方看来却乏善可陈的情况。

而且，当大家看到杂志推出"必读书目"特辑后，真的会去照着书目买书来看吗？如果只是某一家杂志社，选个十部作品，推出一个介绍特辑，也许还会有人去按书目买书阅读，但是许多杂志社经常搞"百名作家大调查"，让每个人都推荐两三本书，我光是看到这一页页的书目就已经厌倦了，谁还会有心情再去买这些书来读啊！

不久前，《群像》杂志制作了一期名为《海外文学最前线》的特辑①，动员了日本国内各国别文学的研究专家，计划为读者介绍当代世界文学领域中有着较高阅读价值的优秀作品。总体而言，这是一次非常有益的尝试。沼野先生在特辑中也写道，如今海外文学方兴未艾，许多读者却苦于缺乏有针对性的阅读指导，这个特辑从英语文学圈、法语文学圈等各主要语种文学圈的海量图书中各挑选了十册具有一定代表性的作品，推荐给大家，以便各位读者朋友能对当代的世界文学概况有个大致的了解。看了这

---

① 《海外文学最前线》特辑，《群像》杂志，讲谈社，2009年5月号。

个特辑的介绍，我也去买了很多自己以前没有读过的作品。与那种不负责任的"调查问卷"不同，这样的特辑显示出该杂志较高的编辑水平和撰稿者的认真态度。而其他的一些杂志社则在这方面，显得更加随意了。

关于"读书经历"与文体

沼野：平野先生，您谈到的内容很有意思，谢谢。

您刚才的讲话，从某种意义上来说，是非常符合您个人特质的，与其拘泥于对某些具体的文学作品的评论，不如深入地展开对媒体环境的探讨。这也正是我最初提出的问题，在这里，我想暂时把话题带回到古典文学的作品上。到底是怎样的一种阅读经验成就了您这样的一位作家呢？

平野先生年纪轻轻便以《日蚀》这样一部杰作登上了文学舞台，即使到了今天，也依然有人认为您的出道历程充满了传奇色彩，当时甚至有人评价您是"三岛由纪夫转世"。的确，《日蚀》中的日语表达吸收了许多古代日语中的传统要素，看得出来是经过反复推敲、精心凝练而成的。以您当时仅仅二十三岁的年纪，写出这样的一部作品，实在是令人叹为观止，没有相当的文学功底，恐怕是办不到的吧。那么，在写《日蚀》之前，您到底阅读过哪些书呢？

平野：您这是谬赞了。我在写《日蚀》之前，确实仔细研读过森鸥外的作品，实际上，《日蚀》所采用的文体，就是我在心里暗自模仿森鸥外的史传类作品而创作出来的。刚才我们的谈话中也提到过，十年前，就常有人抱怨说"《日蚀》的内容太难懂了"，但是在接下来的十年中，我发现听到这种抱怨之言的机会变得越来越多了。这当然也是一件让人很心烦的事情，不过更让我感到意外的是，跟许多初次见面的朋友交换名片的时候，其中有相当大的一部分人竟然是在抱怨"《日蚀》里面的汉字太复杂了"。

只是，就我个人的真实感受，20 世纪 90 年代以来日语就逐渐向着批判性解体的方向发展，有赖于许多作家在艰难摸索中所做出的积极尝试，日语小说的文体开始变得更加丰富多彩。但另一方面，日语的词汇库却正在面临着日渐枯竭的危机。日语从出现《万叶集》的时代一直被使用至今，好不容易累积下了一个规模庞大的词汇宝库，今天虽然我们已经开发出了先进的电子语料数据平台，但是却几乎没人认真考虑过对于这样的一种语言财富，我们究竟应该如何善加利用的问题。于是，我就在想，我们是不是应该朝着这个方向稍微努力一下呢？是不是应该对现代日语的词汇、文法再适当地加以扩充呢？我并不是刻意地去推崇那些晦涩难懂的词句，只是单纯地觉得从远古时代留传至今的优美辞藻就像一座尘封的宝藏一样，等待着我们去将它打开。

其实，我当时只是一个来自乡下的文学少年而已，我所钟爱的，也不过就是收入"岩波文库"之类的古典文学作品罢了。

比如铃木信太郎翻译的《恶之花》①，小林秀雄翻译的《地狱一季》②等，其中有许多日语汉字。因此，我所接触到的汉字从一开始就并未局限于学校教育中所教授的汉字，或者媒体所使用的汉字。

前一阵子，我和东浩纪③先生对谈的时候，他就提到说，在最近的小说里"（某某）如此这般地说道"这一表达方式十分常见，他对这种情况很不以为然，难道我们的小说家们就想不出别的说法了吗？每次遇到描写小说人物之间的对话场景，总会看到"某某说、某某说、某某说……"千篇一律地重复着，没完没了。这或许是因为大部分作家都不会只创作一部作品，小说作品写得越多，也就越容易出现遣词造句日渐相似，行文表达日益相仿的情况。从这个意义上来说，如果作家本人所掌握词汇量足够丰富的话，他在小说创作过程中对语言表达的选择范围也就会更加宽广。在作家森鸥外的史传类作品中，不仅日汉杂糅，而且掺入了许多德语的表达，形成了一种端正妥帖而又协调融合的文章风格，我由此得到启发，觉得小说的写法就应该更加丰富才对。

沼野：虽说同样是森鸥外的作品，但他创作的"史传"却并未

---

① 《恶之花》，法国诗人夏尔·波德莱尔的一部诗集，作品兼具浪漫主义、象征主义和现实主义的特征。铃木信太郎翻译的日语版译本名为《恶之花》，于1961年出版并收入了"岩波文库"。
② 《地狱一季》，法国诗人阿尔蒂尔·兰波的一部诗集。小林秀雄翻译的日语版译本名为《地狱的季节》，于1970年由岩波书店出版。
③ 东浩纪（1971— ），日本小说家、文化研究学者。东京大学哲学博士、早稻田大学客座教授，2010年凭《量子家族》获得第23届三岛由纪夫奖。

在读者中得到广泛传阅,因此我在这里向大家做一个简要的补充说明。首先我来介绍一下《涩江抽斋》这部书。森鸥外在收集武鉴①的过程中,发现在弘前藩②有一位名叫涩江抽斋的医师,森鸥外对涩江抽斋产生了浓厚的兴趣,并在对其人生经历、人品、事迹等情况进行了一番详细调查后创作出了《涩江抽斋》这部作品。

森鸥外的史传类作品一共有三部,另外两部分别是《伊泽兰轩》和《北条霞亭》,这些史传类作品在刚发表的时候,并没有获得太高的评价。实际上,由于作品中的遣词用字颇具古风,即便是与森鸥外生活在同一时代的读者,阅读起来也是很有难度的。我在几年前,好不容易才把《涩江抽斋》通读了一遍,森鸥外塑造人物形象的手法就像一个历史侦探,我觉得还是挺有意思的,但是当我翻开《北条霞亭》时却怎么也读不下去了。您在学生时代就喜欢读这样的史传类作品,是真了不起啊!

平野:也不知道什么原因,我觉得森鸥外的作品特别能打动我。因此,我把收入"筑摩文库"中的《森鸥外全集》③ 从第一册开始一本不落地读了下来,最后就读到了他的史传类作品。所以也不知道自己究竟读懂没读懂,只是感觉读到《伊泽兰轩》的时候还没那么吃力,但是读到《北条霞亭》的时候,由于作品

---

① 武鉴,记载江户时代武士家族的姓名、俸禄、宅邸、家徽等内容的一种带有年鉴风格的名士录。
② 弘前藩,位于今天的青森县北部弘前市周边。
③ 《森鸥外全集》,1971 年由筑摩书房出版,后收入"筑摩文库"。

中融入了很多汉文的词句，要读下来就确实需要花一番工夫。但是这部作品格调高雅、清新脱俗，也确实值得我们细细研读，而且读完之后你还能从中体会到一种具有坚实风格的美感。因此，如果说有读者对这样的作品有亲近感的话，与其说是因为这些读者有着深厚的文化修养，还不如说是因为作品中的"异国情调"触动了读者的心灵。

最近，我又在重温谷崎润一郎的作品。我感觉谷崎润一郎的那些俗称"回归日本"的作品也和我们前面谈到的情况类似，只是触发读者对"异国情调"的好奇之心，由过去对欧洲文化的向往，转变成了对古典日本的眷恋。

之所以这样说，是因为在"回归日本"的文学道路上，谷崎踏出的每一步都是踏实而有力的。他先是创作了《阴翳礼赞》和《文章读本》，接着又翻译了《源氏物语》，此后更是开始创作以"王朝时代"（奈良、平安时代）为背景的历史小说，最后甚至把家都搬到关西去了。谷崎曾读过奥斯卡·王尔德[1]和托马斯·德·昆西[2]，与二位唯美主义先驱一样，谷崎所憧憬的世界永远不在此处，而是在某个遥远的地方。这种对古典的追求与为古典文学注入血肉，令其获得真正的重生，还是有所不同的。

---

[1] 奥斯卡·王尔德（1854—1900），以剧作、诗歌、童话和小说闻名，唯美主义代表人物，19世纪80年代美学运动的主力和颓废派的先驱。
[2] 托马斯·德·昆西（1785—1859），英国散文家和批评家，英国浪漫主义文学的代表人物。

于两极之间上下求索

沼野：也就是说，早年给平野先生带来影响的日本作家，一方面有精通汉语和德语的森鸥外，他的语言风格比柔和的"和语"①更坚实，也更富逻辑性，体现出其智慧博学的底蕴。另一方面，与之形成鲜明对照的是类似泉镜花②那样文笔瑰丽的作家，他那种充满感性色彩和浪漫奇幻的文风也给您带来了很大的影响吧。

平野：您说的没错。我确实一度被泉镜花新奇、瑰丽的文风深深地吸引。我的第二部小说《一月物语》就明显是在泉镜花的影响下创作而成的。不过，回到我们最初讨论的内容，谈到除泉镜花和森鸥外之外我感兴趣的作家，就不得不提到三岛由纪夫了。这次，我在"中学生的三本必读书"的书目中就推荐了三岛由纪夫的《金阁寺》。推荐的理由，是因为我在中学的时候就看过这部作品，当时也不知道是什么原因，就感觉内心受到了极大的震撼，所以我觉得即便是现在的年轻人也不一定能够把这部作品真正完全看懂，但肯定会被它的内容所感动吧。

同时，三岛由纪夫对我来说，还是一位非常合适的阅读向导。通过阅读三岛由纪夫的书，你不仅能了解到森鸥外、泉镜花

---

① 现代日语词汇主要由三种类型的语言文字构成：和语、汉语、外来语。和语是日本原有传统语言，又称大和语，多数用假名表示，里面的汉字，也多为训读，其读音与汉语不同。
② 泉镜花（1873—1939），跨越明治、大正、昭和三个时代的日本作家。1893年发表处女作《冠弥左卫门》，1895年发表《夜间巡警》和《外科室》，被视为"观念小说"的代表作。1900年发表充满浪漫主义色彩的《高野圣僧》。后又发表《妇系图》《歌行灯》等小说。另有《天守物语》《棠棣花》《战国新茶渍》等剧作作品，创作风格具有唯美主义倾向。

的作品，还能邂逅托马斯·曼①、巴尔扎克、巴塔耶②等文豪巨匠。可以说，最初我就是循着其作品的指引，逐渐扩大了自己的阅读范围。而且，一旦你读到了托马斯·曼的作品，就又会产生好奇心——"歌德是怎样的呢""尼采又是怎样的呢"，于是就会想要去阅读歌德、尼采的著作，这样一来，你的阅读范围也就更进一步地被拓展开了。

从这个意义上来说，如果读者最初选择阅读的是一个完全不读书的作家的作品，那也许就很难形成这样一种阅读拓展的习惯了吧。我从三岛由纪夫开始，一路追寻着那些历史上的文学先贤，在这个过程中阅读了很多著作，这也就让我既喜爱森鸥外的作品，又迷恋泉镜花的作品。而且，因为喜欢上了三岛的作品，所以往往只要是三岛觉得不错的东西，我也会自然而然地产生共鸣。前面我们不是也提到过所谓"百名作家推荐书目"的事情吗？如果这一百位作家都是些读者不感兴趣的人，就算他们每人推荐三本书，总共三百本，读者恐怕也不大会有想要一读的意愿吧。

沼野：原来您就是一边研读着这样一些日本作家的作品，一边写出了自己的作品的啊。那么我们就把话题再转回到森鸥外，森鸥

---

① 保尔·托马斯·曼（1875—1955），被誉为德国20世纪最著名的现实主义作家和人道主义者，受叔本华、尼采哲学思想影响。主要作品有小说《布登勃洛克一家》《魔山》等。1929年获诺贝尔文学奖。
② 乔治·巴塔耶（1897—1962），法国评论家、思想家、小说家。主要作品有理论著作《内在体验》《冥想的方法》，小说《眼睛的故事》《蓝天》《艾德沃妲夫人》等。

外作为日本近代文学史上伟大的作家之一，具有非常理性的一面，但是我感觉他的这种理性特质对于小说的故事创作来说不一定是一件好事。

平野： 您说的有道理。

沼野： 森鸥外的史传历史考据细致，应该属于纪实文学的范畴，包括汉文在内，他的古典文学修养也可以说是非常精深的。不过，这些作品并非我们通常意义上所理解的小说。因此，作为小说家，森鸥外并不能算作是一位超一流的天才作家。而泉镜花的作品则向我们展现了一个充满神佛信仰、超自然的非理性世界，但它同时也是一个充满魅惑幻想的浪漫世界，这与他所采用的文体可谓相得益彰。在泉镜花的作品中，我们虽然经常搞不清楚句子的主语在哪里，句子和句子之间又是怎样的一个脉络关系，但是读者读起来却会觉得自己被语言本身的乐趣和快感深深地吸引住了。从这个意义上来说，泉镜花所采用的应该算是一种非常具有日本特色的文体了吧。说起来，当年我在美国留学的时候，和一位研究泉镜花作品的美国人成了朋友，我们住在同一个宿舍里，所以他经常来我的房间询问一些有关泉镜花作品的问题。然而，他提的问题都是关于泉镜花在作品中所使用的那些非常暧昧的表达方式，基本上连我这个日本人也不太看得明白。说实话，我觉得自己挺丢人的，不过泉镜花笔下那些连日本人都要犯难的、不太符合逻辑性的字句也给我留下了非常深刻的印象。

因此，森鸥外和泉镜花二人的作品无论是在作品类型还是文体上，都是一组非常鲜明的对比实例，虽然二者同样都是作家在自创文体方面可供借鉴的榜样，却又很难相互兼容。而平野先生不仅致力于使两者实现对立统一，同时更开辟出了自己的文学道路。

平野：森鸥外和泉镜花在某种意义上确实是两个极端，也正因为如此，才产生了像芥川龙之介、谷崎润一郎、三岛由纪夫那些既崇敬森鸥外，又喜爱泉镜花的作家。森鸥外的文章，特别是史传类的作品，从某种意义上来说，感觉就像是巴赫的音乐。巴赫的音乐并不是那种很容易让人感到亲近的音乐，其中有很多乐章乍听起来完全不知道是从哪里开始、到哪里结束。但是在认真欣赏的过程中，会有一种崇高的艺术感油然而生，听众单纯就是被这样的音乐旋律打动了。这就恰似文体的精妙之处，它令我们被森鸥外的遣词造句所感动，并由此开始思考他作品中的思想内涵。与之相对，泉镜花的文体是装饰性的、打破常规的。这种文体在某些人看来可能有点让人摸不着头脑，但在作品意境的营造和故事情节的设计中，却具有令人震撼的美感。而且，虽然不如森鸥外那样受到读者的广泛关注，不过在泉镜花作品中却孕育着自由开放的思想。对烟花柳巷和"妖怪"世界的描写，展现了泉镜花在思考人类社会的自由与否时所具有的深刻洞察力。这种介于两极之间的思考，在读者接触文学作品的初期是尤其重要的。

沼野：在昭和文学的代表人物中，三岛由纪夫算是非常出名的了。不过，二战后的现代日本作家中，还有另一位非常重要的人物，那就是比三岛由纪夫正好小十岁的大江健三郎。从大江的文学观来看，在很大程度上，三岛由纪夫是一个应该受到否定的存在。平野先生，作为大江作品的读者，您又是怎样看待大江的文学作品的呢？

平野：诚如您所言，这是最常被大家问到的一个问题。在我成为作家之前，由大江先生创作的，特别是到《万延元年的足球队》为止的一系列作品给我带来了最深远的影响。成为作家之后，我又读了他的《洪水淹没我的灵魂》等作品，感觉也很喜欢。

《葬送》之后，我其实又写了很多被外界称为实验性短篇的作品。就像大江先生的《拔幼芽，打孩子》① 那样，那时的我写出来的文章都是一堆非常稚嫩、天真的东西。在这之后，我开始认真研读大江先生的其他作品，特别是《性的人》②、《十七岁》③

---

① 《拔幼芽，打孩子》，日语原作题为《芽むしり仔撃ち》，是大江健三郎创作的第一部长篇小说。国内学者有的直译为《拔芽击子》或《掐去病芽，勒死坏种》，也有的意译为《感化院的少年》。本书译者按照尽量忠实于原作的翻译原则，结合汉语的表达习惯，将其译为《拔幼芽，打孩子》。
② 《性的人》，大江健三郎于1963年创作的一部中篇小说。作品描写了一个叫J的青年，在物质充足、精神空虚的情况下，对于性的困惑、迷茫和一些具有争议性的追求。作者把"性"作为政治的暗喻，展现了"我们的时代"中人的性别世界，并且探索打破这一社会现状的可能性，给读者提供了一个窥视日本社会的新视角。
③ 《十七岁》，1961年，大江健三郎以刺杀日本社会党委员长浅沼稻次郎的十七岁右翼少年为原型，创作了小说《十七岁》及其姊妹篇《政治少年之死》，在《文学界》1月、2月号上发表。小说以十七岁的普通少年"我"为故事的主人公和叙事者，讲述了"我"如何从一个自卑怯懦的普通高中生逐步走上极端右翼道路，成为信仰天皇的狂热右翼少年，并最终沦为暗杀者的全过程。该书深刻揭露了日本极端右翼势力对青少年的毒害，也展现了作家对民主主义思想的坚持。

等作品。也就是那种能暴露出现代社会生存危机感的作品。

刚才沼野先生简要地介绍了我的创作脉络，在从《日蚀》《葬送》到《溃决》再到《曙光号》的时间洪流中，究竟哪一个时期是最容易让人产生绝望感的呢？我觉得是描写现代的《溃决》。与之相比，在创作《葬送》之类非现实的作品时，我心中都是喜悦，因为我是满怀着憧憬在描绘着自己喜欢的世界。

沼野： 原来是这样。虽然《葬送》是一部长篇小说，但是沉浸于其中的作家却希望作品中的这个世界永远不会终结，因为对于作家来说它的确是一个幸福的世界。

平野： 确实如此。今年是肖邦两百周年诞辰，因为《葬送》的内容也与之有所关联，为了配合各种纪念活动，我又重新读了一遍《葬送》。不过，这次读下来，我却感觉这部作品好像不是自己写的一样。我就纳闷了，那个时候的自己怎么会写出这么高雅的作品来啊。而《曙光号》的主题则正如书名所暗示的那样，先探讨了未来的希望之所在，然后又将目光从未来投射回现代社会的这么一个作品，但是我在内心深处还是非常清醒的，当我们需要真正地去面对当今的社会之时，就必然会创作出《溃决》这样的作品。所以，在描绘现实世界的时候，我还是深受大江先生影响的，特别是他在创作《万延元年的足球队》时在作品中所营造的那种意境和氛围。而且我写《溃决》的时候，也正好与创作《万延元年的足球队》时的大江先生同岁。

所以，从某种意义上来说，当我只想沉溺在虚幻的美丽世界时,便写出了类似《葬送》这样的小说,而当我想要与现实世界取得更直接联系的时候,给我带来更强烈刺激的是大江先生的作品,而不是村上春树。

沼野: 不管怎么说,大江先生比您早出生了正好四十年,算是很年长的前辈了。对于大江先生早期创作的作品,您是肯定不可能在发表当时就看到的,即使后来去读,也需要去回溯当年的时代背景。另一方面,村上春树则属于您能够实时接触到的前辈作家。虽然他的处女作《且听风吟》发表于1979年,那时候您只有四岁,所以在这部作品发表的时候,您应该也还是没有看过的,但是对于村上在上世纪80年代末之后发表的作品,您应该就可以在新作发表的同时读到了吧。

平野: 是的。在我上中学的时候,《挪威的森林》大受读者欢迎,我清楚地记得那时候我们学校的国语老师在班级里询问学生有没有正在看什么课外书籍,坐在我旁边的同学就说他"正在读《挪威的森林》"。老师当场回话说"这书对初中生来说有点早了吧",然后全班同学都笑了起来。

沼野: 这部作品对性的描写确实有点多,对年轻人是有一定刺激的。关于读者对于小说中性描写的容忍程度究竟有多大,或者说小说中的性描写到底有多少是真正必要的这个问题,因国籍、文化的不同,其判断标准也存在着很大的差异。时至今日,有些国家的译者在翻译村上作品的时候,还是会对其中的性描写做出部分删节。

事实上，去年9月份我应邀访问了越南的四个城市，并在当地的大学里分别做了几场关于日本文学的演讲。在演讲结束后听众提出的所有问题中，关于村上春树作品中性描写的问题占据了压倒性的多数。如今除了村上春树以外，包括山田咏美①、金原瞳等作家的作品也都被大量翻译成了越南语，越南对于现代日本文学的介绍和翻译可以说非常及时，这一点倒是令我感到十分意外的。不过，多数越南读者并不习惯于个别作品中比较露骨的性描写，觉得这种描写会给人一种喧宾夺主的作品印象。

说起村上春树，他去年推出的作品《1Q84》也引发了社会的极大关注，不过，其实平野先生的《曙光号》也是去年推出的，两部作品大体上是同时面世的。

平野：是的。

沼野：而且，您发表《葬送》的那一年，村上春树也正好推出了《海边的卡夫卡》。这恐怕也是一种缘分吧……

平野：当年的事情，我也一样记忆犹新。在（京都的）乌丸御

---

① 山田咏美（1959— ），生于日本东京，原名山田双叶。1985年以《做爱时的眼神》（或译《床上的眼睛》）获第22届文艺奖，从而跻身文坛，其后连续获得直木奖、平林泰子文学奖、女流文学奖、泉镜花奖等文学奖项，代表作有《蝶之缠足》《恋人才听得见的灵魂乐》《风葬的教室》《垃圾》《野兽逻辑》《A2Z》等。

池①有一座由理查德·罗杰斯主持翻修改建的历史建筑，名叫新风馆②。《葬送》刚刚发表之后，我独自一人怀着无比兴奋的心情到那里的一家咖啡餐馆吃饭，结果旁边桌的一对情侣就在那里非常热烈地谈论着《海边的卡夫卡》。

沼野：不过，这两部小说属于完全不同的类型，普通读者对于二者的接受程度也呈现出一种非此即彼、泾渭分明的态度，但即便如此，我还是要感谢二位作家在同一时期的文学舞台上，为我们奉献了两部旗鼓相当的优秀作品。

陀思妥耶夫斯基的感召力

沼野：我们的这次访谈进行到现在，主要都是围绕着日本的近现代文学这个中心展开的，但其实日本还有一个外国文学翻译作品的巨大宝库。那么，我们究竟应该怎样去阅读这些优秀的翻译作品，怎样跟这些作品相处呢？我觉得这也是一个很重要的问题。想必平野先生也并非仅仅只是阅读日本的文学作品吧。通过各种译本，您肯定也涉猎过相当多的外国文学作品。当然了，您一定也阅读过不少法语或英语的原著吧。

---

① 乌丸御池，京都地名，在京都市中心区域。
② 新风馆，建筑物名，原为京都中央电话局，由日本工程师吉田铁郎设计，是日本现存最古老的一座西式钢筋混凝土结构的电话电报大楼。后由著名设计师理查德·罗杰斯主持对该建筑物进行了保护性翻新和改建，并于 2001 年 1 月竣工。改建后的新风馆于 2003 年通过"百年建筑推进协会"（BELCA）的评审，获得了"BELCA 奖"，2004 年又获得了日本综合类设计的"Good Design 奖"。

平野：虽然我是到了初中的年纪才真正开始广泛阅读各类书籍，不过翻译类的文学作品也确实没少读。正因为如此，我曾打算把"岩波文库"中所收入的文学作品全部读完。激发我创作《葬送》之类作品的原动力，就来源于19世纪的法国文学。当然，其中就包括了从司汤达到福楼拜、左拉等大家的各种传世佳作，但是说来也奇怪，到了高中以后我又开始热衷于象征派诗人的作品，尤其对波德莱尔①更是爱不释手。

另一方面，我对太宰治却完全不感兴趣。去年，日本文学界曾掀起过一阵太宰治文学的热潮，我当时就决定缄口不言，尽管其间收到了很多的邀请函，希望我对太宰治做出一些评论，但是最终我还是坚持了下来，什么都没说。而今年正好是"三岛由纪夫逝世四十周年"，有机会的话，我倒是愿意多讲一点这方面的内容。

很多喜欢太宰治的人对我的个人意见可能并不以为然。不过，太宰治创作的特别是自传性的作品是战前、战后那个时代特有的产物，他所刻画的尽是些放浪一生且没出息的男人，或者责任感淡漠的不肖家长等等，这些作品只有在当时的时代背景下才有意义。如果太宰治现在还活着，看到那些在如今的现实生活中深有同感的读者，会不会哑然失笑呢？时空背景已经完全不同了呀！

---

① 夏尔·皮埃尔·波德莱尔（1821—1867），法国19世纪著名的现代派诗人，象征派诗歌先驱，代表作有《恶之花》《巴黎的忧郁》《美学珍玩》《可怜的比利时》等。

只是，在这十几岁的年纪，谁都会有些许对社会的不适应，或者不知该如何处理自己个性化情绪的情况。而我就是在这个年纪，读起了托马斯·曼的早期作品。虽然最初邂逅托马斯·曼是经由三岛的指引，但是后来当我阅读《托尼奥·克勒格尔》①时就处在这样一种身心不适的状况之下。在这部作品中，主人公既抱有对艺术的热爱，又在内心深处被那些毫不在意艺术的平凡而又爽朗活泼的同班同学所吸引。在刻画这种情感困惑与思想摇摆方面，太宰治做得也不错，不过我还是更喜欢托马斯·曼。托马斯·曼的前卫性体现在他对于市民社会非常积极肯定的评价。这是太宰和三岛都不具备的一个明显特征。少年时期的我喜欢托马斯·曼的早期作品，然而不久之后，我渐渐地开始对他的中后期作品，如《魔山》《浮士德博士》等产生了兴趣。不过现在，我最喜欢的是《布登勃洛克一家》。

因此可以说，我的高中时期几乎没有阅读过任何有关现代思想的书，当我来到京都，在京都大学的生协②第一次亲眼看到那些现代文学的书时，我才意识到"原来现在大家都是在读这样的书啊"。

沼野：平野先生，您在今天的"推荐书目"中，并没有把托马

---

① 《托尼奥·克勒格尔》，托马斯·曼创作的小说，发表于1903年，小说通过主人公的经历和思考展现了一个艺术家的成长过程，探讨了艺术与生活、艺术性与市民性之间的关系。
② 生协，日本市民自发成立、自愿加入的保障市民消费权益与倡导提高食品安全消费意识的组织，全名为"日本生活协同联合组合会"，简称"生协"。

斯·曼的作品放进来，取而代之的是陀思妥耶夫斯基的作品。托马斯·曼的确是一位了不起的大作家，但是作为小说家的陀思妥耶夫斯基，却仍然散发着独特的魅力。在您这样一位小说家的眼里，陀思妥耶夫斯基的作品又有哪些独到之处呢？

平野：首先，陀思妥耶夫斯基非常善于运用轻松幽默的笔调来处理严肃的话题。我相当喜欢他的这种创作手法。在他的作品中，每一个人物都是某种意识形态的集中体现，本来很有可能会被批评成是"思想僵化的图谱式小说"，但他在细节的处理上却很是巧妙。比如《群魔》中的基里洛夫就是一个完全把生死置之度外，只要组织让他"去死"他马上就会去自杀的人，他的思想似乎已经超越了人类的极限，然而偏偏就是这样的一个人，却总是在自己的房间里徘徊打转，遇到有人来访的时候，还会立刻烧热茶炊，殷勤地劝客人"请多喝开水"。你也搞不清楚基里洛夫究竟是不是真的善于周到待客，却能莫名地感觉到他这种人跟喝白开水这件事很配。也说不上什么缘由，但奇妙的是我偏偏对"请多喝开水"这个细节留下了非常深刻的印象。

后来，当组织最终需要基里洛夫自杀顶罪的时候，他把自己关在房间里，却一直没有传出自杀的枪声。彼得等得不耐烦，进入房间后却找不到他这个人了。仔细搜索一番才发现，他竟然把自己夹在了两个衣柜之间的缝隙里。

然后，当彼得伸手靠近基里洛夫的时候，他一口就咬住了彼得的手指。我觉得这样的细节描写，怎么说呢，恐怕已经不是单凭头脑所能构思出来的情节了吧。

读了《死屋手记》① 之后，我也一样有类似的感觉，我认为陀思妥耶夫斯基在西伯利亚流放期间一定遇到过许多奇人异士，所以他对类似的故事实际上也是有所见闻的。从这个意义上来说，他能将作品中十分抽象的人物描写得异常生动，或者说是把那些在现实世界中绝对不可能存在的人物形象写活了，这一点让人感到非常惊讶。我觉得他很了不起。

还有一点，比如读了《卡拉马佐夫兄弟》之后，你会发现，像伊万②这样的人物是比较容易刻画的。因为他那种典型的虚无主义者的形象，反而是比较容易让人理解的。作家通过在语言上的冥思苦索，最终将人物深陷于虚无主义泥淖的境况生动地表现了出来，其实芥川龙之介也是通过同样的手法塑造了许许多多的人物形象。事实上，《溃决》中的主人公泽野崇也是这一类人。

---

① 《死屋手记》，陀思妥耶夫斯基创作的一部长篇纪实小说。作者以亲身经历为基础，用客观、冷静的笔调记述了他在苦役期间的见闻，勾画出了各种人物的独特个性。全书由回忆、随笔、特写、故事等独立成篇的章节组成，结构巧妙，描绘出沙俄牢狱中的悲惨生活。
② 伊万，老卡拉马佐夫的次子。他是狂热的理性主义者，总困惑于莫名感受到的苦楚。自幼，伊万就表现得不温不火，似乎隔离于世上的所有人。他虽然嘴上不说，但对老卡拉马佐夫恨之入骨。这份仇恨最后却演变成对于老卡拉马佐夫死的愧疚，让伊万最终精神崩溃。小说中一些相当难忘或出彩的片段中都有伊万的身影，例如"反叛"（第五卷第四章）这一章。

从这个意义上来说，阿列克塞①也是比较容易塑造的，但是德米特里②却是一个很难刻画的人物。这也恰恰体现了陀思妥耶夫斯基在人物塑造方面的深厚功底。

沼野：《溃决》中登场的主人公泽野是一个非常理性，但同时又有着邪恶思想的人物。他与伊万确实有着很多相似之处。

正如您刚才所提到的那样，陀思妥耶夫斯基在人物塑造方面确有其独到之处，每个人物都描摹得"异常生动"。从广义的角度来看，陀思妥耶夫斯基的创作仍旧属于所谓现实主义文学的范畴，在19世纪与另一位大文豪托尔斯泰并称为俄国文学的双璧。托尔斯泰的现实主义主要体现在他更为正统的细节描写上。与之相对，陀思妥耶夫斯基却并不过多着墨于那些常理上应该仔细刻画的细枝末节，而是把大量的笔力投入到了那些能够使读者获得奇妙生动的阅读体验的细微片段上。这样的创作手法使得陀思妥

---

① 阿列克塞，或译阿辽沙、阿辽什卡，是老卡拉马佐夫最小的儿子。小说的开篇，讲述人即宣称他为故事中的英雄（而陀思妥耶夫斯基在序中也是这样宣称的）。在故事一开始，阿列克塞是当地修道院的见习教士。因此他的信仰从一开始便和哥哥伊万的无神论势不两立。他被佐西马神父送回尘世，随后就被卷入了卡拉马佐夫家族肮脏不堪的迷局之中。他还在旁支的故事里帮助了一群小学童，他们的命运给了整部悲剧性的小说一丝希望。阿列克塞在小说中一般充当他的兄弟与其他人之间的故事的传话人或是目击者。

② 德米特里，老卡拉马佐夫的长子，也是老卡拉马佐夫第一次婚姻的唯一一个孩子。他继承了父亲好色的特质，这也使他常常与父亲发生冲突。德米特里喜欢享受整夜的声色犬马和任何能带来刺激的娱乐，这使他很快耗尽资财，更诱发了他与老卡拉马佐夫更大的冲突。老卡拉马佐夫被谋杀后，他也因为父子间紧张的关系自然而然地受到了警方的调查。但事实是，他的确在与父亲争夺同一个女人格露莘卡，并且在这个过程中差点想杀了父亲，可是却被别人抢先了一步。

耶夫斯基的作品形象更加深入人心，也具备了更强大的感召力。

可是，说起来，平野先生，您的文学功底更多的应该是来自法国文学吧。从《葬送》就可以看出支撑您创作的主要养分，应该还是来自对司汤达、巴尔扎克和福楼拜等 19 世纪法国现实主义小说家作品的刻苦研读和深入理解吧。虽然同样是现实主义作家，巴尔扎克和陀思妥耶夫斯基之间还是有很大差异的。

平野：巴尔扎克的小说总是要到总篇幅最后的五分之一左右才终于迎来故事的高潮，但陀思妥耶夫斯基的作品却会从开头就给人以三倍的乐趣，并一直持续到结尾。还有一次，我在和因翻译"古典新译文库"中的这本《卡拉马佐夫兄弟》而颇有人气的龟山先生访谈时，聊到了"在陀思妥耶夫斯基所塑造出来的人物中，对谁最感兴趣"这个话题。但首先我们要知道的是，陀思妥耶夫斯基所塑造出来的人物形象能使我们提出来的这个话题成立，本身就已经是很了不起的了。陀思妥耶夫斯基的人物塑造是那样经典，以至于我们需要就此展开专门的讨论。

我最喜欢的人物是《罪与罚》里面的斯维里加洛夫①，喜欢这么一个荒淫无耻的人物，说起来终归是会让人觉得好像有点怪异的，但其实尝试翻译过《罪与罚》的龟山先生也认为"斯维里加洛夫是最富有魅力的角色"。我们二人的意见竟然出奇地一致。

---

① 斯维里加洛夫，作为贯穿《罪与罚》的主线人物之一，一直醉心于酒色，后来因为内心愧疚却得不到救赎和解脱，最后只能选择自杀。

斯维里加洛夫虽然是个卑鄙无耻的人物，但是随着他最终走向自杀的结局，读者能清晰地感受到人物内心的痛楚。那种能让读者与人物的痛苦产生共鸣的描写手法，可不是信手拈来的。作者通过明确的叙事和华丽的场面安排，让读者在一些很微妙的地方与人物产生情绪上的联结。能够开创出如此独特的写作风格，陀思妥耶夫斯基不愧为一代创作天才。而《溃决》中的泽野崇，比起伊万来，在某些地方也更接近斯维里加洛夫。

沼野： 的确，陀思妥耶夫斯基创作的人物形象，用现在的话，叫作"角色鲜明"。《卡拉马佐夫兄弟》是一部既晦涩难懂又篇幅浩繁的巨著，但在作品中登场的三兄弟，加上斯麦尔加科夫一共四兄弟，还有父亲费多尔，这些故事中的主要人物，每一个都拥有在读者心中明确地唤起某种独特意象的艺术魅力。

说起来，在村上春树的《世界尽头与冷酷仙境》①的结尾附近，主人公"我"在公园里一个人闭上眼睛，想起《卡拉马佐夫兄弟》中三兄弟的名字后，自问道"德米特里、伊万、阿列克塞，还有异母的兄弟斯麦尔加科夫。这世上到底有多少人能完整说出《卡拉马佐夫兄弟》中兄弟们的名字呢"，而要让这段独白自身得以成立的基础，莫过于陀思妥耶夫斯基塑造出的那些风格强烈的人物形象。

---

① 《世界尽头与冷酷仙境》，日本作家村上春树创作的长篇小说，首次发表于1985年。该小说由两个似乎完全不相干的故事情节组成，两条情节交叉平行地展开。单数二十章为"冷酷仙境"，双数二十章为"世界尽头"。作者凭借该小说于1985年10月获得第21届谷崎润一郎奖。

平野：是啊。因此，如果有人要问文学作品面世之后最要紧的事情是什么，我觉得最重要的事情莫过于尽可能地成为人们交流中的话题。比如当一部电影公映之后，大家总是会大聊特聊影片中的场景、桥段以及人物塑造的话题，例如某个场面很震撼、某场面里的某个人物很出彩等等。但是，如今在文学的领域中却难得有人会谈到场面之类的话题。

其中一个原因是，现在的作家用文字营造场面的能力在下降。陀思妥耶夫斯基就特别善于营造经过艺术夸张的场面，比如斯维里加洛夫最后自杀的场面，拉斯柯尔尼科夫在索尼娅面前告白的场面，每一个场面都给人留下了深刻的印象。此外，还有一个重要的原因，就像我们刚才谈到的那样，陀思妥耶夫斯基在塑造人物形象的过程中给每一个个体都赋予了极端矛盾的特性，这种生动的性格冲突有助于加深读者对于人性问题的思考。我认为对于优秀的文学作品来说，塑造出一些能够成为固有名词的、充满话题性的突出人物，是一个不可或缺的重要条件。

而关于巴尔扎克的人物塑造，我感兴趣的是读者在阅读过程中，对实际存在的人物原型会有着更加明确的认识吗？或者说读者会去思考这个问题吗？事实上，《高老头》中拉斯蒂涅的原型就是阿道夫·梯也尔①。因此，在当时的社交界"拉斯蒂涅这样了，拉斯蒂涅那样了"之类的说法（暗指梯也尔）也经常成为

---

① 阿道夫·梯也尔（1797—1877），法国政治家、历史学家。法国七月革命后，先后担任过内政大臣、首相等职。1871年至1873年，梯也尔担任法兰西第三共和国首任总统，镇压巴黎公社的革命。

人们讨论的话题。

沼野：原来如此。确实，在如今的纯文学领域，已经很少有作品能唤起读者具体而鲜明的文学印象了，读者也很少能以某位作家的新作为话题，深入讨论到类似"某个人物形象很丰满啊""哎呀，那个场面营造得不咋样啊"之类的话题。这就不仅仅是"陀思妥耶夫斯基很了不起"这个维度的问题了，这也许说明文学本身就很难产生那些能引起社会讨论的意象吧。

作家应该如何把握与读者之间的距离

沼野：平野先生，从您最近的座谈会和访谈中的发言来看，一方面可以感受到您想要探索信息化时代书籍理想状态的迫切心情，另一方面也可以看出您强烈地意识到了如何构建与读者之间的交流渠道这个问题在当今这个时代有着特殊的重要性。

如果有人主张作家在创作文学作品时，应该主动将读者的反应纳入考虑的范围，在创作手法上刻意制造话题的话，一定会引起评论界激烈的反对，人们会担心这将导致作家丧失创作上的自律和自由。但是，现代的职业作家在进行创作时是不可能完全不考虑读者感受的。既然这样的话，与其假惺惺地装作不在乎读者的反应，倒不如认真思考一下作家究竟应该如何正确面对读者的需求，才是更为稳妥的办法。不管怎么说，在当今这个时代，文学作品即便是成了畅销书，引发了某种热潮，而要让作品本身的内容成为社会话题并被广泛讨论的例子似乎也并不多见。而像《1Q84》那样在市场上畅销的同时，竟然还能引起人们对作品当中"某个场面里天吾的台词到底意味着什么呢""青豆在那种情境下该不该采取那样的行为呢"等具体问题的讨论，则实属例外。一般来说，新晋作家在推出新作的时候，几乎都不太会引发如此深入的讨论。

平野：嗯。我也经常会思考这个问题，比如在这种演讲或访谈的场合，当我们在大谈互联网对文学带来的各种影响时，有人一脸茫然，也有人感触颇深，还有一些人对这个问题已经有了充分的认知。

在文学方面，特别是当我在创作《曙光号》的时候，我能够从读者的反应中真实地感受到自己和他们之间存在着的明显的代沟。有人就说他搞不懂互联网技术之类的东西，也不感兴趣，可我仔细一想，这不就是当年吉拉尔丹的故事在当今社会的再现吗？在巴尔扎克的时代，读者的阅读素养在阶级上还是比较固定的。也就是说，当时的作家对于自己小说的读者究竟是怎样的一群人，又有着怎样的思想背景，还是比较容易预见的。

然而，一个信息碎片化的社会环境就如同一片难以言表的汪洋，如果作家想要向着如此多样化的世界发声，又该怎么办才好呢？我个人是比较喜欢社交的。当与人面对面一对一交流的时候，我基本上还是能够了解到对方的真实想法和兴趣的，我们双方也可以很顺畅地交流意见。然而，当需要同时面对成千上万读者的时候，我就开始犯难了，究竟该采用怎么样的写作手法呢？或者应该设定怎样的创作主题呢？虽然自己的内心中有很多想要表达的东西，却一直苦于找不到合适的表达方法。

我自己写书的时候也会留意读者在网上的反应，不过，从吸引五千名读者，到吸引两万名读者，再到十万名以上的读者规模，我能明显感觉到，随着读者群体的扩大，读者的反应也是完全不同的。在所谓纯文学的领域，一万人所能欣赏的内容，和两万人所能欣赏的内容，就有很大的不同了。而能引致几十万人追捧的热门大作，其内容中的娱乐性要素则会明显增加。我的小说刚发行的一个月内，在博客等网络媒介上，通过读者撰写评论和感想所累积的人气中，本来就喜欢我作品的人和对纯文学特别感兴趣的人占了一大半。当然，其中也有一些人是因为特别讨厌我的作品，所以等我的书一发行就赶紧买来读，然后写差评。而在这些读者的感想中，就几乎没人提到过我的作品存在"汉字很难懂"的问题。

沼野：像这样相对少数的热心读者和更大范围的普通读者之间，还是存在着某种明确的界线吧？

平野：应该是这样的吧。一直关注我作品的人，甚至留言说"新作比以前的作品读起来更简单了"呢。

但是，在新书发行后三个月左右，读者的留言中就开始出现"其实对平野启一郎也并没有什么特别的喜好，不过最近他的作品成了读者群体的热门话题，所以我也试着读一读吧"之类的感想，这与小说刚开始发售时的评论，还是很不同的。而关于文体，就尽是些讨论易读或者难读的内容了。

那么，这样一来的话，就要看作家本人究竟希望自己的读者规模维持在怎样的一个水平了。编辑也必须认真考虑这个问题，如果想让读者规模突破十万人的话，依然采取我之前的那种创作手法或编辑模式，是肯定不行的。我相信事实上所有的作家应该都会在某种程度上意识到了这一微妙的界线。

只是，文笔如果过于老练，就会丧失趣味性。比如在美国和英国，从文艺创作科系培养出来的作家，文笔都挺不错，也能一边娴熟地应对出版社的编辑需求，另一边又进行着深刻的文学探讨，其作品的可读性也颇高，但却总是让人感觉不够大气。我真不希望日本的小说也变成那副模样，但是这个事情很困难。

因此，就世界文学来说，因作家的不同，作品也各有差异，比如，我虽然不喜欢石黑一雄，但是却喜欢伊恩·麦克尤恩①这类作家。这里面其实就存在着所谓善于抒写自己的内心，和善于文字创作的差异，二者之间仅有一条模糊的界线，而伊恩·麦克尤恩就非常善于处理二者的关系，你能明显地感觉到他在创作上对读者的刻意迎合，但是他的这种创作手法确实就能够赢得大量读者的青睐。这里面当然也有英国读者方面的问题，但是我们还是得承认他在创作方面的过人之处。

沼野：话虽如此，但是作家真的有本事"以某一类读者为对象

---

① 伊恩·麦克尤恩（1948— ），当代英国文坛极有影响力的作家。擅长以细腻、犀利而又疏冷的文笔勾绘现代人内在的种种不安和恐惧，探讨暴力、死亡、爱欲和善恶的问题。作品多为短篇小说，内容大都离奇古怪、荒诞不经，有"黑色喜剧"之称。代表作有《最初的爱情，最后的仪式》《床笫之间》《赎罪》《阿姆斯特丹》等。

来专门创作某一类的作品"吗?

平野:哎,谁知道呢……

沼野:比如在三岛由纪夫等一些老一代的作家当中,即便是纯文学作家,偶尔也会有意识地写一些通俗小说。但是从某种意义上来说,这只是作家创作历程中的一个小插曲而已,而读者也能明确地意识到,这只是作家展示创作能力的一种余兴表演,并非他们的本业。

平野:嗯,是的。三岛也确实写过这样的作品,但实际上却不怎么成功,好像也不太畅销。

沼野:也许他本来就没打算让这种东西卖得太畅销吧。

平野:要想作品畅销可不是一件简单的事情呢。三岛当然是一个天才的纯文学作家,不过就算他写出了娱乐性的通俗小说也未必就一定能畅销。我也在写小说,但我总觉得只有当自己对某些问题有了切身体验之后,才会激发出我的创作欲望,如果心中没有那种"无论如何都要写下来"的内在冲动,我就没办法进行创作,即使勉强写出来,也还是会觉得缺乏中心和内涵,显得很轻佻浮躁。

但是,如果只是在内心冲动的驱使之下去创作的话,真的就能让读者欣然接受吗?我们常说从事作家这个职业的人往往都是这个社会上的异类,他们中的很多人即使在教室里,也跟朋友不太聊得来,所以才会试着通过写文章来表达自己。像这样的人,如果只写自己喜欢的内容,就算出了书,读者也不会去看,更不会觉得有意思吧。

因此,这个问题通常是一体两面的,我们应该如何将作家迫切的创作冲动传达给更多的读者呢?我认为文学还是属于少数派的声音。其中应该要保有强烈的与众不同的感觉。而作为真正的少数派,作家更应该竭尽全力地把自己感受到的最迫切的问题展现给大众。如果不这样的话,少数派的声音就会被社会忽视。我个人对此有着十分强烈的危机感。

例如,古井由吉先生对《日蚀》给予了很高的评价,在谈到好评的理由时,他认为文学的起源就来自所谓"异端审判"。

这又是怎么一回事呢?古井先生解释道,其实近代以来的审判,不是以人,而是以行为为对象的。一个人被起诉是因为他犯了猥亵、杀人这些罪行。而与之相反,中世纪的女巫审判则是针对个体的存在本身进行的审判。即便没有什么具体的罪状,仅仅是因为别人感觉你"有点可疑",就有可能被告发,然后被送去接受异端审判或女巫审判。

在那个时代,如果是针对行为的控诉,你只要坚持说"没干过"就行了,但如果是个体的存在本身被质疑的话,要进行所谓的抗辩,就必须使出浑身解数,拼命证明"自己不是那样的人"。而且,还必须要想办法说服大多数人,得到他们的理解。这就是文学的起源。我赞同古井先生的看法,认为他的这种想法对于文学来说是很重要的。正因为文学中蕴含着作者的切身感受，所以才会赢得那些对文学毫不感兴趣的人的理解。

总之，小说是一种能给人们的内心带来强烈震撼的东西，而且作者既不能强迫读者阅读，也不能强迫读者感动。我认为要求作家去考虑读者的这种客体性质，并不应该是出于商业主义的思维，而应该是由某种内在的紧张感促成的。

纯文学与娱乐的区别

沼野：我们现在所谈的文学主要是指所谓的"纯文学"，但是在社会上，实际占据书籍市场大多数份额，赢得了大量读者关注的，往往都是些娱乐性的读物。大家早就知道，"纯文学"这个称呼本身就存在问题，但之所以现在还在使用这个词，就是因为这个词在现实中仍然具有生命力。

你看，一些文艺杂志今年推出的新年特刊，仍旧把"纯文学"这个词用在了大标题上。从真正的文学中留存下来的文化财产，和仅仅只是为了消费而被创作出来的有趣读物之间，还是存在着本质区别的。我觉得我们必须采取区别对待的态度，即使被批判为保守的精英主义思想，我也心甘情愿。因为，如果连出版界的人都下意识地认为畅销才是正道，或者在读者中人气越高作品就越好的话，那事态就真的很严重了。

话虽如此，但是要想在纯文学和非纯文学之间划分界线，实际上是极其困难的，我们确实也很难将两者简单地纳入到两种相互对立的类型中去。我认为在思考如何区分优秀小说和娱乐读物之前，倒不如先从"故事性"和"文体"的角度，通过观察这两个要素在作品中所起到的作用来判断小说的质量。所谓"故事性"与如何吸引读者、如何构筑引人入胜的情节有关,而"文体"则与文学作品中作者运用语言进行文学表达的质量和艺术性有关。但是这么一说,问题就又被简单化了,甚至会有人认为"纯文学就是对文体的追求"。反过来说,在被称为"纯文学"的作品中,日本的私小说是我们最容易理解的例子,经常有人迂谈阔论,认为这些私小说缺少有趣的情节。平野先生,您对这个问题怎么看呢?作为小说家,您迄今为止的创作经历,从某种意义上来说,也是您追求自己独特文体的历程吧。

平野:是的。纯文学、通俗文学,或者是娱乐文学的这种分类本身并没有什么太大的意义,至于"只有日本才有'纯文学'这个词"之类的说法,则完全是误解。相信沼野先生对这一点也是很清楚的。比如法国人就绝对不会把被称作"Roman Policier"① 的侦探小说和所谓的纯文学放在一起考虑。而且,对这两种作品的区分其实还是很明确的,即便同样是19世纪的小说,巴尔扎克和亚历山大·仲马②在读者心目中的地位也是完全不一样的。我在写《葬送》的时候曾读过《德拉克洛瓦日记》③,日记里曾记载,德拉克洛瓦觉得大仲马写的故事实在是

---

① "Roman Policier",法语,原义为警察小说,一般被归入侦探小说范畴。
② 亚历山大·仲马(1802—1870),通称为大仲马,法国19世纪浪漫主义作家。大仲马各种著作达三百多卷,以小说和剧作为主。代表作有《亨利第三和他的宫廷》《基督山伯爵》《三个火枪手》等。
③ 《德拉克洛瓦日记》,斐迪南·维克多·欧根·德拉克洛瓦撰写的日记,此日记不但展示出其作为画家的心路历程,还反映出18世纪上半期法国的人文景观。

太有趣了，伏在暖炉前一读就忘记了时间，直到把整本书全部读完。不过，书读完了之后德拉克洛瓦的脑海中却什么都没留下。其实像这样的阅读体验，过去的人早就有了。

在这片纯文学的田野上辛勤劳作的人们，其中当然也包括我，想要告诉大家的就是，在保证生存的基础上，文学应该要能给人类带来更重要且更深远的影响，而不能仅仅只是单纯的、瞬间的兴奋感。但是，想要把纯文学和娱乐文学按照种类来分开应对也是不现实的。比如有不少读者在看了东野圭吾先生的小说后，感觉自己的内心被打动了，又会回头把小说反反复复地读好几遍。相反，对于如今刊登在文艺杂志上的舞城王太郎①先生的纯文学作品，也有很多读者仅仅只是因为觉得内容有趣，所以只是简单地读了一读而已。

从这个意义上来说，纯文学和娱乐文学之间的差异是很难说清楚的。而且，最近我对这类问题的看法又变得更加悲观了，虽说常言道"大浪淘沙，沉者为金"，但实际上真能如此吗？以前，作为适度淘汰劣质作品的制度，业界还有所谓绝版②一说，而在文坛之中也盛行以某种风向标来指引读者应该读什么书，在这种情况下优秀的作品才能得以存续，所以这种"大浪淘沙"的说法在过去也许还有一丁点的现实意义。但是，最近，不管作

---

① 舞城王太郎（1970— ），日本作家，作品风格鲜明，2001 年以口语文体创作的《烟、土或牺牲品》获得第 19 届梅菲斯特奖，另有作品《阿修罗少女》于 2003 年获三岛由纪夫奖。此外，他的短篇集《熊的生存空间》曾于 2002 年被提名为三岛由纪夫奖的候选作品。

② 绝版，即书籍印刷后毁版不再印行，也有下架、停产之意。

家推出了多么优秀的作品,如果发表之后没有被读者广泛接受的话,也很难留存下来了吧。

沼野: 那么您在进行文学创作的时候,究竟是以文体为重,还是以故事情节为重呢?您本人有意识到这方面的问题吗?当然了,我们也都知道不能简单地把这两者截然分开。

平野: 我觉得还是不要简单地去做"二选一"吧。小说的构成要素其实有很多,有故事情节、文体、人物形象、思想以及社会性分析等等,在这些要素之中,如果只谈故事或文体,那也显得太过随意了。这些要素确实都与作品的可读性有关,但最终促使读者翻开书页的根本动力,还是所谓"求知"的欲望。这应该是人类最强大的力量了,媒体人如果觉得政治家隐瞒了什么,就一定会想要去调查清楚,男人看到女人穿着衣服的样子就一定会想要知道衣服下面是怎样的,这些都可以被称为"求知欲"。这种"求知"的欲望是非常强烈的,而巧妙地延伸读者的"求知欲",也是作家常用的一种手段。

沼野: 如果把"求知欲"看作是构建作品的原动力的话,它应该是在"情节"这个层面对作品产生了重要的影响吧。或者说在更加朴实的"故事"层面,"求知欲"也同样发挥着重要的作用。现在,我们一般都会认为"情节"和"故事"是一对同义词,之所以要在这里特意做区分,主要是因为我想起了一位名叫

E. M. 福斯特①的英国作家,他在他的《小说面面观》里提出了这样一种观点。

所谓"故事"(Story),以神话和传说为典型形态,不过是将各种各样的事件按照发生的时间顺序做出的客观整理,而"情节"(Plot)则是根据因果关系等要素对那些事件进行的改编和重构。因此,如果读者想要看懂由小说家改编的情节,就需要具备相应的记忆能力和理性思维。如果我们把这种观点与现代的"纯文学"和"娱乐文学"对应起来讨论的话,也许稍显流于简单,但大致可以看出"纯文学"处理的是"情节",而"娱乐文学"提供给读者的是"故事"。

平野: 那么原型应该算是故事的要素了吧。它根植于人们的记忆之中,又以概括的形式被口耳相传,而对此加以技术性的改编则构成了情节。其实从刚才开始,我们的所有讨论内容都是围绕着如何让作品获得读者青睐这个主题展开的,只是对于纯文学作家来说,如果要求他们完全娱乐化,肯定会遭到拒绝。事实上,我也很反对这种做法,这样做毫无道理。

从这个意义上来说,陀思妥耶夫斯基的创作的确很精彩,也很了不起。他的小说不仅情节引人入胜,而且构思巧妙完美。读者们既可以把他的作品当作是浅显的推理小说,读得津津有味,也可以通过阅读他的小说从更深入的角度去思考"生存的价值,

---

① 爱德华·摩根·福斯特(1879—1970),20世纪英国作家。主要作品有小说《看得见风景的房间》《霍华德庄园》等。

死亡的意义"，甚至还有狂热的文学爱好者想要更深入地了解"当时俄罗斯的西洋派和斯拉夫派"。可以说在这些读者之间有着清晰的层次区分。而陀思妥耶夫斯基通过灵活多变的创作手法，很好地满足了读者多样化的阅读兴趣和需求。而且，就算读者只想简单了解一下那些表面上有趣的情节，他也会在恰当的地方稍作切换，巧妙地植入对复杂问题的论述，而读者只要还继续对情节有着想要一窥究竟的"求知欲"，就会不知不觉地连那些复杂的论述也一并读完。陀思妥耶夫斯基将严肃的讨论恰到好处地穿插于情节之中，实在是一种非常高明的创作手法。

从这个意义上来说，作为纯文学作家，如果丧失了核心的创作理念，那这样的纯文学作品也就不值一读了。也许只有保证了"纯文学"中"纯"的一面，作家才能在抒发自己内心的同时，赢得广大读者的青睐。对于文学创作而言，这不仅仅是技术性的工程问题，更是艺术性的设计问题。

至于文体，比如，回到我们之前谈到的书籍电子化的问题，现在日本的出版社在拓展海外市场的时候，基本上都是依托海外的出版机构开展翻译和出版工作。但是，随着今后书籍电子化的进一步发展，日本的作家就能亲自翻译自己的作品，并通过"亚马逊"等网络渠道对作品进行海外宣发。这样一来，日本的出版社就可以把海外出版机构一脚踢开，以"真正的日本文学"为品牌，直接把日本的文学作品行销到世界各地。一般来说，现代的商品销售就是这样的一个模式。

如今，这样的时代已经到来了。如果出版社通过雇用翻译人员，或者与翻译代理机构签订合约，然后在海外直接出版相关译作的话，这些译作能够最大程度再现的，主要还是作品的故事情节或人物形象，而由于翻译的缘故，文体在很大程度上将会损失殆尽。像泉镜花等作家的作品，我们日本人读后所体验到的兴奋感是很难传达给外国人的。从这个意义上来说，就又会牵扯到另一个问题了，也就是"作品的读者到底是怎么样的一群人呢"。

沼野： 在您刚才的谈话中，包含了许多重要的观点，我在这里只是做一点补充，我认为陀思妥耶夫斯基的小说具有某种多层次性。

比如名作《罪与罚》，讲述的是一个叫拉斯柯尔尼科夫的年轻人杀害了一个放高利贷的老太婆的故事，如果读者把重点放在犯罪和刑侦的情节中，就可以把它当作一部犯罪小说来阅读。同样，如果将重点放在作品的其他方面，那这个作品就既可以是一部"都市小说"，又可以是一部"社会风俗小说"，还可以看作是"心理小说"或是"宗教小说"，甚至是一部终极的"思想小说"。不过这一特点并不仅仅局限于陀思妥耶夫斯基的作品上，恐怕所有优秀的文学作品都是非常善于表现多层次的复杂内容的。

因此，我要向今天在座的各位听众朋友，特别是年轻朋友们强调的是，今后阅读世界文学古典作品时，不要以为只有某一种阅读方法才是正确的，而是要按照自己的方式去尝试各种各样的方法，自由地阅读。大家在现代文的写作题里，或者在学习写作读后感的过程中，常常会遇到所谓的例文范本，但是像古典文学中这样的优秀作品往往呈现出多个层次相互嵌套、相互纠缠的状态一样，写作不可能简单地被所谓的标准答案所囊括。

另外，优秀的古典文学作品还有一个显著特征，那就是随着时间的流逝，当你尝试重新阅读的时候，还会发现它不同的侧面和别样的精彩。所以，对于这些作品不要只读过一遍就觉得自己看懂了，然后就将它束之高阁。

日本文学能够融入世界文学吗

沼野：下面我们稍微转换一下话题，请您谈一谈您对"世界和日本"有着怎样的理解呢？对于您这样的一位日本作家来说，究竟什么是世界呢？当您看到自己的作品跨越了日本的国境在世界范围内被广泛阅读时，又是怎样的一种体验呢？

据我所知，您的作品《日蚀》《一月物语》《最后的变身》这三册已经被翻译成法语，以纸质书籍的形式在法国出版了。从这个意义上来说，您已经是一位跨越国境的国际作家了。

但是，考虑到今后电子书籍的发展前景，就像刚才我们谈到的那样，把作品翻译成外语，然后作为文化商品在国际市场流通要比现在容易得多。另外，即使不采用"Kindle"之类的电子书籍的形式，像村上春树这样的小说家，也非常重视自己作品的翻译，特别是以英语为首的主要语种的翻译。如今，村上春树的作品已经通过英语版的译本在国际上广泛流传开来。村上春树本人当然是用日语在进行创作，但是在创作过程中，他恐怕也会考虑到自己的作品如果将来要被翻译成英语的话，会成为一个什么样子的吧，而且在某些情况下，他也会专门为自己的作品寻觅优秀的翻译人才吧。

因此，把文学作品当作商品来看的话，就理所当然地必须要考虑制定国际性的发行策略，但是在纯文学性的作品里，总会存在一些"桀骜不驯"的成分和要素，会出来阻碍这种商品流通吧。而翻译的时候造成某种程度上的文体损失也是无论如何都无法避免的。但是，如果我们把文体看作是文学作品的生命的话，那些在国际广泛流传，却因为翻译而损失了文体特点的译本，到底又算是个什么东西呢？难道它单纯只是日本文学的某种"赝品"吗？这就又会让我们产生另外一个层面的疑问了。

平野：那么，内容又会怎样呢？文学作品的媒介无论是电子的还是纸张的，既然是以"书籍"的形式流通起来了，那就不能否定它的商品性。但是，从本质上来说，作者进行文学创作的目的是渴望更广泛地传播自己的思想。从这个意义上来说，由于日语在世界上属于小语种，所以日本文学作品就不得不依赖于翻译。但是，我们可以反过来思考，通过译本，在感觉上，我们不也还是能理解福楼拜或者陀思妥耶夫斯基的作品吗？因此我觉得翻译的前景还是比较乐观的。

比如，对于法国人或美国人而言，《曙光号》一类的小说和以日本为背景且有浓烈日本特色的小说，到底哪一种更具有吸引力呢？我想外国的读者大概首先选择的应该还是以日本为背景的作品吧。也就是说，这还是"异国情调"的问题，不过，如果能将这些根植于日本且能充分展现日本风土民情的作品推广到海外，又何尝不是一件幸事呢？

另一个例子，前些日子俄罗斯作家奥利加·斯拉夫尼科娃①来到日本，《新潮》杂志刊登了由沼野恭子翻译的她的短篇作品《超特急"俄罗斯的子弹头"》，作品采用隐喻的手法，描绘了一个由高度智慧构建的世界，内容很精彩。不过，我感兴趣的是这部作品俄罗斯的读者究竟是怎样的一群人呢？因为她的作品实在太过"纯"了。回到最初的话题，在近代化的浪潮中，日本文学曾经处理过相当宏大的主题，到了如今算是暂时告一段落，而发展中国家的文学却方兴未艾。

随着现代化进程的推进，无论是具有新兴市场的国家，还是非洲国家，到处都是一片蓬勃发展、欣欣向荣的景象。宏大叙事的文学将再一次回归，文学的意义将重新获得国际性的解读。

面对这样的世界性潮流，我这么说您别见怪，最近就连诺贝尔文学奖的评委都有点迷失方向了，不是还有人议论诺贝尔文学奖颁给了勒克莱齐奥②究竟意味着什么吗？那些正在经历现代化巨变的国家极有可能催生出更为宏大的文学，并获得世界各国的广泛认可，这才是文学应有的面貌。也许下次的诺贝尔文学奖就会颁给创作出这样作品的作家。

到那时，我们又应该如何将日本自身存在的问题作为文学创

---

① 奥利加·斯拉夫尼科娃（1957— ），俄罗斯女性作家、文学评论家。1987年在《乌拉尔》杂志社任文学编辑。1999年曾担任俄语布克奖评选委员会成员。2000年曾担任新世界短篇小说奖评委会成员。代表作有《不朽》《2017》等。
② 让-马里·居·勒克莱齐奥（1940— ），法国文学家，20世纪后半期法国新寓言派代表作家之一，也是当今法国文坛的领军人物，与莫迪亚诺、佩雷克并称为"法兰西三星"。代表作有《诉讼笔录》《战争》《流浪的星星》《饥饿间奏曲》等。2008年获得诺贝尔文学奖。

作的主题来加以阐释呢？有人认为日本文学的归宿是"走向毁灭的'我'"，而当日本人在这种颓废观点中自我沉沦的时候，即使引入了世界现代化浪潮下的恢宏主题，恐怕读者也难以理解吧。相对地，即使我们努力输出反映日本现状的小说，到头来世界各国也不会理解日本吧？斯拉夫尼科娃女士是一位真正的多样化文学的信奉者，她在俄罗斯是否也获得了广泛的理解和认可呢？

沼野：从您的视角出发，纵观当今的世界文学，您是否觉得日本文学在某种意义上讲已经成熟，开始进入衰退阶段了呢？是不是已经逐渐丧失活力了呢？

平野：当我在思考怎样的文学才是有趣的文学时，同时也在思考是什么给了日本文学发展的动能。比如在 19 世纪巴尔扎克的作品世界中，穷小子从乡下来到巴黎打拼，处心积虑地想要出人头地，这是读者最容易理解的事情，而在陀思妥耶夫斯基笔下，《罪与罚》则是典型的例子，拿破仑的到来摧毁了旧世界，因此他被奉为英雄。这些作品都是在探讨一个宏大的主题，那就是世界的价值观正在崩塌，崩塌之势就像海啸般从西边汹涌袭来。

如果日本的文学也能抓住如此巨大的社会浪潮，那它又会变成什么样？事实上我们并不缺乏类似的社会浪潮，比如说计算机信息技术的革新之类。此外，从某种意义上来说，社会上普遍存在的代沟问题也是一个很宏大的主题，虽然相当多的日本人都被这个问题所困扰，但是我们是否真的可以创作出让人们感同身受、豁然开朗的文学作品来呢？这样一来，也就能够真正明白作家希望通过非现实的"梦境"① 来打开想象的世界的这种想法了。

我们应该为文学而文学吗？

沼野：刚才我们在讨论中提到的作家奥利加·斯拉夫尼科娃，可以称得上是目前俄国文学界最有才华的女性作家之一。她的作品《2017》是一部表现未来的反乌托邦小说，在2006年获得了俄罗斯布克奖。如今，奥利加·斯拉夫尼科娃在俄罗斯已经是一位家喻户晓的知名作家了，但在日本却几乎没有读者知晓。不过我个人觉得她稍早之前的长篇小说《不朽》② 更有意思。

对于这么优秀的作家，我们就应该多翻译一些她的作品，但由于日本不太译介俄罗斯现代文学作品，所以普通读者对俄罗斯文学的现状也就不太了解了。其实，在俄罗斯国内，文学也已经日益多样化，其现状没人说得清楚。因此，想要列举"俄罗斯现代文学的代表人物"的姓名是一件很困难的事情。但毋庸置疑，俄罗斯毕竟是曾经创造过宏大文学的国家，所以直到现在其文学潜力依旧巨大。

平野先生，在某个座谈会上，您也曾谈到过自己的感想，您曾向包括斯拉夫尼科娃女士在内的众多俄罗斯优秀作家询问过类

---

① "梦境"，精神分析用语，奥地利心理学家弗洛伊德认为"梦境"是满足愿望的一种形式。
② 《不朽》，俄语原名《Бессмертный》，是俄罗斯女性作家奥利加·斯拉夫尼科娃创作的一部长篇小说。于2012年获得高尔基奖。在日本书名被翻译为"不死的人"（不死之人），国内部分学者将书名译为《永生的人》《不朽的人》等，此处根据俄语原名暂译为《不朽》。

似"什么才是真正的文学"这样的问题,结果俄罗斯作家中有一部分人意见非常一致,他们认为"真正优秀的艺术性文学,是不应该将读者的反应纳入考量范畴的。艺术性文学的目的是为其本身,或者为艺术本身而创作的。一边考虑读者反应一边进行创作的,是大众文学范畴内的事"。看来在俄罗斯,人们对纯文学的信念还是比较坚定的。

平野：对这一点,我也感到很吃惊。自从作为作家出道以来,我一直以为只有我才是所谓大时代下最极端的"艺术至上主义者"。

沼野：在如今的日本能说出这种话的人,恐怕也没几个了吧。大概七八年前,我和岛田雅彦①、多和田叶子、山田咏美一起访问了莫斯科,也和俄罗斯的作家们举行了一场座谈会。我清楚地记得,当时参与座谈的包括弗拉基米尔·索罗金②、鲍里斯·阿库宁③等俄罗斯作家,他们在座谈会上也谈到了类似的问题,而山田咏美则对此观点表达了强烈的质疑。

但是,这种文学观方面的差异是不存在所谓对错,也不是什

---

① 岛田雅彦（1961— ）,日本作家。代表作品有《为了梦游王国的音乐》《彼岸先生》等。
② 弗拉基米尔·索罗金（1955— ）,俄罗斯著名的后现代派小说家、剧作家。1995年凭借长篇小说《玛丽娜的第三十次爱情》轰动文坛。1999年推出《蓝色脂肪》,引起读者激烈的争论。
③ 鲍里斯·阿库宁（1956— ）,俄罗斯作家、编剧。因其擅长创作历史类犯罪题材的侦探小说而备受读者和评论家们的关注。代表作品有《冬日皇后》《谍影围城》《五品文官》《土耳其式开局》等。

么人都能做出评判的事情。我们不能因为这种文学观上的差异，就认为俄罗斯的文学落后了。这也有可能是日本文学已经堕落了的反映。当我们在探讨"文学是什么"的时候，本来就会出现各种各样的观点，很难说哪种观点就一定是正确的。所谓文学，本来不就是一种含义丰富而难以界定的东西吗？这样的说法，听起来也许让人有一种敷衍的感觉，但在现实中我们却只能采取这样的态度。

英国著名的文学理论家特里·伊格尔顿①也曾说过，讨论所谓"文学是什么"或者"小说是什么"这样的问题，就像是在讨论"杂草是什么"一样。事实上，我们很难从生物学的角度去定义杂草的概念，在一定的时代和社会环境之下，只要是人们认为毫无用处、必须拔除的植物，就可以被称为杂草。因此，随着时代和社会的变迁，杂草的含义也在不断地发生着变化。文学也是如此，谁也没法一口咬定说"这就是文学"，文学当然也不可能存在某种绝对的定义。因为文学概念的构筑本来就具有历史性和社会性。它受情境的影响，也受到个人水平的制约，每一个人对文学的看法都会有所不同。有人会批评村上春树的作品说"这玩意儿根本不是文学"，也有人会把一些通常不被纳入文学领域的书籍，比如将《圣经》、《叹异抄》② 看作是最优秀的文学作品。

如果可以这样理解的话，我们不就应该以更加自由的态度去

---

① 特里·伊格尔顿（1943— ），英国文学理论家、文学评论家。当代著名的西方马克思主义文学理论家。
② 《叹异抄》，日本镰仓时代出现的佛教理论著作。

思考文学的意义吗？不要因为美国或者俄罗斯的文学已经呈现某种状态了，就想当然地认为日本的文学也必须亦步亦趋。

日本应该开拓出属于自己的文学道路。但是，这并不代表日本文学就应该封闭起来独善其身，对于那些异于自身的外国文学，我们应该抱着积极态度去广泛接触。在接触的过程中，如果我们真能从中发现一些有趣的差异，就更应该感到惊喜才对，因为这有助于我们重新审视自己的文学。

其实在世界文学中，到处都会让人有"啊，世上还有这样的文学呀"的感叹，以多种形式互相刺激、相互促进，对于世界文学的发展可谓至关重要。而平野先生，因为您的作品非常具有艺术张力，因此也能给予外国读者十分强烈的刺激吧。所以，我对于日本作家的能力，一点也不感觉到悲观。

平野：我刚想起来，其实我和您在差不多十年前也曾进行过一次类似的谈话，那是"朝日"（新闻出版集团）主办的一次活动，当时，我还举了森鸥外的例子，记得那次谈话，大家交流得出的结论是：所谓小说，怎么写都行。

诚然，随着时代的变迁，人们最感兴趣的话题也不尽相同。在巴尔扎克所在的时代，读者热衷于阅读以乡巴佬跻身上流社会追逐财富、权力并获得个人成功为主题的故事。而在陀思妥耶夫斯基所在的时代，大众对神的信仰崩塌，怎样才能避免陷入虚无主义，成为人们最关切的问题。那么，对于今天的日本人来说，最能激发我们"求知欲"的究竟是什么呢？我们孜孜以求的不应该仅仅是简单的"信息"，说得更高深一点，应该是"真知"

一类的东西。

因此,在互联网时代又产生了一个新的问题,那就是我们为什么要读书。我最近使用互联网的频率很高,既写博客,也发微信消息,但是我发现很多人明明掌握着大量信息,却几乎不做思考,也完全没有分析能力。面对汹涌而来的海量信息,如果想要只依靠自己来消化吸收的话,我们还是需要具备很强的理解能力和分析能力的。

可是,在网络世界之中,信息的流动性过高。在这巨大的信息漩涡之中,个人能力是非常渺小的。我的说法可能有点老套,但是我觉得,读者只有首先学会处理好那些被浓缩于书籍中的知识和思想,才有可能获得处理飞速流转的信息的能力。

我认为,处理信息与获取信息是同等重要的。从这个意义上来说,如果我们不能确保有充足的时间去思考和阅读的话,就会变成"知识渊博却思想空洞"的人。这就是我现在所要强调的"读书"的理由之一。

沼野:要说书籍,特别是小说,虽然看上去只是单纯的读物,但其内容实际上是非常复杂的,就像一个关于知识的竞技场。但另一方面,电脑和互联网都是非常便捷的工具,如果我们不懂得如何善加利用的话,在今后的社会中是无法生存的,特别是年轻人。

现在在大学里,即使是学文科的人,如果不会使用电脑的话,也无法成为合格的研究人员。电脑确实是能给研究工作提供便利的一种重要工具。研究人员通过电脑、互联网、电子数据库等进行信息查询,就如同让过去只能徒步远行的人坐上了飞机一样,瞬间就能抵达目的地。这是多么具有戏剧性的变化啊!

然而,正如您所说,电脑虽然便利,却很容易让人产生错觉。通过电脑,信息可以瞬间汇聚,如果大家用谷歌来检索的话,瞬间就可以查到全世界所有的图书。这很容易让我们产生误解,误以为是自己变聪明了。而且,虽说关于书籍和信息的检索结果都会如实地呈现在电脑上,但是这些检索结果的使用者究竟能不能真正看懂就又是另外一个问题了。因为并不是说我们用了电脑,阅读能力就一定能有多大的提高。

所谓阅读,就是靠自己的力量去读、去感受、去体验、去分析,并从中有所收获。对于文学而言,这种"阅读"的过程是最基本的。因此,虽说借助互联网,我们收集信息的速度变快了,但是电脑仍然无法代替我们去阅读、去感受。无论出现使用多么便利的工具,使用它的还是我们自己的头脑,读书终究还得靠自己。

非文学所不能办到的事情

沼野:那么,今天的访谈到现在已经进行了两个多小时了。还有一个事先准备好的话题我们没有细谈,那就是"目前我们还能为文学做些什么,以及哪些事情是只有文学才能办到的"。但是,关于这个主题,我们其实已经不需要再从头开始聊了。到目前为止,我们已经在讨论中得出了一个结论,那就是"还有很多的事情是只有通过文学才能办到的"。那么,我们今天的访谈就暂且告一段落。

今天，平野先生和我各自为大家推荐了三本书，很遗憾，没能对这几本书做详细的介绍，不过，大家也不必局限于我们推荐的书目，在今天探讨的各个主题中，我们提到过不少的作品，如果大家感兴趣的话，请一定找来试着读一读。

只是，在今天平野先生的推荐书目中，有一部博尔赫斯①的作品，这位作家在我们的讨论中完全没有被提及，最后，您能向我们简要介绍一下您推荐的这本博尔赫斯的《虚构集》②吗？

平野：是啊，因为考虑到可能会遇到许多年轻的听众，大家对小说的看法又不尽相同，为了让大家明白小说其实可以表现不同的创作理念，所以我才试着推荐了这部与普通小说有点不太一样的作品。

沼野：最后，让我们再来了解一下平野先生您自己的作品。虽然很想问一下"您自认为最优秀的作品是哪一部"这个问题，但是对于所有的作家来说，最优秀的作品应该永远都是"最近刚写出来的那一部"吧。因此，如果要让我来向大家推荐的话，那我还是推荐您的最近的作品《曙光号》。

刚才我们也稍微谈到了这部作品，其实《曙光号》也可以

---

① 豪尔赫·路易斯·博尔赫斯（1899—1986），阿根廷诗人、小说家、散文家及翻译家，被誉为"作家中的考古学家"。掌握英、法、德等多国文字，作品涵盖多种文学类型。代表作品有《老虎的金黄》《小径分岔的花园》等。
② 《虚构集》，博尔赫斯发表于1944年的小说集，有《小径分岔的花园》和《杜撰集》两个部分。

细分为多个阅读层次，读者们可以把它看作是一部未来的科幻小说，从某种意义上来说，也可以看作是一部政治小说，甚至还可以把它看作是一部围绕人类自身身份认知的思想小说。

此外，小说中讲述了一对失去幼子的年轻夫妇之间的家庭情感故事。迄今为止，这种令人潸然泪下的情感要素在您的作品中还是非常罕见的。读到最后，故事的结局又带给读者一种美好、光明的前景。这是因为您的创作心境发生了变化吧？

平野：这里面确实也有心境变化的因素。我写了《溃决》之后，看到自己的作品令读者陷入了一种过分绝望的境地，所以后来对读者的感受还是有所考虑的。我是个疑心深重的人，虽然不喜欢安稳的快乐结局，但是创作《曙光号》的其中一个动机，就是想要探讨究竟是怎样的思想才能令人拥有希望。从这个意义上来说，我将自己探索希望的过程最终平稳地着落于这样的结尾，也反映了我个人的心路历程吧。

沼野：因此，目前还没有读过平野先生的小说的人，首先从这部作品入手，不是正合适吗？在此，我要向各位年轻的读者朋友重点推荐这本《曙光号》。

那么最后，在座的各位听众如果有什么疑问的话，请不要客气。机会难得，大家可以直接向平野先生提出自己的问题。

听众交流环节

读者 A：在之前的讨论中，提到在小说当中存在着两种乐趣，一种来自文体，一种来自故事情节，但是作品在经过翻译之后，有很大一部分属于文体的乐趣往往就被过滤掉了，能保留下来的也只是原作的部分精髓。对于外国的文学作品而言，在翻译中出现的这种情况基本上是难以避免的，但是我们还是乐见有越来越多浅显易读的新译本不断涌现。不过，对于本国的古典文学作品而言，直到现在大家还是普遍认为，如果你阅读的是现代文的翻译版本，那就"不算是阅读古典"，这种看法总会给像我这样看不懂古典文学作品的人带来一种让人自卑的挫败感，那么这些对于本国古典文学作品所做的现代翻译，究竟算不算得上是文学呢？

还有一点就是，二位刚才也提到"求知欲"会成为我们阅读时的一种重要的动力。我个人对此也深有体会。

在和自己的同龄人谈到关于书籍的话题时，我发现现在喜欢读"哈利·波特"系列图书，喜欢儿童文学或者连环画的人是越来越多了。相反，喜欢读纯文学或者成年人读物的人却少了很多。

现在，在我们的身边经常发生这样的情况，如果一个四五岁的小孩看到一本连环画的话，他只会唰地翻一下，然后嘀咕道"什么呀，这不就是一本连环画嘛（有什么大不了的）"，而塞给孩子连环画的母亲或者其他大人反而会觉得"这连环画很有意思"，但是小孩就是不喜欢，他们现在只对游戏感兴趣。

我想无论是作家也好，文学家也好，恐怕或多或少都会对自己的读者寄予一定的期望吧。因为我从事与教育相关的工作，所以想请二位就这方面的问题，简单谈一谈自己的看法。

沼野：关于翻译的问题，首先由我来做个简要的回应。文学作品以语言为生命，所以毫无疑问，阅读原文应该是最理想的选择。虽说同样是日语，但是古典文学作品中的日语和现代日语非常不同，你甚至就可以把它看作是一种外语。用这么古老的日语创作的古典文学作品，现在的年轻人阅读起来当然会很困难。

在刚才的讨论中，我们曾提到过泉镜花的作品，不过现在的中学生基本上已经看不懂泉镜花的日语原文了吧。毕竟，对于现代的日本人来说，无论是阅读夏目漱石还是芥川龙之介的作品，如果不辅之以相当详细的注释，已经根本没办法正确、全面地理解文章的含义了。不过语言的变化速度也是因国家的不同而不同的。在俄罗斯，陀思妥耶夫斯基是比泉镜花还早半个多世纪的人，但是他那个时代的俄语和现代俄语之间却并没有什么太大的差异。

我们平时讲的翻译，一般都是指把外语翻译为本国语言，但是正如您在问题中提到的那样，确实也存在着把本国古典文学作品翻译为现代语文学作品的情况。比如围绕着《源氏物语》，与谢野晶子、谷崎润一郎、圆地文子、濑户内寂听、田边圣子、桥本治等众多出类拔萃的优秀作家、学者都曾前仆后继地尝试过用现代日语将其翻译成各种各样的新版本。一部古典文学作品，能这样反复多次地被翻译成现代语言，即使在世界范围内也是非常罕见的吧。出现这种现象，不仅仅只是因为现代读者对古典文学仍然有着强烈阅读需求这种单方面的原因。事实上这些古典文学作品中有着吸引译者不断尝试翻译探索的内容。在《曙光号》的开篇，就穿插了关于《源氏物语》的故事。想必平野先生本身，也曾经大量研读过江户时代以前的古典文学原作吧。

平野： 事实上，我对江户时代的文学涉猎不深，倒是对江户时代之前的作品还多少读过一些。以前，所谓古典文学与近代文学的界线，是以明治时代的"言文一致"运动为标志来划分的，但现在这条界线已经推后到大正时代了，甚至还有可能已经推后到了以战前和战后作为分界。

对于日本古典文学作品的现代语翻译，一方面可以举出很多像《源氏物语》那样具备了作家鲜明个性特征的知名译作，另一方面也存在着大量一般意义上所谓的"普通译本"，这两类译本都有其存在的意义，可谓相得益彰。虽然我们希望读者能不拘泥于类型，更广泛地去阅读各种各样的译本，不过却不应该对此强求。对待那些文学大家的译作，我们应该持尊敬的态度，但是像我这样的中生代作家，也必须学会依靠自己的力量努力创作。因此，对于某些人认为应该以某种形式对这些作家采取援助措施的想法，我基本上是持反对态度的。

此前，我在参与审查政府预算项目资金规划的过程中，收到了由地方交响乐团的人士给我发来的几封邮件，希望寻求我的支持。其实，我本人也是古典音乐的爱好者，而且我的一些朋友本身还是交响乐团的成员。虽然我能理解乐团方面寻求支持的立场，但是却没办法赞同他们的意见。在我看来，如果地方的交响乐团没有能力吸引听众，没法妥善经营并自负盈亏的话，政府又何必花费如此巨大的成本来将其勉强维持下去呢？说到底，所有的小说家都希望读者觉得自己的作品是有意思的，是有阅读价值的，在创作过程中也只有以此为目标，才是正途。

只是，在几个月之前，日本的每日新闻社做了一个调查，结果表明，"喜欢读书"的孩子人数有了小幅的增长，如果这是因为在学校推行了晨间阅读之类的措施所取得的积极效果的话，那么这样的教育政策就应该被坚持下来。

沼野： 如果没有翻译，我们是没办法去阅读用外语创作的文学作品的，所以翻译是阅读外国文学的一种必要手段。但是再好的翻译也无法完美再现作品的全部魅力，这也是一个无可奈何的事实。不过，我们在日本通过翻译阅读陀思妥耶夫斯基作品的时候，也实实在在地被打动了。所以，只要是优秀的作品，即便是被翻译之后，也并不意味着就一定会丧失作品的全部魅力，优秀的文学作品中一定会存在着更坚韧、更隽永的东西。翻译从来不是一蹴而就的事情。很多用外语创作的文学作品，不仅没办法立即被翻译出来，在内容上也还有很多东西需要我们去认真理解。专家们要花很长时间，有时甚至要经过几代人的研究和努力，才能完成一部高质量的译作。再者，就算是曾经出版过的译作，一旦过时也会变得晦涩难读。这时候，就会出现更加现代化的日语新译本，而且最近这种更新换代的速度有着明显加快的迹象。结果就是，在日本，我们积累下了数量相当庞大的外国文学翻译作品。有赖于此，无论是拉伯雷①的《巨人传》，还是普鲁斯特、

---

① 弗朗索瓦·拉伯雷（约 1494—1553），文艺复兴时期法国人文主义作家之一。拉伯雷的主要著作是长篇小说《巨人传》。

乔伊斯①、品钦②的作品,日本的读者都可以尽情阅读。坦率地讲,我觉得这是很了不起的事情。

也有人说过,即使把《源氏物语》翻译成了现代日语,恐怕也没多少人会去读吧。其实在外国文学中也存在着同样的问题。但即便是通过翻译的作品,我们还是能够获得愉快的阅读体验,对于读者而言,这也是一件大有裨益的事情吧。当然,读者如果能阅读原文,那自然是再好不过的事情了,但是我们也不可能就为了看一部外国文学作品就特意去学习一门外语吧。难道喜欢陀思妥耶夫斯基的作品,就得去学俄语吗?这种想法对于普通读者来说实在是有点勉为其难了。不过,这个世界上多少还是会有一些奇怪的人,就像我,最终还是开始学习起了俄语。

这让我想起了在塞林格③的一部优秀的短篇小说集《逮香蕉鱼的最佳日子》④ 中的一个情节。小说的主人公是最终自杀而亡的西蒙·格拉斯,他曾对自己的妻子说"想要读德国诗歌的话,就去学德语吧"。结果让妻子大吃一惊。要知道,对于普通的美国人而言,为了阅读外国文学而学习外语的这种话,可不是什么

---

① 詹姆斯·乔伊斯(1882—1941),爱尔兰作家、诗人,后现代文学的奠基者之一。其作品及"意识流"思想对世界文坛影响巨大。代表作品有《尤利西斯》《芬尼根的守灵夜》等。
② 托马斯·鲁格斯·品钦(1937—),美国后现代主义文学代表作家。主要作品有《V》《拍卖第四十九批》《万有引力之虹》《梅森和迪克逊》等。
③ 杰罗姆·大卫·塞林格(1919—2010),美国作家,他于1951年发表的小说《麦田里的守望者》被认为是20世纪美国文学的经典作品之一,引起世界性轰动。
④ 《逮香蕉鱼的最佳日子》,塞林格于1948年发表的一篇短篇小说。这篇小说在1953年的时候被塞林格收入于其短故事集《九故事》中,并且作为整本故事集的开篇小说。

头脑正常的人所能想到的,这已经是很反常的一种表现了。

但是,说到自己国家的古典文学的话,可能情况就又会有所不同。如今,为什么会出现大量《源氏物语》的现代语译本呢?理由其实很简单,就是因为现在普通的日本人已经没办法准确地读懂《源氏物语》的原文了。今天,只有少数具备较高古典文学修养的学术精英或者日本文学的研究专家才有能力比较准确地通读这部古典作品了。因此,即便有人认为"对于古典而言,不读原文就没有意义",但现实的情况就是,对于大部分日本人来说,阅读古典原文已经是不可能办到的事情了。只是,古典日语并不是真正的外语,虽然它历经千年,已经与现代日语有了很大的差别,但是却总能给我们一种"同为日语"的感觉,这是古典日语和外语的本质区别。如果从《万叶集》出现的时代算起,日语被用于进行文学创作已经持续了一千三百余年,而我们却处在这漫长的历史的最前端。因此,当我们读到"话说从前某一朝天皇时代,后宫妃嫔甚多,其中有一更衣,出身并不十分高贵,却蒙皇上特别宠爱"① 的时候,虽然不一定能正确地理解其中的意思,但读起来却给人一种耐人寻味的亲切感,仅凭这一点,就非常值得我们去一窥原文了。如果读者朋友们在阅读了古典作品的现代语译本后,还感觉有所欠缺的话,请一定要把原作找来,一边对照一边研读,如此一来,你在阅读中所收获的乐趣也一定会加倍。

---

① 此处译文摘自丰子恺译《源氏物语》,人民文学出版社1999年7月版。译文中"更衣"为日本平安时代后宫的女官官名,因服侍天皇更衣而得名。

平野：刚才我也谈到过，我大体上算是抱有一种"返祖"的心理倾向，总是在追溯我的偶像喜欢的东西，或者是让我的偶像深受影响的唱片之类。于是，我自己的兴趣范围也不断扩大开来。我觉得这是一个很有乐趣的过程。

读者 B：今天能有机会参加这场访谈，真的非常荣幸。从一点半开始，这一个下午让我受益匪浅。感谢二位的精彩发言。

平野先生，您刚才提到自己不仅阅读量非常大，而且还把书读得非常认真仔细，我到现在都觉得很不可思议。看来想要成为作家，不读这么多的书是不行的。

在这里，我有两个问题，请不要见笑。

一个是，您在年轻的时候是怎样规划阅读时间的呢？您独自一个人，埋头于书本的时间是怎样安排出来的呢？

另一个问题是，我看了您的简介，发现您是从京都大学毕业的，那么为了应对高考，想必您也经历过备考学习的过程吧？那么您又是怎样一边学习，一边抽出时间来阅读的呢？

平野：我之所以有充裕的阅读时间，最重要的原因可能是那个时候没有互联网吧。我当时生活在乡下，放学之后除了读书，也没别的事情可做了。其实，我感觉自己的备考学习可能也没想象中那么辛苦。我喜欢日语，也喜欢英语，另外，也喜欢数学。只是因为我不擅长理科，所以没办法考理科专业，但是我对历史很感兴趣，所以觉得学习社会学科也挺有意思的。

进入大学之后我还是一样觉得很闲，所以一直在看书，但是我对文学从来没有那种仰之弥高的感觉。曾经有人说什么"福楼拜已经写过的题材，现代作家何必又来'炒冷饭'呢"。对于这种流露出卑屈感的评论，我是最讨厌的。

沼野：所以我说您还很年轻呢。平野先生出道的时候，日本文学界还从未有过如此年轻的作家。出道后的这十年当中，您创作出了不少佳作，但至今仍然是引领潮流的文坛新锐。我相信，今后您还会继续以年轻的干劲，努力工作，为日本文学的未来开辟新的道路。

那么，今天我们已经聊了很长时间了，平野先生，您辛苦了。感谢各位听众朋友的到来，谢谢大家。

（本次访谈于2010年1月17日，在京都·京大会馆101号室举行）

● 平野启一郎为中学生推荐的三本书：
① 三岛由纪夫《金阁寺》（新潮文库）
② 豪尔赫·路易斯·博尔赫斯《虚构集》（日文版《传奇集》，鼓直译，岩波文库）
③ 费奥多尔·米哈伊洛维奇·陀思妥耶夫斯基《罪与罚》（龟山郁夫译，光文社古典新译文库。江川卓译，岩波文库。工藤精一郎译，新潮文库）

●沼野充义为中学生推荐的三本书：
①平野启一郎《曙光号》(讲谈社)
②费奥多尔·米哈伊洛维奇·陀思妥耶夫斯基《罪与罚》(龟山郁夫译，光文社古典新译文库。江川卓译，岩波文库。工藤精一郎译，新潮文库)
③斯坦尼斯拉夫·莱姆《索拉里斯星》(沼野充义译，国书刊行会。另有《在索拉里斯的阳光之下》，饭田规和译，早川文库)

●延伸阅读：
○平野启一郎
《日蚀》(新潮文库)
《一月物语》(新潮文库)
《葬送》(新潮文库，第一部上下卷，第二部上下卷)
《最后的变身》(收入《滴漏时钟群的波纹》，文春文库)
《溃决》(新潮文库，上下卷)

○大江健三郎
《拔幼芽，打孩子》(新潮文库)
《十七岁》(收入《性的人》，新潮文库)
《性的人》(新潮文库)
《万延元年的足球队》(讲谈社文艺文库)
《洪水淹没我的灵魂》(新潮文库，上下卷)
《水死》(讲谈社)

〇沃尔特·翁
《口语文化与书面文化》（樱井直文等译，藤原书店）

〇鹿岛茂
《报业之王吉拉尔丹》（筑摩文库）

〇杰罗姆·大卫·塞林格
《逮香蕉鱼的最佳日子》（收入《九故事》，野崎孝译，新潮文库）

〇奥利加·斯拉夫尼科娃
《不朽》（未翻译）
《2017》（未翻译）

〇谷崎润一郎
《阴翳礼赞》（中公文库）
《文章读本》（中公文库）
《源氏物语》（润一郎译，中公文库，全五卷）

〇费奥多尔·米哈伊洛维奇·陀思妥耶夫斯基
《死屋手记》（工藤精一郎译，新潮文库）
《群魔》（龟山郁夫译，光文社古典新译文库。江川卓译，新潮文库，上下卷。米川正夫译，岩波文库，上下卷）

《卡拉马佐夫兄弟》（龟山郁夫译，光文社古典新译文库，全五卷。原卓也译，新潮文库，上中下卷。米川正夫译，岩波文库，全四卷）

〇欧根·德拉克洛瓦
《德拉克洛瓦日记》（中井爱译，二见书房）

〇奥诺雷·德·巴尔扎克
《高老头》（平冈笃赖译，新潮文库。高山铁男译，岩波文库）

〇爱德华·摩根·福斯特
《小说面面观》（中野康司译，美铃书房）

〇托马斯·曼
《托尼奥·克勒格尔》（高桥义孝译，新潮文库。实吉捷郎译，岩波文库）
《魔山》（高桥义孝译，新潮文库，上下卷。关泰祐、望月市惠译，岩波文库，上下卷）
《浮士德博士》（关泰祐、关楠生译，岩波文库）
《布登勃洛克一家》（望月市惠译，岩波文库）

〇村上春树
《且听风吟》（讲谈社文库）

《挪威的森林》（讲谈社文库，上下卷）
《世界尽头与冷酷仙境》（新潮文库，上下卷）
《海边的卡夫卡》（新潮文库，上下卷）
《1Q84》（新潮社，BOOK1-3）

〇森鸥外
《涩江抽斋》（《森鸥外全集6》，筑摩文库）
《伊泽兰轩》（《森鸥外全集7·8》，筑摩文库）
《北条霞亭》（《森鸥外全集9》，筑摩文库）

〇弗朗索瓦·拉伯雷
《巨人传》（宫下志朗译，筑摩文库）

〇池泽夏树
《池泽夏树　个人编辑　世界文学全集》（河出书房新社，全三十卷）

第三章
来自"J文学"的邀请

——罗伯特·坎贝尔与沼野充义的对谈

在世界文学中
阅读日本文学

罗伯特·坎贝尔

1957年出生于美国纽约。从加州大学伯克利分校毕业后，进入哈佛大学研究生院攻读东亚语言文化学专业博士课程，获得文学博士学位。现任东京大学研究生院综合文化研究科教授，是日本文学（近世文学、明治文学）方面的研究专家，在现代日本文化方面也造诣颇深。编著有《江户之声——从黑木文库看音乐和戏剧的世界》《阅读的力量——东大驹场系列讲座》等。校注作品有《汉文小说集》《海外见闻集》等。

何为"J文学"

沼野： 应邀参加此次访谈的，是来自东京大学的日本文学专家罗伯特·坎贝尔教授。这次，我们将主要围绕日语、日本文学这两个话题开展讨论。不过，对于日语、日本文学和日本人之间的关系，我们总是有某种可笑的想法，比如理所当然地认为只要是日本人就一定懂日本文学，或者日本人肯定比外国人更理解《源氏物语》，更有甚者，觉得外国人根本无法领略日本文学的精妙之所在。当然，最近大张旗鼓地宣扬这种观点的人越来越少了，但是这种毫无道理的偏见至今仍然残存于部分日本人的思想之中。但事实上，这种偏见是否真的其来有自呢？今天，我们就带着这样一个疑问，来听听坎贝尔教授的意见。

我近来经常使用"世界文学"这个词，因为我认为广泛阅读各类作品，了解各国文学的独到之处是最重要的事情。我们不应该心存偏见，无缘无故地对不了解的事物产生抵触情绪。因此，我虽然主张世界文学，但绝对没有把日本文学排除在外的意思。我一直坚持把日本文学作为世界文学的一部分来看待，在我眼里，文学只有优劣之分，而没有内外之别（日本或外国的区别）。无论作家来自哪个国家，用什么语言进行创作，这都不重要，作家的国籍、背景或创作作品时所使用的语言不应该影响我们对文学作品质量的判断。我们应该把所有的文学作品都摆在同样一个天平上，冷静客观地阅读，实事求是地评价。

对于坎贝尔教授，就没有必要再做过多介绍了，他是日本放送协会（NHK）电视台"J文学"节目①的解说员，最近也经常作为评论员参与其他综艺节目的录制，想必大家对他已经很熟悉了。

那么，"J文学"到底是什么意思呢？据说当初NHK电视台策划这个节目的时候，讲座的题目并不是来自您的提议，或许是出自节目组导演的想法吧，但这个词本身在十年前就已经出现了。关于这个词的起源，其中一种说法是来自河出书房新社的一本名叫《文艺》的杂志。这本文艺杂志关注的主要对象都是一些比较年轻的新锐作家，而"J文学"最初大概就是用来代指这些青年作家的作品。

当然，在此之前，足球圈就有"J联赛"的说法，带有日本创作风格的流行音乐也被称作"J-POP"。"J"是"Japan"（日本）的英文首字母，而对其内涵的认知则往往因人而异。就我个人的理解而言，"J"虽然强调"日本创造"，但与以往的日本创造的传统又稍有不同，它以国际水准为目标，具备了更明显的现代属性。仿照这种说法，新生的日本文学——与川端康城、三岛由纪夫等人的文学不同，摆脱了西方人眼中的日本情结（异国情调）的那些年轻人的文学——就是"J文学"。

只是，这个词虽然听起来煞有介事，不过从文学概念的角度来说，其内涵实在不好把握。现在，大概也不会有哪个作者会在

---

① "J文学"节目，日本放送协会电视台推出的一档外语、文学教育类节目。自2009年3月31日开播，到2012年3月29日停播。该节目向观众介绍了大量翻译为英语的日本文学作品。

自我介绍的时候称自己为"J文学作家"吧。所以，作为文学艺术的专有名词，"J文学"还并没有完全固定下来。然而，由于您参与的这档电视节目的出现，为"J文学"这个词增添了新的可能性，也引出了新的含义。通过将日本文学作品的原文和相关英文翻译进行对照讲解，借助来自外部的英语世界的视角，我们有可能会发现许多日本人至今尚未意识到的日本文学的精彩和乐趣。简单地说，在您的这档节目中，我们不仅能学习英语，还能体验到日本文学的乐趣，可谓一举两得。因此，您的这档节目深受观众朋友的喜爱。

那么，接下来让我们进入今天讨论的主题。首先，在世界文学的这个框架之中，从解读日本文学的角度出发，却并不囿于"日本文学"的窠臼，通过引入"J文学"这样的概念，是否就能够真正概括出新生的日本文学的某种特点呢？

现有的美国文学、法国文学、德国文学等概念都是按照国别对文学进行的一种分类。顺着这种分类模式的思路，也形成了我们所知道的世界文学这个概念。因为所有优秀的文学作品都是由那些来自不同国家的个性鲜明的天才文学家创作出来的，因此这种对文学的国别分类自然也就被大众当成是理所当然的事情了。英国有莎士比亚，德国有歌德，法国有雨果、巴尔扎克，这些国别文学代表人物的形象早已经深入人心。那么，采用"J文学"这样一个新的提法，单纯只是为了向全世界推广日本的文学作品，并为将来开展商业营销提供一种广告性质的宣传用语吗？还是说在"J文学"当中也具备了某种更为本质的内涵，足以令我们为之正名？如果有的话，那么这种更为本质的东西又究竟是什么呢？我觉得我们应该要好好地思考一下这些问题。

尤其需要注意的是，在我们积极致力于向世界展示日本的特点、日本人的优秀之处、日本的文学魅力的过程中，时常会面临一些很容易让我们日本人"栽跟头"的陷阱。就像刚才我也稍微提到过的，我们总是喜欢过分强调日本自然环境的优美，以及在这种优美的自然环境中塑造的日本人纤细感性的内心世界，这说明在很多日本人的心目中还是认定"外国人肯定无法理解我们日本人的内心世界"，因此我们也往往存在着以这种偏见为前提而展开文学探讨的倾向。总而言之，在欣赏文学作品的过程中，我们很有可能受到刻板印象的不利影响，这种影响甚至会危害到我们对重要作品的价值和魅力的具体理解。

我自己从事的工作，有部分也与文化交流相关，诸如开展日本文学的海外推广活动，或者与国外的日本研究专家共同开展工作，等等。在工作过程中，我总是尽量提醒自己不要落入这些文化陷阱。但是，抛开所谓的刻板印象和偏见，毋庸置疑，日本文学当然有其过人之处，但是我们又应该如何正确阐述日本文学的优点呢？今天，就此问题，我非常期待能从坎贝尔教授这里获得更多的真知灼见。

"世界文学"实际上是阅读模式的问题[①]

沼野：当年我曾模仿"J文学"创造过另一个新词"W文学"

[①] 在《什么是世界文学》中，达姆罗什认为"世界文学"是一种文学的翻译传播与阅读模式。

(语出《通向W文学的世界——跨境的日语文学》)。目前这个词在学界和读者群体当中都还没有被固定下来，说明没多少人愿意读我写的书。虽然我创造出的这个词并未广为流传，不过直到现在我仍然认为创造出这样一个词是有其意义的。这是很早之前的事情了，那时候坎贝尔教授的电视节目还没有开播。当然，我这么说并没有要跟您较量高下的意思。我所在意的是，之前"J文学"的说法在文艺出版界曾一度十分引人注目，我当时就很想说："'J文学'这种提法实在是太狭隘了。我们应该要有更广阔的胸襟，要向'W文学'迈进才对。"单纯讨论"J文学"、日本文学之类无足轻重的话题实属无益。既然还有更宏大的世界文学存在，那就应该让日本文学在世界文学的框架之中获得真正的解放。在世界文学的广阔舞台上，无论来自法国、美国还是日本，只要是优秀的文学作品就应该获得公正的评价和认可。专业的文学研究者通常必须将作为研究对象的文学作品限定在某个固定的研究范畴之内来加以解读，而一般读者则完全没有必要用这种阅读模式来束缚自己。因此，"J文学"的说法，乍一看好像是日本文学国际化的一个象征，但实际上却是在无形之中给日本文学设置了一道藩篱，反而存在着缩小我们的文学视野的危险，所以我才要针锋相对地提出"W文学"这一概念。

  从稍微带有一点文艺学性质的观点来说，"世界文学"这个词与其说是单纯的日常词语，不如说本来就是文艺学的一个概念。如果追溯其历史，一般认为第一次提出这个概念的是德国文学巨匠歌德。晚年的歌德曾于1827年对埃克曼①说当时的国民文学已经没有什么意义了。因为世界文学的时代已经到来了。"世界文学"一词在德语中写作"Weltliteratur"。这个词并不难，只是把德语的"世界"（Welt）一词和"文学"（Literatur）一词拼接组合而成的一个合成词，像这样简单的词，让人感觉也没什么了不起，好像任何人都能创造出来一样，但歌德却是最早明确提出这一突破性概念的人，在歌德之前可能没有谁考虑过类似的问题吧。如果按照德语的原文，这个词的英译就成了"World Literature"。由于并没有留下太多详细的论述，关于歌德当时具体是怎么思考的，我们实际上还有很多不甚明了的地方，但毋庸置疑的是，为了跨越不同民族文学之间的沟壑，创造各民族交流的媒介，歌德提出了"世界文学"这个概念。承载着这样的价值，世界文学不属于任何特定的民族，而是全人类的精神财富。

这实在是一个富有远见卓识的主张，但当身处当代的我们想要努力实践这种主张的时候，却发现它因为过于理想化而显得有些不切实际。这个主张在原则上无疑是正确的，但老实讲，总与社会现实有些格格不入。由此，我突然想起另一件事，最近我所任教的（东京大学）研究生院被要求必须在自己的官方网站上公布所谓"教育研究的目的"②（我对这种做法很不以为然，这

---

① 埃克曼（1792—1854），德国19世纪诗人、散文家，歌德晚年最重要的助手和挚友。为《歌德谈话录》的作者。
② 2010年，日本深入开展高等教育改革。作为改革的一环，国家教育主管部门要求各高校在全面审视自身办学条件和潜力的基础上，重新确立自身的办学目标和定位，相关工作进度还必须在网上公示。

种东西有谁会去看呢），其中写着"培养具备较高科学文化素养、对人类文化的发展带来积极贡献的优秀人才"之类的话语。我也是一个教师，本来不应该对这种正式的公告开玩笑，但当时我才意识到"原来我也在为人类文化的发展做贡献啊"，我完全没有想到自己所从事的事业是这么伟大，我自己都吓了一跳。不过在这句话里没有把贡献局限于"日本"，而是普惠于广大的"人类"，就冲这一点，我觉得说得挺好。

不管怎么说，我想表达的意思就是，其实类似的想法早在歌德提出的"世界文学"一词中就已经有所体现了。然而，在当代这种主张即使不能说毫无意义，但也还是稍显空洞了。为什么这么说呢？因为，现在全世界都强烈地意识到，在全球化的浪潮下，那些带有鲜明民族特征的作品处在消亡的危机之中，反而凸显出各民族以本民族的语言进行文学创作的重要意义，这恰恰是目前人类文明需要应对的一个巨大挑战。

因此，如果现在我们要对世界文学的内涵有所设想的话，就应该是在保持各民族、各种语言独特个性的同时，又勇于打破彼此的隔阂而不孤立和封闭地把各个民族的文学都摆在同一个平台上，使其百花齐放，从而实现百家争鸣，这应该才是我们所期待的世界吧。我们应该坦率地承认彼此的不同，即使偶有争执也不用忌讳，要能够发现别人的优点，并学会取长补短。但是，最重要的是，大家要有同台竞技、共同进步的意识，在尊重彼此独立性的同时，充分发挥自己的优势。这样一来，我们才能在不迷失自我的同时，真正接受世界的多样性，甚至可以尽情享受这种多样性所带来的乐趣——理想的世界文学不就应该是这样一个广阔的天地吗？我在自己的文学研究工作中，也一直有这样的主张。

我现在所谈的世界文学的意义，并不是我个人的突发奇想，而是最近在海外也出现了持同样主张的学者。比如美国的比较文学家达姆罗什在《什么是世界文学》一书中，就提出了和我理念相近的世界文学观。他的主张之一就是世界文学并非一整套的经典文本（正典目录），而是一种阅读模式。也就是说我们不应该抱着"某些书是有价值的"这种想法，按照事先选定的书单来读书，而是应该根据我们各自的实际情况，思考如何在保持恰当距离的同时，涉猎全世界各种各样的文学作品。此前，我们在与平野启一郎先生的访谈过程中，对经典文本（正典目录）等议题已经有所涉及，当时我们探讨的主要内容是围绕世界文学的文本经典性应该发生怎样的变化这一问题展开的。

但是，对于日本的广大读者来说，平易近人的日本文学经典之作也许是一个更需要我们认真思考的重大的课题。提到日本文学的"经典"，坎贝尔教授可能比我更加了解，包括从《万叶集》到《源氏物语》《平家物语》，最后到松尾芭蕉①的许多传世佳作，这是日本文学经典作品的基本脉络。

然而，这个"经典"实际上并不是一成不变的。世界上本就不可能存在某种超越历史、不受时间流逝的影响、不可动摇的经典。简单地说，在当今的日本文学界，大家公认的最优秀的日

---

① 松尾芭蕉（1644—1694），日本江户时代前期俳句作家。19世纪，俳句这一文学形式从和歌中被解放出来，发展成为独立的诗体，松尾芭蕉则把俳句创作推向了巅峰。代表作品有《野曝纪行》《笈之小文》《更科纪行》《奥之细道》等。

本文学名著应该就是《源氏物语》吧，但即便是如此杰作，在历史上也曾有过不受人重视且不被读者青睐的时候，还有一些人对其作为文学作品的价值，也始终没有给予太高的评价。在达姆罗什新编的世界文学选集中，收入了从《源氏物语》到村上春树的短篇小说在内的许多日本文学作品，但事实上《源氏物语》作为文学名著在世界范围内获得读者的广泛认可，已经是比较晚的事情了。《源氏物语》的最新英语译本出自罗亚尔·泰勒先生之手，该译本面世后在西方文学界得到很高的评价。但是在这之前，泰勒先生曾遇到了著名文学评论家乔治·斯坦纳[①]，并向他询问对《源氏物语》的看法，结果得到的回答却只有一句——"那是一部历史久远的长篇大作啊"。也就是说在当年，就连斯坦纳这样博闻强识且对于欧洲文学了如指掌的评论家，也对《源氏物语》并没有太大兴趣。而今天，在欧美文学界，《源氏物语》的文学价值终于获得了普遍认可，可以说欧美人眼中的日本文学的"经典"也发生了明显的变化。另一方面，在经历了日本的学校教育之后，我们对日本文学史中所说的"经典"已经太过习以为常了，所以很有可能并不知道应该怎样以现代的视角来对其进行重新审视，甚至不知道是否应该对其进行重新审视。坎贝尔教授，在对日本文学的观察方面，有着比我们更加宏阔的视野。关于这一点，我想了解一下他的看法。

---

① 乔治·斯坦纳（1929—2020），文学评论家。代表作品有《语言与沉默》《托尔斯泰或陀思妥耶夫斯基》《巴别塔之后》《悲剧之死》《何谓比较文学》《马丁·海德格尔》等。

日本文学一千三百年的积淀

沼野：既然提到了日本文学史的话题，那我就再啰唆两句。日本文学历史悠久，并且在漫长的岁月中保持了其一贯的延续性，而缔造日本文学的日语，作为一种语言也在不断演变、持续发展。正如我们经常谈到的那样，日本是一个四面环海的岛国，历史上很少被周围的大国侵略。因此，日本文学的历史也从未因外国的侵略而中断过，绵延至今已有一千三百年。

虽说日本文学的历史并未中断过，但我们还是应该充分认识到明治维新给日本文学带来的冲击。由于明治维新以前的日本长期处在闭关锁国的状态之中，在从江户时代到明治时代的过渡时期，日本文学同样产生过革命性、戏剧性的变化，而伴随着这一变化，日本文学也必然存在着消亡与传承这两方面的矛盾。那么，对于日本文学而言，究竟哪方面的影响更强呢？虽然这是一个比较复杂的问题，但可以肯定的是，在明治维新时期，日本人并没有抛弃之前的传统文学，更没有将当时的近代文学全盘西化。正因为有了江户时代，才使《万叶集》以来一千三百年的日本传统文学得以保存。在此基础上，日本文学才经受住了近代化浪潮的冲击。例如坪内逍遥①，他于1885年创作了著名的《小说神髓》一书，使欧洲近代小说的概念首次在日本扎根，此

---

① 坪内逍遥（1859—1935），日本戏剧家、小说家、评论家、翻译家。1885年撰写了日本近代第一部文学评论《小说精髓》，批判近代小说结构松散，人物特性不明显的情况。后翻译莎士比亚的作品，同时创作多部长篇小说和大量支持议会民主的政治寓言作品。作为新戏剧运动的创始人，曾把易卜生和萧伯纳的作品介绍到日本，为日本作家创作新戏剧开辟了道路。代表作品有《小说神髓》《当世书生气质》等。

后他还完成了莎士比亚全部戏剧作品的翻译工作。之所以能创造出如此辉煌的文学业绩，与其说是因为他具有很高的文学素养，不如说是受到以戏剧创作为核心的江户文学的影响，并打下了坚实的文学基础。

我不是国粹主义者，我强调日本文学拥有一千三百年绵延不绝的历史，并不是为了吹嘘日本文学有多么举世无双、精彩绝伦。不过，与其他国家的文学相比，日本文学所拥有的这一漫长历史本身就是一个很突出的特征。俄罗斯的近代文学始于19世纪初期的普希金①的作品，再稍微向前可以追溯到19世纪，也出现过诸如罗蒙诺索夫②、卡拉姆津③、杰尔查文④等作家，但最多也就到此为止了，在此之前的所谓俄罗斯文学，基本都是用古老语言写成的宗教文学和年代纪，而且有很多断代和空白。再来看看英国文学，现在，我们平时会去阅读的最古老的英国文学

---

① 亚历山大·谢尔盖耶维奇·普希金（1799—1837），俄罗斯著名文学家、诗人、小说家，现代俄国文学的创始人，19世纪俄罗斯浪漫主义文学主要代表，现实主义文学的奠基人，现代标准俄语的创始人，被誉为"俄罗斯文学之父""俄罗斯诗歌的太阳"。代表作品有《自由颂》《致恰达耶夫》《致大海》等。
② 米哈伊尔·瓦西里耶维奇·罗蒙诺索夫（1711—1765），俄国科学家、语言学家、哲学家和诗人，被誉为"俄国科学史上的彼得大帝"。他在科学、文学、哲学等诸多领域都著述颇丰，代表作品有《关于冷和热原因的探讨》《论化学的效用》《论俄文诗律书》《修辞学》《论俄文宗教书籍的益处》《俄语语法》等。
③ 尼古拉·米哈伊洛维奇·卡拉姆津（1766—1826），俄国作家、历史学家。代表作品有《苦命的丽莎》《俄罗斯国家史》。
④ 加夫里拉·罗曼诺维奇·杰尔查文（1743—1816），俄国诗人。1782年以歌颂叶卡捷琳娜二世的《费丽察颂》受女皇提拔，1791年任女皇私人秘书，1802至1803年任司法大臣。代表作品有《费丽察颂》《纪念梅谢尔斯基公爵之死》《致叶甫盖尼·兹万卡的生活》等。

作品也就是16世纪后半期出现的莎士比亚作品了吧。但从文学史上看，还能追溯到用古英语创作的英雄史诗《贝奥武夫》①。据推测，这部史诗大概成书于8世纪左右，其古老程度是完全可以与《万叶集》相媲美的。但是，用来书写这部英雄史诗的语言是一种非常古老的英语，即使拿来与莎士比亚所处时代的英语相比，二者也有着天壤之别。而且这部史诗描绘的是远古时代英雄与巨人展开殊死搏斗的一个传奇世界，与近代文学的旨趣也相去甚远，虽然它后来确实给托尔金②的《魔戒》等奇幻小说带来了巨大的影响，但我们还是很难认定它与英国的近代文学有很深的内在联系。

而与之相较，即使《万叶集》有一千三百年的历史，直到现在也仍然与日本人保持着紧密的文化联系。在利比·英雄的著作中就有一本散文集名为《新宿的〈万叶集〉》，飞鸟、奈良时代的《万叶集》和现代的新宿就这样自然而然地联系在了一起，而且毫无不和谐之感。当然了，无论是《万叶集》，还是《源氏物语》，如果不学习古日语的话，现代的日本人也同样是没有办法阅读的。其实我本人也不太擅长古日语。比起原版的《源氏物语》，我反倒更愿意去读俄语版的陀思妥耶夫斯基的作品。

经历了漫长的历史过程，日语虽然也有了很大的发展和变

---

① 《贝奥武夫》，一译《贝奥武甫》，讲述了斯堪的纳维亚的英雄贝奥武夫的英勇事迹。是欧洲最早的方言史诗，它与法国的《罗兰之歌》、德国的《尼伯龙根之歌》并称为"欧洲文学的三大英雄史诗"。
② 约翰·罗纳德·瑞尔·托尔金（1892—1973），英国作家、诗人。以创作奇幻作品闻名于世，代表作品有《魔戒》《霍比特人》等。

化，但是这种变化并没有大到令人不可思议的地步。也就是说，即使是现在的日本人，只要试着阅读一下《万叶集》或《源氏物语》的原文，同样会被其优美的音拍、节奏、韵律所吸引，从而勾起一种莫名的亲切感。然而，现在的英国人对《贝奥武夫》中所使用的古英语，恐怕就不会有这样的感觉了。

那么，为什么古日语仍然具备引起现代日本人共鸣的能力呢？这还是要归功于日语独特的历史延续性。正是因为这个原因，无论多么古老难懂的日语，都会给日本人带来"啊，这同样还是日语啊"的亲近感。日本短歌的创作形式，从一千三百年前开始直到现在也基本上没有发生什么变化，按照"五七五七七"的节奏，短歌至今仍然保持着由音节数所营造出的语言韵律感。同时，日本人敏感纤细的内心世界很大程度上也是由日语所支撑起来的。因此，我们不仅能感受到日语本身的历史延续性，也同样能感受到这种敏感内心世界的历史延续性。在《源氏物语》或《枕草子》等作品中，留下了很多关于人类心理状态的细腻描述，尽管在词语的意义层面上，现代读者并不一定能够完全准确地把握，但我们依然可以从中感到某种亲近感，因为日语这种语言早就融入了我们的文化血脉。

所以，我们在阅读日本文学作品的时候，总会有一种安心感，会觉得"这是自己所了解的世界"。我认为这种"安心感"有一半是正确的，支撑这种"安心感"的日语和日本文学的历史还是非常重要的。但与此同时，我又不得不指出的是，这种观念可能也有一半是错误的，又或者说是一种错觉。

今天，我们读《万叶集》的时候是用现代日语的发音来读的，但是在使用"万叶假名"（使用汉字来表示日语发音的方法）的时代，日语中元音的数量实际上是比现在还要多，通过桥本进吉①的研究，这已经是语言学界的一个定论了。此外，当时日语辅音的发音也跟现代有所不同，比如"花"（hana）② 在奈良时代以前恐怕是读作"bana"的，发展到平安时代可能又读作"fana"，而"川"（kawa）过去也是读作"kafa"的。因此，如果我们不按照现代日语的发音来读《万叶集》或者《源氏物语》，而是复原这两部作品的内容文字在当时的发音的话，一定会产生某种类似"半外国文学"的别样情趣吧。

由此可见，《源氏物语》中的京都，对于现代的日本人来说，其实也和外国一样遥远，甚至还有人会认为不如把《源氏物语》干脆当作是一种外国文学作品来理解比较好。之前，我在和《源氏物语》的英语版译者——罗亚尔·泰勒先生做访谈的时候，他就认为《源氏物语》的世界，在现代日本人看来就是一个如同"外国"一样遥远的地方，并不会因为你是日本人就变得特别容易理解，如果把《源氏物语》作为外国文学作品来读的话，无论你是日本人还是外国人，在理解方面实际上是不会有太大差别的。

那么，日本的古典文学与现代文学到底在什么情况下可以看作"同样是日本文学"，又在什么情况下会变得"像是外国文

---

① 桥本进吉（1882—1945），日本语言学家。东京大学教授。建立了重视形式和功能的日语语法体系，对日语音韵史的发展也有贡献。主要著作有《关于古代国语的音韵》《国语法要说》《国语学概论》《新文典别记》等。
② 为方便读者了解其具体读音，此处采用罗马字母标记符号表示日语发音。

学"呢？关于这个问题，其实我自己也没有明确的答案。但是，像这样的问题，我想各位读者朋友，特别是在读初高中的年轻读者们应该还是第一次听说吧。这其实是一个学习如何提出问题的很好的范例。无论能不能马上找到答案，首先尝试着提出问题是最重要的。

但是，我认为拥有丰富的古典文学遗产这件事本身，对现代的日本文学来说，既有可能成为某种形式的负担，也可能为创作提供新的潜能与动力。也就是说，日本在历史上一直深受外国文学的影响，但与此同时，也持续不断地创造出了属于自己的独特文学。说不定将来还会诞生出某种古典文学与现代文学的新的混合体，这也可能会为现代文学的发展开辟出新的道路。这就是我个人从"W文学"的视角出发，演绎出的一种混合型日本文学论，关于这方面的可能性，我也想请教一下坎贝尔教授的看法。

传统审美意识与现代审美意识的共存

沼野：今天我和坎贝尔教授会各自向大家推荐三本书，在讲座的最后还会做专门的介绍。不过，在我推荐的三本书里就有清少纳言的《枕草子》。《枕草子》和《源氏物语》诞生在同一个时代，也是一千多年前的作品了。但因为它是日本人偏爱的散文类作品的鼻祖，所以至今仍然很受欢迎。虽说书中的日语已经非常古老了，但是字里行间透露出的年轻女性的那种纤细感、诙谐感，却是很容易令人感到亲近的元素。这大概就是桥本治①先生把《枕草子》翻译成现代女性用语——桃尻语②的原因吧。

无论是《源氏物语》还是《枕草子》，它们虽然都是一千多年前的作品，但至今仍然有着旺盛的生命力，实在是令人惊讶。而日本文学漫长的历史进程也滋养出了日本独特的审美概念，其中最有名的恐怕就是"物哀"这一概念了，它是江户时代的学者本居宣长③提出的，本居宣长在《〈源氏物语〉玉之小栉》等著作中反复强调，"物哀"这种重要的审美概念在《源氏物语》中有着典型的呈现。从那以后，人们只要一提到《源氏物语》就会想到"物哀"。一般来说，这是当我们在体会到人生的玄妙和虚幻时所感受到的一种情趣，但其内涵则包含着各种客观和主观的际遇。日语中的"物"是一个非常模糊而宽泛的概念，但总体而言，一般是指个人感情世界之外的作为对象存在的客观世界。与此相对，"哀"则代表着主观的感情世界。因此，"物哀"所表达的含义就应该是指作为对象的客观世界和主观感情世界达成一致状态时所产生的和谐的情趣。

这确实是日本独有的一种美学意识，也可以说是典型的

---

① 桥本治（1948—2019），日本小说家、文学评论家、散文家。代表作品有《桃尻娘》《桃尻译枕草子》等。
② 桃尻语，来自桥本治的小说处女作《桃尻娘》。小说中的女主人公是一位高中女生，桃尻语则是女主人公所在的20世纪80年代日本年轻女性特有的口语。
③ 本居宣长（1730—1801），日本江户时代的学者。又号芝兰、舜庵。长期钻研《源氏物语》《古事记》等日本古典作品。提出"物哀"这一日式审美概念，著有《紫文要领》《石上私淑言》《源氏物语玉小栉》《古事记传》等作品。

"难以翻译的日语"。很多日本人都认为"物哀"这个词用英语是绝对翻译不出来的。但不管怎么说，我们必须要注意的是，日本文学并没有完全流露"悲哀"的气质。事实上，与《源氏物语》处在同一时代的另一部作品《枕草子》，则完全是另外的一种风格，它展现的是一个阳光开朗的世界，以机敏智慧和幽默讽刺烘托出一种优雅且有趣的审美情趣。而上述两种审美情趣相互映衬，又让日本古典文学更加立体地呈现在了读者的面前。

历史上代表日本传统审美意识的概念其实还有很多。比如"幽玄""侘""寂""粹"等等。然而有趣的是，虽然这些概念都诞生于不同的历史时代，但是新出现的概念并不会把旧有的概念替换掉，而是会共存，和谐共处形成新的整体。可以说这就是日本文化的整体特征吧。就如同和歌之后的俳谐（俳句），以及明治以后的近代诗，它们都同样属于"诗歌"的范畴，但新生事物的出现，却并不意味着旧的文学类型就会被废弃，而是新旧两种事物继续共存下去。也正因如此，千年前的"物哀"和现代的"可爱"才能和谐共存吧。这是评论家四方田犬彦[①]在其《论"可爱"》一书中所主张的观点，我个人也深有同感。古典美学和现代美学的共存和冲突，绝不是日本文学发展的不利条件，反而应该是一种独特的优势。

对此，我也想听听坎贝尔教授的意见。我东拉西扯地提到了许多观点。作为话题讨论的引言，可能稍显凌乱了一些，但总体

---

① 四方田犬彦（1953— ），电影史学家，比较文学家。主要作品有《电影风云》《日本电影的创新激情》《日本电影100年》《亚洲的日本电影》等。

而言，希望大家能够从我所设想的世界文学的角度，重新发现探索日本文学的乐趣。

那么，我的引言就到此为止。接下来，让我们有请罗伯特·坎贝尔教授发言。

何谓纯文学之"纯"

坎贝尔：沼野先生，谢谢指教。其实，沼野先生和我来自同一所大学的研究生院，我们都是美国哈佛大学的校友。在日语作为母语的环境下成长起来的沼野先生是在美国学习的俄语和俄罗斯文学，而我本人则是在英语环境下成长起来的，之后却学习了日语和日本文学；如今我们二人又在日本的同一所大学任教，可以说我们的关系本来就非常具有"世界文学的特点"了。

正如您刚才介绍的那样，从 2009 年 3 月开始，NHK 教育电视频道正式推出了一档语言类教育节目，介绍从古典到近代的日本文学。这个节目的标题是导演直到临近播出时才最终想出来的。而相关文学作品的选定，以及节目整体内容框架的设计则基本上是由我来做主的。

作为一个面向英语学习者的电视系列短片，我们的每一期节目大致分为两个部分，其中日语的部分是由两位常驻嘉宾以对谈的形式对作品进行简要介绍，而英语部分则是将小说或戏剧的精彩段落进行英译后，再由我来做对照讲解。节目所需的配套教材，是我带着东京大学研究生院的学生们一起制作的，我们将节目内容整理形成文字摘要，结集成册，便有了《J 文学——用英语邂逅日本文学，品味日语名作 50 讲》。今年（2010 年）的日语对谈部分,节目组邀请了井上阳水①的女儿依布更纱和我搭档。

在设计、制作该书的时候,我们也和出版社商量过书名的事情,出版社说日本人都挺喜欢数数的,什么东西都爱一边数一边往脑子里记。比如"三大男高音"、"(东海道)五十三次"②、"名水百选"、"东京大学教授推荐的一百册必读书"等等。总之,日本人喜欢在学习之前先设定一个目标数量,然后参照这个目标数量逐一学下去。所以我们在给这本书命名的时候,自然也会带有这方面的考量。

就这样,我们最终搜罗了五十篇名作。当然,我们心里也很清楚,仅靠这五十篇作品是很难完整呈现日本文学全貌的,即使没办法做到面面俱到、尽善尽美,但只要读者能从中体会到日本文学的精彩之处,哪怕只有一点,我们的工作就是有意义的。

关于"J文学"这个词,刚才沼野先生也做了一些阐述,其实在心底,我一样也抱有类似的疑问。的确,现在社会上充斥着各种各样以"J"为名目的东西,如"J-POP""J联赛"之类。不过,相较于"J文学","世界文学"或者沼野先生所主张的"W文学"("W文学"这个词对于日本人来说,发音上有些不便)反而获得了更广泛的关注。目前的日本文艺新闻界正以迅猛之势朝着"世界文学"的方向加速前行,而所谓的"日本文

---

① 井上阳水(1948—),日本知名歌手。代表作有《冰之世界》《少年时代》等。
② 此处指《东海道五十三次》,浮世绘画师歌川广重的作品。该作品描绘了日本江户时代由江户日本桥至京都三条大桥所经过的五十三个驿站的景色。

学"则开始逐渐退居幕后。按照目前的趋势，伴随着日本文化不断在世界上传播，如果对待传统的日本文学时继续坚持以往的理解模式和文艺主张，就无法深入世界文学的核心领域。树立发展"J文学"这样的目标并不是一件坏事，我们当然可以去仔细品味、鉴赏那些蕴含在个别具体作品中超越时代的文学价值，但如果把这种行为异化为对即将被遗忘或被淘汰的作品的孤芳自赏，或者对遗忘和消失本身的顾影自怜，那就完全是本末倒置了。对于这一点，我们必须要认真思考。总而言之，我们要探讨的是在"J文学"之中是否蕴含有与"世界文学"或"新世界文学"相适应的实质内核。

从不同的距离审视日本文学

坎贝尔：只要讨论对象涉及近代这一时间段，不管是什么话题都往往会产生微妙的扭曲。刚才沼野先生提到了日本文学的历史延续性，我认为日本文化在历史上从来没有出现过本质上的断绝，所以我们首先要学会如何将近代之前和近代作为一个整体来看待。我想只有在这样的视野下，我们才会有更多新的发现，才会消除我们现在对日本文学所具有的某种距离感，也才有可能不会丢失日本文学乃至文化的核心要点。在日本，研究人员以英语资料为基础所开展的文学评论和研究，其对象基本上都是近代文学。但是，所谓精神性，其实是一个很复杂的问题，不仅仅需要我们深入挖掘每个人的自我，还需要我们厘清这个自我究竟是存在于自己的内心，还是存在于他人之中，抑或是存在于自己与他人之间。其中甚至也有所谓的存在于某种"氛围"中的人，我时常在想,也许事实就是如此复杂的吧。

不仅仅是日本的文学,譬如在通俗小说中,如果主人公是一个年轻的少女,那基本上都是可爱的人物形象,你只要一读,马上会意识到她就是中心人物,通过最初的十几二十页大致就能了解她的性格特征。于是,面对"大多数年轻人的现状如何"这样的重要问题,我们总是倾向于诉诸现成的例子,做出轻率的回答,或者轻易地评价他们的社会地位。我们不仅知道他们的年龄,在某些情况下,我们也能很轻易地去猜出他们的职业,推知他们的生活水平,甚至设想他们与别人的交往方式。近代以来,在具有更崇高个人独立性的西方社会,类似的情况比日本更加明显,所以只要给他们贴上某种标签,就等于自动地决定了人物的主要特性。对于"一个人究竟是怎样的人"这种问题,不是由他自己决定的,而是在某种惯性思维中被认定的,如果文学不摆脱这种惯性思维的话,作品中的人物就会丧失自己独特的个性。

另一个问题是视觉方面的影响。事实上,传统小说中总是混杂着多重的关系。

在日本中世时期①,出现了一类带有插画的文学作品,被称为"草子"②,其中收入如"戴钵公主""小町草纸""猿源氏草纸""懒惰太郎""和泉式部""一寸法师""浦岛太郎"等一系

---

① 日本中世时期,一般指镰仓时代至室町时代的历史时期。
② "草子",日本中世和近世文学中的一种大众读物,一种带插图的小说,多为短篇。其中最有名的就是《御伽草子》,在日语里,"草子"相当于"物语","御伽"是哄孩子睡觉的故事,"御伽草子"的意思就是休闲故事、消遣读物。

列民间故事。至于《源氏物语》等古典文学作品，镰仓时代以后所制作的版本则几乎都是以画卷、卷轴的形式呈现的，其中基本添加了绘画和插图。江户时代出现了"草双纸"①，后来又发展出"黑本""红本"以及"黄表纸"等形式，但无论是哪种形式的作品都一定会配上相应的插图，在日本文学界，这些作品从很早之前开始就备受关注。

我们可以从这个侧面来重新审视日本文学的大致趋势。比如《源氏物语》的创作是介于10世纪末到11世纪初这段时间，但当时作者紫式部并没有给作品命名。作品的书名恐怕是在后世的传播过程中，经读者口口相传而逐渐形成的。因读者着眼点的不同，这些书名大致可以分为与作品中主人公有关系的《源氏物语》《光源氏物语》《光源氏》《源氏之君》等，以及《紫之物语》《紫之因缘物语》② 一类的别名，但是不管怎么说，作者一个人是不可能给自己的作品取这么多作品名的。对于这种情况比较合理的解释，我认为还是作品在绵延传承的过程中，在某些阶段由读者的集体无意识所造成的。

上个月我和某位出版社的人士一起吃饭的时候也聊到了类似的话题，对方也说"虽然我不是文学方面的行家，但我感觉

---

① "草双纸"，日本的一种古典通俗小说，盛行于江户时代中期到后期，包括被称为青本、赤本、黑本的儿童读物以及之后的"黄表纸"和合卷等插图书籍皆由其发展而来，是当时大众文学的主流。"草双纸"的发展多与市民的生活相联系，作品以讽刺滑稽为特色。主要作品有《金金先生荣华梦》《江户生艳气桦烧》《心学早染草》等。
② 作为《源氏物语》的别名，据传《紫之物语》《紫之因缘物语》中的"紫"字源自《源氏物语》作者紫式部。

《源氏物语》确实具有多面的性格"。所以，以后只要一聊到《源氏物语》，对方就会想起我们的这一番讨论。我认为日本文学中存在着难以用普通手段来概括的多样性和延续性，而由这种多样性和延续性所产生对文学的兴趣，而这个兴趣能与自己所从事的事业相融合的话，将是一件非常幸福的事情。

几乎所有版本的《源氏物语》卷轴中所使用的插图，都是出自各个时代的原画。到了18世纪以后，有人又从卷轴的正文中将那些富有戏剧性色彩的和歌逐一摘出，并以这些和歌为基础，按故事情节重新编排，才最终形成了一部完整的图书。可想而知，作为成书素材的《源氏物语》的内容是多么的严谨细致啊。

其实日本的文学也经历着各种各样的变化，其中也会派生出很多次级现象，比较极端的情况是，有的作品只留下了插画、封面、题目等外部要素，而作品的内容则被完全替换掉了；相反，如果对作品的内容有了新的认识，原有的外部要素也有可能会被淘汰换掉。类似的情况在日本文学史中并不少见，于是就形成了正本《源氏物语》和众多仿作并行于世的有趣的现象。

而这种现象放到现代社会，就不仅仅只局限于小说领域了，还会出现复制、模仿以及进行角色扮演（Cosplay）等各种形式的变体。它们并不完全因循于某一个作品，在继承其形式概念的同时，又能一点一点地促成内容的改变。虽然从表面上我们很难发现其痕迹，但事实上很多作品都带有这种倾向。因此，从这个角度来看，在"J文学"的包装下，将日本当代的文学再次推广到世界的话，又会被怎样重新审视呢？在与法语、英语和其他语言文学作品的比较中,我们也许能够发现某些微末的前景,但是却很难找到这个时代的文学希望。我们所强调的"J文学"不仅仅代表着日语和日本文学,同时也意味着将会相应地出现"B文学"和"R文学"等由世界上众多民族在各自地域所发展出来的文学。

此外,对于日本文学的发展来说,怎样妥善处理与古典文学的关系也是一个十分重要的问题。我也跟许多年轻人聊过相关的话题,但是每当我开始介绍一些古老的文学作品时,对方却总是意兴阑珊;而当我在对江户时代和近代的汉文学进行比较时,或者以"J文学"的视角谈论现在的日本文学作品与"世界文学"的关系时,对方就会表现出很感兴趣的神情。因为有了这方面的经验,所以我对学生们比较感兴趣的文学内容还是有所了解的。

不管怎样,沼野先生,我们首先从具体的日语和日本文学开始聊起吧。我愿意乐观地相信,在放眼世界文学和全面梳理日本文学的基础上,我们一定会有所发现,有所成长。这才是最生动的学习方法吧。

那么,我的引言也先说到这里。

村上春树的回归日本

沼野: 接下来,我们采用对谈的形式来继续讨论相关话题。

日本有不少的作家,年轻的时候热衷于外国文学和现代文学理论,对日本古典文学之类并不感兴趣,一旦过了中年却开始喜欢上了古典文学,创作的作品中也开始使用古典主题。用一句话来说,就是回归日本传统和日本文学。

事实上我也是这样，年轻的时候不太喜欢日本传统的东西或者古老的东西。所以，我也没想过要多读古典文学，而且虽然我知道在近代文学领域大家都奉夏目漱石、森鸥外两位大作家为尊，但我也没觉得他们的作品有多好。或许是因为这个原因吧，我就选择了学习俄罗斯文学。可能有人会感到气愤，觉得我不爱国，但在我看来，大部分在日本从事外国文学研究的学者都和我差不多。但是到了现在的年纪，我也开始体会到古典文学的乐趣了，觉得要是年轻的时候多学点古典文学就好了。真是绕了一条漫长而曲折的弯路啊！

但是，如果作为外国文学研究者，因为研究的专业就是外国文学，所以需要大量阅读外语作品，有时他们阅读的外语文学作品甚至比日语文学作品还要多，当然了，这算是比较特殊的情况。那么，如果是作家的话，又会是怎样的一个情况呢？我们可以举一个当下年轻人都熟知的小说家村上春树为例。他作为作家刚出道的时候，曾一度被调侃为作品中充满了"黄油味"。今天，黄油在日本已经是司空见惯的普通食材了，而在这里"黄油味"则是比喻其具有西洋风味，暗讽村上春树的作品带有西洋文学的味道。而现在这个词几乎都已经是一个"死了的词"了，年轻人应该也不会使用这样的词语了。据说早期的村上深受库尔特·冯内古特①、理查德·布劳提根②等美国作家的影响，这就是为什么有人会评价他写的作品"明明是日本的小说却带着'黄油味'，简直就像美国文学一样"。实际上，在村上的早期作品中几乎没有提到过任何日本古典著作。但是，他最近的作品，比如在《海边的卡夫卡》中就开始出现了涉及《源氏物语》的内容，而新作《1Q84》则大段引用了《平家物语》的原文。

这意味着什么呢？这说明村上春树的写作最终也回归到日本的文学中去了。日本作家随着年龄的增长其作品回归日本传统，这不是什么是非对错的问题，而是类似人在生理上出现的自然现象。就如同年轻时喜欢鲜嫩的牛排或者加有浓厚黄油的西洋菜的人，上了年纪之后会觉得"还是茶泡饭最好吃"一样。我总觉得这种情况与其说是因为爱好，不如说是与嗜好相关的某种生理性的原因。

坎贝尔：欧美文化对日本的文学产生了很大的影响，日本的文学评论家们甚至将欧洲的价值观作为一个重要标准放在了文学评论的核心位置。

然而，日本的作家们大多还是会回归日本传统的。日本的小说家，一旦离开了所谓平凡俗套的日本式观念的世界，就相当于

---

① 库尔特·冯内古特（1922—2007），美国黑色幽默作家，美国黑色幽默文学的代表人物之一。以喜剧形式表现悲剧内容，在灾难、荒诞、绝望面前发出笑声。其代表作品有《五号屠宰场》《猫的摇篮》等。
② 理查德·布劳提根（1935—1984），美国诗人、小说家。主要作品有《避孕药和春山矿难》《请栽种这本书》《在美国钓鳟鱼》《在西瓜糖中》等。

丢失了自己的一部分创作灵魂，说得更直白一点，就是不再会写小说了。小说创作与作家本人开始渐行渐远，作家也越来越不愿意理会熙熙攘攘的小说世界了。

沼野：欧美一流作家的生活和创作方式与日本作家相比，有着相当大的差异，他们在成为知名的专业作家后，首先希望的是尽量把全部精力集中在小说创作上，尽量回避其他多余的事务。不会像日本作家那样，接受各种杂志社的约稿而大量发表散文、杂文之类的作品。我认为欧美作家之所以能够专注于小说创作，是因为他们具有以自己所创作的文学作品的种类为归宿的意识。

相反，日本作家对于把自己创作的现代小说作为自己的创作归宿，在心底里还是有些难以认同的。因此，在日本作家中才会出现对传统日本文学（非近代西洋小说）的回归现象。如今，村上春树在作品中对《平家物语》的引用，也是一个挺有意思的例证。

"国际化"的日本文学界

沼野：话说回来，《1Q84》这部作品在日本转瞬之间就销售了两百多万部，其畅销速度创造了新的历史纪录。现在世界各国出版人都在对这部作品进行翻译引进。小说的前两部是在2009年5月末出版的，而同年9月韩语译本就已经全部备妥，一经上市便被抢购一空。韩国的出版社打算把我写的一部分书评印在封底上，于是给我发来电子邮件征求我的许可，所以我对当时相关的情况还是比较了解的。紧接着，中国台湾的繁体中文译本也出来了。一般而言，从日语翻译为其他语言，最迅速的还是韩语，其次是中文，当然，决定翻译速度的主要还与语言学有关。虽然，英语和俄语的翻译工作相对会迟缓很多，但出版也已经在积极筹备之中了（俄语译本、英语译本于2011年正式出版发行）。

然而有趣的是，这样一部在世界上被广泛翻译的国际性作品，它书名标题本身的意义却没办法被翻译出来。"1Q84"日语读作"ichi·kyuu·hachi·yon"①，英语的"Q"与日语数字的"9"谐音，一语双关，既有充满疑问的意思（Q意为Question），也代表了作品中的平行世界——"1984年的世界"。当然，这个命名也明显受到了乔治·奥威尔那部著名的反乌托邦小说《1984》的启发，并添加了日语的谐音。不过，对于不懂日语的美国人或俄罗斯人而言，就算他们看到了"1Q84"这个书名标题，恐怕也很难想到这是一个关于"1984年的故事"。

作为作家，村上春树近来通过将作品翻译成英语，积极提升自己的国际影响力，他在小说的创作过程中对此也有着强烈的意识，从这个意义上来说，村上春树可算作是一类新型的世界文学作家。但现在，他却偏偏把一个无法翻译的游戏性文字用来作为自己新书的书名标题，这又到底是怎么一回事呢？实在太奇怪了。对于这个书名，您有什么看法呢？

坎贝尔：我觉得那只是一个文字符号的谐音现象。翻译成英语的话，要么照搬原样但有可能意思不通，或者只能干脆换一个别的

---

① 为方便国内读者了解其具体读音，此处采用罗马字母标注。

标题。

现在在《周刊 POST》上连载着一部关于二次探底①的小说。所谓二次探底，是一个金融术语，意为在一次触底之后不久紧接着又发生了第二次触底。而这个"Double dip"就是一个带有特殊日式语感的日式英语②。

那么，作者为什么要用日语来写关于日式英语的内容呢？因为只有用日语来写，才会让读者在阅读的过程中，逐渐理解"原来如此，二次探底是这个意思啊"，这种手法可以从很多方面反映出日本人的文化和作家的创作意识。

沼野：这是很有趣的看法。确实，这种日语的语感，很可能对作品的标题产生影响。

我很喜欢相扑。最近，日本相扑界的"国际化"程度也很令人吃惊。在我的学生时期，来自国外的相扑力士还是非常罕见的，第一个进入"幕内"③级别的外国人，是一位来自美国夏威夷的选手，名叫高见山。但是现在，以白鹏为首的外国选手中有很多人都进入了高等力士的级别。其中人数最多的要数蒙古人。不过，来自其他国家，如保加利亚、爱沙尼亚、格鲁吉亚以及俄罗斯的选手也在逐步增加。就我个人而言，我是非常乐见来自我

---

① 二次探底，日语为"二番底"，英语为"Double dip"。
② 日式英语，将英语单词在日语中以片假名音译，并创造新词的一种语言使用形式。
③ 相扑力士的最高等级是"横纲"；其次是"幕内"，包括"大关""关胁""小结""前颈"四个等级，属于力士中的高等级别；再次是"十两""幕下"；接着还有更低级的，名为"三段目""序三段"；最低一级叫"序口"。

本人文学研究主要方向的俄罗斯、东欧及其周边国家的选手能够更踊跃地投入到这项运动中来的。当我在日本的相扑赛场上看到来自爱沙尼亚和保加利亚的选手同场竞技时，就会不由自主地高兴起来。但是，相应地，在排行榜上名次靠前的日本选手的人数也自然会有所减少，这又多少会让人感到有点遗憾。

但是，这不仅仅是在相扑界出现的现象，很多之前一直被认为是专属于日本人的领域，也开始接连不断地涌入大量的海外人士，这种情况几乎已经不可阻挡了，我相信，相关行业本身应该对这一趋势持一种欢迎的态度吧。当然，日本文学界也同样无法摆脱这一趋势的影响。如今，以美国人利比·英雄为首，来自中国的杨逸、伊朗的席琳·内泽玛菲等众多外籍作家，正活跃于日本文坛，从事日本文学作品的创作。说不定不久之后，就连坎贝尔教授也会推出自己的日语小说呢。

因此，也许正如目前日本相扑界所呈现的状态，日本文学也将在国际性的舞台上大放异彩。也许某一天，当你翻开文艺杂志的时候，会发现"噢，这个月在《新潮》上刊登小说的十位作家中，竟然有四个人是外国人"。当然，这只是我目前的一个推测，不过，能做出这样的推测，在三十年前也是绝对无法想象的事情。世界发展变化之迅速，总是令人感到意外啊。

坎贝尔：总而言之，这种情况一旦稳定下来，我们一定会看到形形色色的创作者在天南海北的各种环境中创作新的小说吧。

日本人与初次见面的朋友最初交谈时经常用一些言辞来打开话题——我对这种谈话的"楔子"（日语为"ハナ"）很感兴

趣。比如，日本人对初次见面的人问"您哪年的啊"。既可以理解为是在询问对方的出生年月，也可以理解为高中、大学的入学或毕业年份，有时还表示在询问对方某个时期内的情况。日本人把这些所有的问题都用一句"您哪年的啊"就给囊括了。如果突然有日本人问我说"您哪年的啊"，那我肯定会理解为是在问我移居日本几年了。日语的这种表达和理解方式真的很神奇啊。如果被别人用英语问到"How many years has it been"，不仅没办法表达这么丰富的含义，关键是这句话完全不会让人马上产生正面的印象和想象。另外，最近可能这么理解这句话的人不多了，但这句话还有一个意思就是"您打算死了之后埋在这里吗"。那就真的是很没礼貌的说法了。

但是，这种日语表达是人际交往的一扇门，不跨越这扇大门的话，是很难与日本人成为亲近的朋友的。最近我感觉自己终于也能被日本朋友所接纳了，这令我深感欣慰。不过，我曾一度相当厌烦扮演"外国人"的角色。

沼野：原来如此。对着坎贝尔教授说"您日语说得真好啊"这种话其实是很失礼的，想必您每次听日本人这么说都会很生气吧。但现在，您即使被当作外国人看待，也能不再纠结了，说明您已经真正看开了。

相反，因为在我身边有太多日语非常地道的外国同行了，所以反倒没有跟他们一一说"您日语很好啊"的机会。目前我在一个名为"现代文艺论"的新研究室负责很多外国留学生的指导工作，不仅是日常会话，连授课时的研究讨论也全部都是用日语进行的。

作为外国文学一部的夏目漱石

沼野：在这里，我们稍微调整一下话题。坎贝尔教授最近在电视节目活动中非常活跃，颇具媒体达人的形象。不过，您真正从事的研究专业似乎并不太为世人所知。其实，我也不太了解您真正的学术研究工作。

所以我想借此机会，稍微了解一下您的学术研究工作。在岩波书店出版的《新日本古典文学大系·明治篇》中，您参加了其中两卷的校订和解说工作，分别是第三卷《汉文小说集》和第五卷《海外见闻集》。我稍微读了一下这两卷中的个别篇章。第三卷中读的是明治时代作家石川鸿斋用汉文写的《夜窗鬼谈》①，在第四卷中读的则是久米邦武②编写的《特命全权大使美欧回览实记》。

久米曾于明治初期作为岩仓使团的一员前往欧洲和美国访

---

① 石川鸿斋（1833—1918），本名英，字君华，号鸿斋，别称雪泥居士。日本明治时代汉学家、诗人和画家。曾游历中国多年，长期苦读汉文典籍，拥有极高的汉学素养与汉文写作功底。一生著述涵盖面颇广，主要有《日本外史纂论》《文法详解》《画法详论》《诗法详论》《书法详论》《精注唐宋八大家文读本》《史记评林辑补》《夜窗鬼谈》等，共计五十余种。其中《夜窗鬼谈》是其仿效中国志怪小说所创作的带有浓郁日本本土"风味"的志怪作品。

② 久米邦武（1839—1931），日本近代实证学派学者。曾就学于昌平黉，在藩校弘道馆任教。1871年随岩仓使团赴欧美考察，1878年出版《特命全权大使美欧回览实记》。1879年任修史馆编修官，致力于日本史料编纂工作，参与编写《大日本编年史》。另著有《古文书学讲义》《古代日本史与神道的关系》《大日本时代史》等。

问，他的《特命全权大使美欧回览实记》对从事比较文化研究的学者来说，也是非常宝贵的历史资料，所以从事这方面研究的学者对这部作品是很熟悉的，但是现在的普通读者一般是不会去读的。另外，石川鸿斋的《夜窗鬼谈》是一部志怪小说集，现在也几乎不为人所知。两位作者虽然都是日本人，但作品却是用汉文创作的，如果没有相当的汉文功底的话，恐怕是办不到的，而当代的日本人更是基本已经看不懂了。要说您是在研究这样"稀有"的作品，恐怕也是一种比较失礼的说法，但我感兴趣的是向读者解读那些不太为人所知的作品，又会给您带来怎样的乐趣呢？

坎贝尔：其实最有意思的就是了解到日本人创作出了那么多优秀的汉文作品，但现在竟然被遗忘了这一事实。包括海外游记在内，当时各种日本人创作的汉文作品可谓不胜枚举。由此看来，在那些作者的心目中对日语和汉文并未进行刻意比较。虽然这些作品都是用汉文而非日语写的，且还使用了很多日语中没有的词语，但是其中蕴含的那些感情，即使用我们现在的眼光来看，还是可以从中体会到很多乐趣。

沼野：不过，我最近却没有如您说的这样的轻松感，即使面对的只是同一种语言（俄语），我还是需要逐一确认作品中言语的深意，这是一项非常细致而且伤神费力的工作，一时搞不懂的内容和疑问也相当多。在这种情况下，我是怎么也体会不到乐趣的。

我现在正在翻译的《天赋》，是出生在俄罗斯的美国作家弗拉基米尔·纳博科夫用俄语创作的最后一部且也是水平最高的长篇小说，这真的是一项十分艰巨的任务。纳博科夫常被喻为"语言的魔术师"。在这部作品中，他凭借炉火纯青的语言技巧，开展着实验性的文体创新，对每一行文字都有着精妙的安排。这是一部以20世纪20年代的柏林为背景的作品，从当代日本人的视角来看，这是一个既让人感到贴近却又有些微妙距离感的背景设定。要说这20世纪的前半叶，几乎应该已经算是现代了吧。但很多时候，我们不能因此就想当然地认为在当时的社会环境中使用的各种物件，也和现在的物件有着同样的形态、特性。比如当年的电话、收音机、吸尘器甚至避孕套，和现在我们所使用的相关产品，仍然具有同样的形态吗？虽然这些东西好像只是些无关紧要的细节，但纳博科夫不厌其烦地细致描绘了各种各样的事物，如果翻译者不了解他所描述的物件具体是什么形式的东西，或者根本不知道他笔下的事物究竟是实际存在的，还是虚构的，那就不可能做出正确的翻译了。

　　结果，几经调查，译文的注释就变得异常繁多，我用每页可写四百字的稿纸，翻译出了近千张稿纸的译文，附加的注释竟然多达一千五百余张稿纸。这个样子的译稿，是肯定没办法出版的，所以我又不得不删掉了三百多张注释内容的纸稿。这可真不是一件轻松的事情啊！

坎贝尔：是啊。不过，这不也是一件挺有意思的事情吗？正是因为语言和事物之间存在微妙的近似性，才让我们有了这种似是而非的感觉呀。就像英语和法语中的一些词语，形态虽然一模一样,但是因为存在于各自不同的两种语言之中,所以也会让我们产生误解嘛。

沼野:比如,日语中的汉字"手纸"(书信)在汉语里却是"厕纸"的意思。这种差异就经常会发生在两种语言文化的接触和交流过程中。很多人认为在日常会话和人际交往中,彼此都应该能理解的事物,实际上却有着微妙的差异,这并不稀奇。

坎贝尔:而且,即使在同一种语言中,相同的单词也会给人们制造出完全不同的意象。就如同沼野先生借助注释的力量一样,人们之所以想深入了解每一种事物,做各种各样的笔记和清单,就是希望把自己感受过的情境、思考过的事情真实地记录下来。

因此,正如我们开头所谈到的那样,重要的是,因为日语是自江户时代,乃至更早之前就一直绵延传承的语言,所以我们在接触日本文学的时候,就必须要抱有一种十分审慎的态度。譬如创作于明治时代的夏目漱石的作品,就具有这种典型特征。如果读者单从现代视角出发,对作品构思的源头从一开始就有可能存在不一定看得通透的地方,所以在对相关义学的理解上,就必须依赖某些过渡性质的"桥梁"。那么,俄罗斯文学又是怎样的呢?

沼野:我想(在俄罗斯文学中)也确实会有类似的情况。陀思妥耶夫斯基和托尔斯泰的代表作大部分都是在19世纪后半期,也就是日本的明治时代创作的。因此,作品中使用的某些语言,不仅难以用现代的日语去理解，即使是跟现代的俄语相比，也有着微妙的差异。因此，在很多细微的地方，如果不花费一番心思去仔细分析的话，是很难正确理解其内容的。当然了，从19世纪中叶到现代，俄语的变化并没有日语那么大。

在日本，比如《源氏物语》，都已经是一千多年前的作品了，对于我们这些现代读者而言，就算有很多看不懂的地方，那也是理所当然的事情。我们就姑且把它当作是一种外国文学作品来看待吧。但是，面对像刚才提到的纳博科夫那以20世纪20年代的柏林为背景的小说，我们又该怎么办呢？或者说我们真的能够完整且顺畅地理解日本明治后半期夏目漱石、森鸥外的作品吗？譬如，当我们阅读夏目漱石的小说时，姑且不论那些艰涩的古文或者汉文，即便是对作品中描绘的当时的事物，如果以为我们现在基本上也都能完全看懂他所使用的词语，于是就掉以轻心的话，那可就大错特错了，因为里面还有很多东西是我们还不太了解的。比如，在夏目漱石的小说中经常出现"劝工场"之类的词语，现在已经没有这个说法了，所以很多读者都不一定知道这是什么意思吧。以前，我就总是误以为这可能是个什么工厂吧。但是实际上，所谓"劝工场"，其实是明治、大正时代，由众多的商店组成商会，在一幢建筑物中陈列展示并销售各种各样商品的地方。

因为现在已经不再广泛使用这个词了，所以读者自然也就无法明白其真实含义了，而这也只是类似情况下的一个例子而已。比这更麻烦的是，就算是同一个单词，在夏目漱石所处的时代和在现代的意思也可能存在微妙的差异。我们反倒更要注意那些近代以来意思发生了微妙变化且现在仍然在使用的单词，要留心它们究竟有几分相似之义，又有了哪些词义的变化。而当我们阅读外国文学作品的时候，也同样需要注意这一点。

跨越国境的日本文学

沼野：虽然还有很多话题想要跟您继续探讨，但是已经差不多到了不得不做总结的时间了。我希望每位对谈嘉宾都能够为读者朋友推荐三本值得一读的好书。所以，接下来我就简要地谈一谈今天的"推荐书目"吧。那么，首先有请坎贝尔教授对自己推荐的三本书，做一个简要的介绍。您觉得这三本书各自都有哪些精彩之处呢？

坎贝尔：我向大家推荐的第一本书是纪贯之①的《土佐日记》。这部作品创作于10世纪初，虽然那个时代的日本文学作品的创作者还没有真正充分具备作为世界文学一部分的自我意识，但是从这部作品中，我们仍然可以看出当时的日本文学作品的创作者渴求与外部世界交流的强烈愿望。

纪贯之曾任土佐国②的行政长官，任期结束后从土佐起程返回京都。在回京都途中的这不到两个月的时间里，他假托自己妻子的口吻，用平假名创作了这部日记体的游记，其中还包含了近

---

① 纪贯之（872—945），日本平安时代初期的随笔、和歌作家，代表作为《土佐日记》。
② 土佐国，日本古代的旧国名之一，属南海道，又称土州。其范围大致相当于现在的高知县。

六十首和歌。作品的开篇有一段很著名的话——"听说男人们都在用汉文写日记，我作为女人想用假名来写一写"①，可见与当时女性所使用的假名文字相对，男性往往使用汉文来写日记，所以作为男性的纪贯之，希望让作品中的主人公以女性的身份，用平假名来书写日记（不仅仅只是作者假借女性的口吻），这其实是一个双重设定。我的理解是，在这部作品中，作者或者故事的讲述者，在自己活动的实际空间里，通过作品与作品中的女主人公，有着十分紧密的联系。

沼野：您说的没错，《土佐日记》是由男性作者采用平假名创作的一部作品，可以说这是一次跨越了性别的大胆尝试。但是，在平安时代，日本就已经出现了《真假鸳鸯谱》②等男女角色颠倒的传奇故事，没想到日本在这方面倒是很早就实现自由跨越了呢。

不过话说回来，男性书写汉文，作为一种传统和教养一直延续到了明治初期。因此，可以说日本文学实际上是在使用日语和汉语这两种语言的基础上，并行发展起来的。在创作过程中两种语言互相交融、相互辉映，日本文学完全可以看作是一种双语文学。总而言之，说起日本，人们往往会误以为我们生活在一个只使用单一语言的文化环境，但实际上却并非如此。我们不仅一直

---

① 因国内未有该书中译本，此处为本书译者自译。
② 原书名为《とりかへばや物语》，部分中国译者将其翻译为《真假鸳鸯谱》，创作于 1180 年以前，在后不断演变而最终成型。在 13 世纪初的文艺评论书《无名草子》和同世纪后半期成书的《风叶和歌集》中有记载。

使用着多种语言，而且形式多样的交流也始终伴随着日本文化、历史的发展，可以说纪贯之是这种语言实践的先锋。从这个意义上讲，认为他的作品具有越境性和世界性，是丝毫不为过的。

坎贝尔：如果我们硬要把汉文也算成是日语的一部分的话，反而不利于对作品的深入理解了。在某种意义上，对于日本人来说，汉文就是汉文，这样理解起来更自然吧。在国外，有的人能熟练地区分、使用四五种语言，其实并不是一件很奇特的事情。为了呈现、记录历史和自己人生的各种经历，许多人往往会使用多种相应的文体。

出现在外国人身上的这种现象其实也并不特殊。而在日本，我们也没有把汉字当作外语字符。现实中，日语不仅包含汉字，还包含了其他的很多要素，如果再加上作者本人所具有的广阔视野、创作才能和独到见解，必然会创作出意境深邃的优秀作品。以汉文作为书面语的日本男性，同样有着非汉文无以言表的心境。因此，才会有纪贯之的托词——"听说男人们都在用汉文写日记，我作为女人想用假名来写一写"，这样一来，读者们就自然会感到好奇，这种过去完全是汉文文体的日记究竟会是什么模样的呢？我认为这便是《土佐日记》之所以具备世界文学属性的魅力。

我推荐的第二部作品是井原西鹤①的《好色一代男》。作品主人公名叫世之介，是个整日寻欢作乐的浪荡公子，人到六十仍旧劣习不改，沉迷于声色犬马。故事颇具幻想性质，精彩地描绘出了中年大叔心目中的情色乌托邦世界。在内容上，《好色一代男》与《土佐日记》可谓大相径庭。不过从创作手法上看，二者却又有着相似之处。它们充分说明了日本小说不会简单地沿袭既存的传统，生动地展现了日本小说创作的理想状态。从这个意义上讲，两部作品都具有极为重要的价值。而具备了这种与世界文学相匹配的思想属性的作品，不正是我们孜孜以求的吗？

最后一本，我推荐的是小林多喜二②的《蟹工船》。说《蟹工船》有意思，原因也来自我们最初所谈到的视角问题。小说中描写的是一群生活在"蟹工船"上的捕捞工，虽然在船上的每个人都有自己的思想立场和工作位置，而作品到最后也没有明确指出具体是从什么人的视角来向我们展示他们所生存的世界。不过，如果你能够顺着日本近代小说的发展源流来看待这部作品的话，读起来一点也不会觉得艰涩。故事的讲述者，并不是某个构建出来的英雄角色，倒不如说，作者小林多喜二在作品里创造

---

① 井原西鹤（1642—1693），日本江户时代作家、俳谐诗人。俳谐是日本的一种以诙谐、滑稽为特点的短诗。西鹤的俳谐与初期以吟咏自然景物为主的俳谐相反，大量取材于城市的商人生活，反映新兴的商业资本发展时期的社会面貌。他善于吸取市民社会的俗言俚语，写入诗句。西鹤的俳谐著作有十余种，代表作有《西鹤大矢数》《五百韵》等。1682年四十岁时，他以散文形式写出第一部艳情小说《好色一代男》，博得好评，被认为是日本文学史上"浮世草子"（社会小说）的起点，是现实主义的市民文学的开端。
② 小林多喜二（1903—1933），日本作家，日本无产阶级文学的奠基人。代表作有《蟹工船》《在外地主》《为党生活的人》等。

了一个带有共产主义思想倾向的理想世界，或者说，作者恐怕是将自己对日本未来社会的一个虚拟构想寄托在了这部小说中。总之，他不太拘泥于对个别登场人物的刻画，而是通过对人物群像的塑造来描写社会，反映社会问题。可以说这部小说的内容和写法是互相契合的。而且，从某种意义上来说，小说部分篇章中的叙事者的口吻也很富有日本传统特色。

沼野：谢谢您。下面，我来介绍一下我推荐的三本书。

今天，我打算和坎贝尔教授一起从更大的视角来看待日本文学。首先，我建议大家如果能把《枕草子》和吉本芭娜娜①的《厨房》做一个对照阅读，一定会觉得很有趣。所以，我把这两部作品算作是一个组合推荐给大家。处在现代最前沿的女性作家和一千年前的女性作家之间，在细腻敏感的感性认知和丰富多样的语言技巧方面，竟然有着惊人的相似之处。通过对照阅读，大家一定会有更深的感触。从这里，我们也可以看出日本女性的精神具有千年的延续性。

比如，清少纳言在作品中经常接连使用日语"いとをかし"，也就是"非常有趣"这个词。与此相对，吉本芭娜娜也经常使用"不得了"（すごく）这种表现形式，其实这是"厉害"（すごく）一词的强调化的表现形式。有的时候想一想，总觉得这种表现手法是不是太朴素了点，甚至让人感到有点随意，但是

---

① 吉本芭娜娜（1964— ），日本当代作家。本名吉本真秀子。主要作品有《厨房》《哀愁的预感》《鸫》等。

这种表现手法恰恰反映出两位作家其实都不太在意辞藻是否重复的问题,而是完全用最真实的感觉来传达自己切身体会到的喜悦或乐趣。换句话说,就是相信自己的感性,并如实地将它托付给朴素的语言。在这一点上,两位作家的创作思想无疑是相通的。

接下来,为了感受日语的变化,请大家务必试着阅读一下森鸥外的《舞姬》。森鸥外精通日语、汉语和德语,他是所谓的"三语并用者"(Trilingual),他早期的这些作品往往都是用日语的文言体创作的,体现出扎实的汉语功底。这一类的作品,我们现代人往往很难读懂,但如果大家能静下心来仔细品味一下这种格调高雅的日语,相信一定会有别样的体会。尽管如此,我们都知道日语的文体是多种多样的,尤其是明治时代之后,更是发生了急遽的变化。如今我们对一千年前的《枕草子》中的日语和文体会觉得更容易亲近,但是对仅仅一百年前创作的汉文作品却感到晦涩难懂。这是何等矛盾的现象啊!可以说,当时森鸥外等人所具备的那种汉文素养,我们几乎已经完全没有了,但突然之间又仿佛出现了什么异变,或者该称之为返祖现象吧,在我们这个时代又诞生出了平野启一郎这样的天才文学青年,在他的作品《日蚀》中,我们可以充分领略他驾驭这种晦涩文体的才能。

至于第三部作品,我还是向大家推荐一部从欧洲近代文学作品中脱颖而出的名作——弗兰兹·卡夫卡[①]的《变形记》。我想大家对这部作品的内容应该已经有所了解了。某日清晨,一个名

---

① 弗兰兹·卡夫卡(1883—1924),奥地利小说家。主要作品有小说《审判》《城堡》《变形记》等。

叫格里高尔·萨姆沙的男子从不安的睡梦中醒来，变身成了一只巨大的"毒虫"①，小说由此开篇。顺带一提，一般的日文译本中都使用"毒虫"一词，但是作品的原文却是"Ungeziefer"，大家查查词典就马上能明白，这个词指的应是所有的"有害的小动物（也包括昆虫）"，也就是说，老鼠、蟑螂、跳蚤、虱子等小动物或小虫子都可以用这个词语表示，这个词既不是指某种特定的虫子，也没有"毒"的意思。所以，如果把它翻译成"毒虫"的话，一开始就会给读者一种先入为主的观念，我认为这可能并不是一个很好的翻译用词。而池内纪②先生在他的翻译版本中，就放弃了使用"毒虫"这个字眼，转而使用含义更为单纯的"虫"，这样的处理应该更加贴切吧。

暂且不论翻译的问题，我们很难去猜测在卡夫卡的心中"Ungeziefer"这个单词，究竟指的是什么样的虫子。纳博科夫是一位在专业知识上不输任何昆虫学专家的作家。据他分析，这里的虫子绝对不是什么蟑螂之类的东西，而应该是甲虫类的昆虫。不管怎样，读者一边猜测着这个虫子的类型，一边阅读小说，也可以算作是一种"反视觉"的乐趣吧。

而且，在这部作品的单行本第一版发行时，卡夫卡就曾要求在小说的封面上绝对不能使用任何虫子的图画。也许是因为太过直接的视觉描述反而会限制读者的想象力吧。换句话说，卡夫卡的创作理念和手法，与重视视觉描写的日本文学传统是有一定差

---

① "毒虫"，日译本中的措辞，中译本一般译为"甲虫"。
② 池内纪（1940—2019），日本的德国文学研究专家、散文家。

异的，可以说他是以打破常规的形式，为我们呈现了一种无法轻易视觉化的东西。

话虽如此，但如今还是有些人在尝试着对这部作品进行视觉化改造。比如日本的漫画鬼才西冈兄妹就推出了《变形记》的漫画版，在俄罗斯则制作出了电影版的《变形记》。这真的非常了不起！为什么这么说呢？因为这部影片完全依靠电影演员去真实演绎，没有使用任何"特摄"或"CG"电脑特效技术，演员从头到尾一直坚持表演，仿佛自己真的变成了虫子，无论动作还是声音，都模仿得惟妙惟肖。饰演萨姆沙的叶甫盖尼·米罗诺夫①，是俄罗斯具有代表性的知名演员。对他而言，出演这个角色与其说是一个艰难的挑战，不如说是身为演员的莫大光荣，甚至也可以说是对这部传世佳作的终极解读吧。不管怎样，《变形记》是一部可以引发读者进行各种解释和猜想，具备高度开放性的优秀作品。

那么，我们这次对谈就聊到这里，在座的各位读者，如果有什么疑问的话，请踊跃发言。

听众交流环节

读者A：都说日本人是一个非常感性的民族，我想请教一下两位教授，你们对这一点有什么看法呢？比如就有人说过，对虫鸣的喜爱是日本人的一大特征。这种说法虽让我感同身受，但同时也会生出些许疑惑，这是为什么呢？两位教授能从文学的角度为我

---

① 叶甫盖尼·米罗诺夫（1966— ），俄罗斯演员、制片人。

们解释或者说明一下吗？

坎贝尔：您说的很对。比如日本人在创作关于夏天的小说时，光靠设置某些一般性的自然风景和故事背景，很难看出作品整体的感情基调究竟是悲还是喜。因此，只有通过在小说中加入某些约定俗成的环境、氛围的描写，才能流露出作者最真实的心境。在这方面，现在的日本小说可谓一股清流，又或者说经常给人带来一种非常通透的清洁感，且不论应该如何从文学的角度来评价这种现象，有不少作家都会在创作小说的过程中预先立起一些带有各种意象的情感支柱。在现代小说中，传统写作中所采用的自然和人物之间的某些固定搭配的手法，可能已经过时了，但事实上，除了虫鸣之外，日本文学作品中还存在着许多情境描写的类似变体。

沼野：我也补充一点。日本人对虫鸣的感性认知是非常独特而敏锐的。自古以来，日本民间就对鸣虫（会鸣叫的虫）有着特别的喜好，小朋友们也很喜欢逮蚂蚱、捉知了。在平安后期出现的短篇小说集《堤中纳言物语》中，甚至出现了《爱虫公主》这样的短篇作品，不过在这部作品中，女主人公喜好的倒不是鸣虫或是甲虫，而是毛毛虫，这倒是挺独特的。此外，法隆寺①收藏

---

① 法隆寺，又名斑鸠寺，位于日本奈良生驹郡斑鸠町，是日本飞鸟时代建造的木结构寺庙，相传始建于 607 年。寺内保存有自飞鸟时代以来的各种文物珍宝。

的"玉虫厨子"① 木雕佛龛，也是用昆虫鞘翅装饰的一件非常华丽的艺术品。为了解释这一现象，有位名叫角田忠信的医学专家于20世纪70年代曾提出过一种理论，认为日本人和欧美人之间在左右脑的使用上存在着一定的差异。欧美人习惯用右脑处理鸣虫的叫声，所以常把虫鸣当成噪声。而日本人则习惯使用负责理解语言的左脑来倾听虫鸣，所以日本人对虫鸣的认知更为敏感细腻。虽然目前我们还缺乏更进一步的科学证据来证明这种理论的可靠性，但无论这种理论是否成立，日本人对昆虫所具有的感情确实大不同于欧美人，而且这一差异也普遍反映在了文学作品中。

坎贝尔：还有，日语中"うるさい"（聒噪、嘈杂、烦人）一词的对应汉字有时就很形象地被写作"五月蝇"。用"五月的苍蝇"来标记"うるさい"，不仅勾勒出苍蝇在听觉上扰人的意象，也把五月梅雨时节的烦闷感烘托了出来。这种只有使用汉字才会呈现出的隐喻效果，在英语当中是无论如何也办不到的。

沼野：那么，我们听听下一个问题。有哪位观众想提问吗？

读者 B：我想提一个跟宗教有关的问题。希望两位教授能简要讲解一下日本文学与佛教之间的关系。

---

① "玉虫厨子"，收藏于法隆寺的日本国宝级佛龛。此佛龛高约 2.3 米，为木制的阁楼造型，装饰着三万多只彩虹吉丁虫的鞘翅。

坎贝尔：在日本，当人们面对死亡等一些自然现象时，佛教确实扮演了十分重要的角色，也为我们带来了非常深刻的启发。

与重视戒律的基督教或伊斯兰教不同，作为一门宗教，佛教为我们提供了一个相对宽容的精神空间。在教义理论方面，佛教总是会给出一种具有人道主义特点的启蒙性的理论，而且其中往往充满着生活的智慧、日常的教训与启迪，显得更加平易近人。因此，日本人对佛教的认知已经不仅仅局限于宗教层面了，佛教已经渗透进了每一个人的日常生活之中。

沼野：好的，那么我们再最后邀请一位读者提问。那位先生请讲。

读者 C：刚才两位教授谈到了有关汉文的内容。我们很容易把（日语中的）汉语也当成是日语的一部分来看待，但有时又会发现其中存在许多非日语的要素。那么从结论上讲，（日语中的）汉语究竟算是一个什么性质的东西呢？

坎贝尔：我们在思考类似问题的时候，不一定非得要完全依靠自己的能力来做分析。因为，有很多问题是值得我们所有人去认真思考的，虽然头脑只有一个，但是我们可以尝试着在自己这个独一无二的头脑中，用不同的语言文字来具象表现那些各种各样的问题。而且，这里面也涉及我们每一个个人独特的思维习惯和经验。因此，面对任何问题，永远不要有既成的定见，更不要墨守成规，以至于贪图安逸而不思进取，避免这种思想上的故步自封是十分重要的。

我个人认为日本人在汉文作品的创作过程中同样体现出了根源于汉文本身的深刻思想内涵，随着时代的进步和发展，脱胎于汉文文体的构思也同样与创新的日语紧密相连。

当然，作为书面语的日语汉文和我们在日常会话中使用的汉语还是有所区别的，这一点我们还是必须要注意的。

沼野： 的确，日语汉文自然是不能作为口语来使用的。

我想强调的是，对日本文学史也并非只存在唯一一种正确的视角或观点。正如坎贝尔教授在这之前所谈到的，其实我们可以考虑从世界文学的角度出发构建崭新的日本文学史。对于这种创新型的工作，日本文学方面的专家们恐怕反倒力有不逮。比如，早期的日本文学实际上本来就是日汉双语的，而且也就是在两种语言相互交融的过程中，日本文学获得了长足的发展。对此，我们不妨直接从双语文学的角度来认知和分析，并提出新的论述。明治维新以来，日本文学一方面逐渐排除了汉文的存在，另一方面以英语为首的欧洲语言却被大量引入。但这种情况显然并没有造成日语中英文创作的增加，因此从结果上说，日本文学反倒完成了向单一语言文学的蜕变。

还有一点，在坎贝尔教授的论述中也涉及了日本文学作品独特的结构模式，这也是很重要的一点。也就是说，坎贝尔教授认为在日本文学中，也许原本就不存在西洋长篇小说那样明确的结构框架。想要深入理解日本人的审美意识，或意图阐明日本文学作品的构成原理，并不能仅仅着眼于西洋文学的形式结构这一角度，而必须另辟蹊径，从稍微不同的视点来观察。

有些人对日本文学的理解过于简单粗暴，认为日本人只擅长以短歌和俳句为代表的文学"小品"，可能并不适合创作具有严谨结构的正统长篇小说。与西洋小说相比，甚至就连《源氏物语》的结构也是比较松散、模糊的。其实这也是一种刻板印象，我们应该切实地回到作品本身，通过更加深入细致的研读、理解和分析，探索在日本文学中是否存在着与西洋文学不同的构成原理，又或者寻找出日本文学和西洋文学之间的共同特点和普遍特性。

时间过得很快，不知不觉已经到了必须要结束的时候了。感谢各位读者朋友这么长时间的聆听。也要感谢专程从东京赶来神户参加访谈的罗伯特·坎贝尔教授。谢谢您，坎贝尔教授。

（本次访谈于2010年2月13日，在神户工商贸易中心大楼第一会议室举行）

●罗伯特·坎贝尔为中学生推荐的三本书：

①纪贯之《土佐日记》（附现代日语翻译，《小学馆·新编日本古典文学全集13》，角川沙发文库）

②井原西鹤《好色一代男》（《小学馆·新编日本古典文学全集66》，吉行淳之介译，中公文库。《好色一代男——现代语版·西鹤》，晖俊康隆译，小学馆丛书）

③小林多喜二《蟹工船》（《蟹工船·为党生活的人》，新潮

文库，角川文库）

●沼野充义为中学生推荐的书：

①清少纳言《枕草子》，吉本芭娜娜《厨房》（建议两部作品可做对照阅读。《枕草子》有岩波文库、讲谈社学术文库等版本。角川沙发文库版附现代日语翻译。入门用推荐角川沙发文库出版的《初学者与古典》。桥本浩的"桃尻语译本"由河出文库出版，全三卷。借此机会，大家也可以前往图书馆，查找一下由岩波书店、新潮社、小学馆等出版社推出的"古典文学全集"一类的图书，开卷有益，说不定大家会在其中展开一场新的读书冒险旅程。《厨房》有角川文库、新潮文库等版本。文艺春秋出版的"初次的文学"系列丛书的"吉本芭娜娜卷"也有收录）

②森鸥外《舞姬》（岩波文库、新潮文库、集英社文库等各大出版社文库版的森鸥外选集中均有收录。另有井上靖所作现代文翻译版本，由筑摩文库出版）

③弗兰兹·卡夫卡《变形记》（丘泽静也译，光文社古典新译文库。池内纪译，白水 u Books。高桥义孝译，新潮文库。读者们可采取多种译本对照的阅读方式，或许会有新的收获）

番外篇罗伯特·坎贝尔编《阅读的力量——东大驹场系列讲座》（讲谈社）

●延伸阅读：

○罗伯特·坎贝尔

《J文学——用英语邂逅日本文学，品味日语名作50讲》（东京大学出版会）

《汉文小说集》（《新日本古典文学大系·明治篇·第三卷》岩波书店）

《海外见闻集》（《新日本古典文学大系·明治篇·第五卷》岩波书店）

○弗兰兹·卡夫卡

《变形记》漫画版（西冈兄妹绘，池内纪译，Village books）

○大卫·达姆罗什

《什么是世界文学》（秋草俊一郎等译，国书刊行会）

○坪内逍遥

《小说神髓》（岩波文库）

○约翰·罗纳德·瑞尔·托尔金

《魔戒》（濑田真二、田中明子译，评论社文库，全九卷）

○弗拉基米尔·纳博科夫

《天赋》（沼野充义译，收入《池泽夏树　个人编辑　世界文学全集》，河出书房新社）

○沼野充义
《通向 W 文学的世界——跨境的日语文学》（五柳书院）

○平野启一郎
《日蚀》（收入《日蚀·一月物语》，新潮文库）

○村上春树
《海边的卡夫卡》（新潮文库，上下卷）
《1Q84》（新潮社，BOOK1-3）

○本居宣长
《〈源氏物语〉玉之小栉》（国书刊行会）

○四方田犬彦
《论"可爱"》（筑摩新书）

○利比·英雄
《新宿的〈万叶集〉》（朝日新闻社）
《万叶集》（岩波文库、讲谈社文库等）
《御伽草子》（岩波文库等）
《平家物语》（岩波文库、讲谈社学术文库等）
《贝奥武夫》（忍足欣四郎译，岩波文库）

《变形记》电影版

摄制：2002年

发行：2004年

摄制地区：俄罗斯

发行：Pandora

片长：90分钟

导演：瓦列里·福金

主演：叶甫盖尼·米罗诺夫、伊戈尔·科瓦沙、塔季亚娜·拉夫罗娃、阿宛盖·里昂惕夫

第四章
读诗、听诗

——饭野有幸与沼野充义的对谈

诗是语言的音乐

饭野有幸

1955年生。日本上智大学文学系教授。研究方向为美国文学。著有《美国的现代诗——后卫诗学的谱系》、《约翰·阿什贝利的诗——"通往可能性的赞歌"》、《蓝调的魅力——美国音乐寻根之旅》(共著),译著有《墙上的文字——保罗·奥斯特全诗集》、惠特曼《我能听到美国的歌声》、勒罗伊·琼斯《喜欢蓝调的人们》等。同时在蓝调音乐、爵士音乐及美国大众音乐等方面也造诣颇深。

何为诗歌

沼野：今天我们着重谈一下美国文学，特别是美国文学中的诗歌。首先，由我对谈话的主题做一个简短的介绍，之后就请今天的嘉宾——上智大学的饭野先生为大家做讲座。饭野先生的专业是美国文学，尤其是现代诗歌，我想他可能会就一些英文诗为我们做具体的讲解。我呢，就从更宽泛一些的视角出发，谈一谈诗是什么、诗与散文的区别在哪里等问题。

提到"文学"一词，一般大家想到的都会是小说吧。所以，提起"世界文学"，事实上也经常只是指"世界小说"而已。当问到日本文学的代表性人物是谁时，大多数人都会说是夏目漱石、大江健三郎，或者村上春树，能想起诗人名字的，应该只有很少数人。这对诗人来说可能不太公平啊，但事实确实如此，现在这个世界上被人们阅读的文学作品，绝大多数还是小说。我们今天对谈的主题呢，就是在这样一个情形下，对诗歌相关的问题进行探讨。

饭野先生不光做诗歌的研究，也从事诗歌的翻译，所以今天也会跟大家谈一谈诗歌的翻译是一个怎样的过程，其与小说的翻译有何不同。我这样说好像诗歌的翻译这件事跟我自己没关系似的，其实我也翻译了一些诗，这个话题对我来说也是很有意义的，我也会跟大家分享自己从事诗歌翻译的一些体验。

好的，我们进入正题。诗是什么呢？如果突然被人这样问到，恐怕是不好回答的吧。今天在座的有很多年轻人，比如一个高中生，在课堂上被老师问到"诗是什么""用两三句话来说一下诗是什么"这些问题，你会怎么回答呢？像这样，越是最基本的问题，平时反而不怎么去思考它，突然被人问到时，就会发现其实挺难回答的。

在日本文学中，有短歌、俳句这种固定的文学形式。对日本人来说，它们的存在是理所当然的，短歌和俳句都已经作为固定的文学类型为人们所认可。所以，如果有人问我"短歌和俳句也是诗吗"，还真是不太好回答呢。广义上来说，短歌和俳句也是诗，但狭义上来说，短歌就是短歌，俳句就是俳句，除此之外并无他物。日本人说"诗"的时候，一般来说想到的都会是"现代诗"，但也不排除有人会有这样的疑问，就是说，可以把短歌和俳句跟"诗"归为一类吗？如果可以，那么它们跟诗之间的共通点是什么呢？

这样一想就会觉得，虽说都是诗，但诗也是有各种各样不同形式的，把所有不同形式的诗都称作"诗"，然后在此基础上再去回答"什么是诗"，这真是太难了。这个世界上原本就有多种多样的语言，每一种语言中都有被称作"诗"的东西，但跨越了不同语言的障碍，在所有的诗中都能看到的共同点究竟是什么呢？这样的共同点，真的存在吗？与诗相对，还有小说，还有散文等的文学类别。那么，诗与散文，区别在哪里呢？真是越想越让人糊涂啊。

日本的短歌和俳句，都是规定了固定形式的，也就是说，它们在形式上需要遵守一定的规矩。俳句的话，就讲究"五七五"

的韵律、"季语"等等,这些都是大家知道的。但是现代诗就没有这些规定。今天给大家推荐的书里有谷川俊太郎的诗集。读谷川先生的诗,我们会发现每一首诗都被他用心地赋予了独特的节奏感,但并没有某种共同的规则贯穿在所有的诗里。也就是说,谷川先生写的这种现代诗,在形式上很少能看到某种强有力的规则存在。

但是,也并不是说完全没有。如果一定要说出一项的话,那就是大部分(并非所有)的现代诗,其实是需要"分行"写的。相对短小的文字,一行接一行写下去。只是,每一行到了一定字数就得换行,在一句话的某个地方选择换行,对于换行的具体做法,并没有什么明确的规定。而且,也有一些销路很好的大众娱乐小说,它每句话也很短,也是一句话就一行,每页字很少,你翻开书,有时候会觉得一整页都是空白的。所以如果说"分行"写的就是诗的话,那这些小说也就成了诗了。这样说来,比如你翻开今天早晨的报纸,管它是时政版块还是社会版块,随便翻到一页,随手选一篇文章,给它适当换行、重新排一下版式,它也会变得很像一首诗。这听起来像个笑话,但不妨这样做一下试试看,其实蛮有意思的。

我正在翻译弗拉基米尔·纳博科夫的作品《天赋》,眼看就要完成了。这是一本小说,但其实里面也有很多诗歌。这些诗,有的是夹杂在正文当中,也不换行,一眼看上去根本分不出哪里是诗,哪里是文章的正文;还有的时候是因为作者纳博科夫太调皮了,比如说他会把马克思的经济学论文的文本拿过来稍作加工,或者重新换行排列一下,仿佛在说:"你们看怎么样,这不是一首很棒的诗吗，至少比那些假模假式的庸才诗人写的要好多了吧?"可能大家会想，马克思的经济学论文直接拿过来就是一首诗，世上还有比这更奇怪的事吗？但是，你会发现，纳博科夫既像开玩笑又很认真的这种尝试居然还挺成功的。到那时候，你就会觉得诗与散文、诗与小说的区别其实并不那么明显，很难在其中划出一条明确的分界线。

辞典中诗歌的定义是怎样的

沼野：因此，我们先把文艺学上对诗歌的定义放在一边，因为那个比较麻烦。而如果想知道普通人一般是怎样看待诗歌的，或者说想了解诗的最基本的定义，那最快的还是查一下辞典。今天给大家准备的资料当中有一页纸，上面复印的是辞典中对诗的定义，来自三省堂出版的《新明解国语辞典》。

顺便给大家一个建议，如果你在日常生活中遇到了自己不太明白的词语，可不要似懂非懂地就跳过了，请一定养成一个查辞典的习惯。虽然网络上的维基百科等信息渠道也极为方便，但网络上的信息，有时候是一些人兴之所至而想到的，不够严谨，还有的时候是一些带有偏见的观点在未经讨论和纠正的情况下就直接发到了网络上，有很多简直就是胡说八道。相较之下，出版纸质版的辞典，需要这一领域的专家们多年的努力，编辑和校对人员细致严谨的通力合作。也就是说，纸质的辞典，只有经过这样一个过程后才能问世，当然就更值得信赖了。

当然了，辞典上写的东西也没有必要囫囵吞枣般什么都信，特别是对于"诗"的定义这种极为微妙又复杂的问题，你还是不要期待一本国语辞典会给出一个百分之百准确的答案为好。但话又说回来，先去看看辞典是怎么说的，这一点还是挺重要的。

不过，辞典也是有很多种类的。其中，《新明解国语辞典》以其对词语的定义强烈地反映了辞典主编、国语学者山田忠雄的个性，且他拥有很多书迷，艺术家赤濑川原平在其文章《新解先生之谜》中说过，这本辞典中，对词语的定义充满了独断和偏见，但又有着浓浓的人情味，极为有趣，读之每每令人捧腹大笑。在进入诗的话题之前，先让我们来看看它是怎么解释"读书"这个词的，大家可以看一下手边的资料。

> 为了短暂地离开现实中的世界，让自己的精神在一个未知的世界里遨游，或者为了让自己有一个确定无疑的世界观，而（不受时间束缚地）读一本书。

只这几句信息量就已经够大的了，或者说，现实中哪有人是这样读书的啊。从这一点来说，这是一个非常不符合实际的定义。

> 而对于一个词语的定义居然可以这样写，是不是已经够让人惊讶的了？但我们的《新明解国语辞典》并没有在这里止步，它又补充说，"躺在床上翻看漫画，或者在电车上翻阅杂志，此类行为严格来说不能算在读书之列"。我是喜欢躺在床上看书的，看到这句话时，有一种被一位老先生指着鼻子批评的感觉啊。该辞典对"恋爱""动物园"等词语

的定义也很有趣且为人们所熟知。主编山田先生去世后，又出版了第五版、第六版，与后来的这些版本相比，还是山田先生生前出版的最后一版，即第四版保留了其鲜明的特色。各位如果在旧书店看到了，绝对值得入手哦。

闲话少说，就让我们回到今天的正题，来看一下《新明解国语辞典》对"诗"的定义。它是这样表述的："（作为一种文学形式，）为了表达大自然和人情之美、人生的悲喜，或者为了倾诉对社会的悲愤之情，抑或为了勾画出一个虚幻的世界，而以精心斟酌的凝练的语言写成的作品。"不得不说，这一定义说出了诗的本质，反映了编者理想中的诗原本该有的样子。对这个定义，应该很多人都有共鸣吧。

我无意对一本辞典指手画脚。只是，当我们从文学研究的立场上去思考"诗是什么"的时候，就会发现这个定义其实什么也没说明。为什么这么讲呢？这段话只定义了诗的某一种类型（大约是编者理想中的诗），对于诗与诗之外的文学形式（比如小说）有何区别，它是完全没有涉及的。

它里面提到的"大自然和人情之美""人生的悲喜"等等，说的是诗的内容或者主题。"精心斟酌的凝练的语言"，指的是诗所使用的形式或语言。内容与形式，对于任何艺术表达来说都是必须具备的两个要素，所以这个定义也是从这两个方面对"诗是什么"来进行回答的。那么这一定义中对诗的内容与形式的规定，是否合适呢？首先从内容上来说，认为诗歌表达的是"大自然和人情之美"，但小说也表达"大自然和人情之美"啊，所以只凭这一点是没法区分诗和小说的。再说,要是碰到那种个性古怪的诗人,他会说:"哪是这样啊,诗可不光是讴歌人情之美,还可以表达人性之恶哦。"那时候,上述这个定义可就不好用了。

再者,"人生的悲喜"也是同样的道理,悲喜嘛,主要就是说悲哀与喜悦,但如果有人过的是一种无喜也无悲的灰色而单调的人生呢?这种人生就不能用诗来表达了吗?无喜也无悲的人生,也可以写成诗啊。这样一点一点确认下来,我们就会发现,用内容来对诗歌加以定义,这本身就是一件不可能的事。

也许刚才说的这些会让大家感到我在故意抬杠似的。但是,不光是诗,其他所有的艺术形式都是如此,如"艺术必须要表达这样那样的内容"或者"它表达的是这样一个意思,所以才称得上是艺术啊"这一类的说法,都试图在内容的层面对艺术加以约束,其实这是很不现实的。特别是在20世纪以后的文学和美术领域,"艺术是不可以在内容层面被规定的"这一看法已经是一个普遍的常识了。一个作品,如果它表达的不是美好的东西,那就不是诗。我想,这样的立场也是可以有的,但如果固守这一立场,就无法从原理上解释现实中诗的存在的价值。前卫派艺术家马塞尔·杜尚曾经"制作"了一个男性使用的普通小便器作为自己的"作品",并将其命名为"泉",这成为20世纪美术史上最大的丑闻,而如果说小便器也是艺术品,那艺术的世界在内容上就无所不包了。

另一方面,《新明解国语辞典》还从形式和语言的层面对诗做了规定,表述很简短,只说诗是"以精心斟酌的凝练的语言写成的作品"。要这样说的话，夏目漱石、芥川龙之介，他们在小说创作中使用的也是"精心斟酌的凝练的语言"。所以说，按照这个定义来的话，是完全没法区分诗和小说的。此外，可能这样说又显得我像是在抬杠一样，这世界上有一种诗，就是作者刻意不使用凝练的语言写成的。比如超现实主义者所说的所谓"自动写作"，就是把自己在半睡半醒、意识蒙眬的状态下浮现在脑海中的词句写下来。在这样的写作中，内容并不重要，什么都可以，所以也不需要多想，只要把冒出来的词语一个一个记下来就可以。此外，还有一种写作的方式，就是有的作家会从各种报纸杂志上收集一些零星的只言片语，然后也没有什么逻辑和条理，就把它们胡乱拼凑在一起，以此来进行语言合成的实验。总之，就是刻意使用一些并不凝练、未经斟酌的语言来写诗，这样的一种写作的技法在20世纪之后并不少见。

因此，关于"诗是什么"的问题，我们还是有必要离开国语辞典的定义，进行一下认真的探讨。首先，我想说的是，这其实是一件很不容易的事。到目前为止，可能在座的很多朋友会觉得我说了不少怪异的话，但其实我并不是想说诗歌的坏话。正相反，今天我想跟诸位好好谈一谈诗歌的美妙之处。关于这一点，稍后我和饭野先生都会举出几首诗歌的例子来跟大家一起欣赏。

从《古今和歌集》看诗歌的力量

沼野：为了向大家展示诗歌的美妙之处，在此让我们暂且回到诗的源头，去了解一下古人是如何看待诗这一文学形式的。一下子就回到古代日本，可能这个步子迈得有点大啊，但提到《古今和歌集》(以下简称《古今集》),我想但凡是个日本人就没有不知道的吧,这是一本成书于公元10世纪的和歌集。《古今集》的开头有一篇序文,名为《假名序》,相当于整本书的"前言"吧。《古今集》的有趣之处就在于,书的开篇是《假名序》,而书的结尾还有一篇后记,叫作《真名序》。

"真名"这个词,在现代日语中已经不用了,它指的就是汉字。古代日本最初是没有文字的。所以,日本的文字最初是从中国引进的,汉语中的汉字才是真正的文字,就是所谓的"真名"。后来,日本又以汉字为基础创造了自己的文字,称其为"假名"。"假名"的"假",有"不是真正的""暂时借用"的意思,相对于真正的文字"真名"而言,"假名"这个词语中原本就有"假借的文字"的意思。因此,《古今集》中的《假名序》,其实是用假名写成的,而《真名序》则是用汉字写成的。这一点非常明确地告诉人们,日本文学是在两种语言共存的环境中形成的。《假名序》和《真名序》,很大一部分在内容上是相同的,但其作者并不是一个人,两篇文章各自单独成文。

其中最有名的是《假名序》,作者为纪贯之。《假名序》开篇论述的就是"和歌"的力量,令人叹为观止。

　　和歌は、人の心を種として、万の言の葉とぞなれりける。世の中にある人・事・業しげきものなれば、心に思ふ事を、見るもの聞くものにつけて、言ひいだせるなり。花に鳴く鶯、水に住むかはづの声を聞けば、生きとし生けるもの、いづれか歌をよまざりける。力をも入れずして天地を動かし、目に見えぬ鬼神をもあはれと思はせ、男女のなかをもやはらげ、猛き武士の心をもなぐさむるは、歌なり。

(引自岩波书店《古今和歌集》,佐伯梅友校注)

倭歌,以人心为种,由万语千言而成。人生在世,诸事繁杂,心有所思,眼有所见,耳有所闻,必有所言。聆听莺鸣花间,蛙鸣池畔,生生万物,付诸歌咏,不待人力,斗转星移,鬼神无形,亦有哀怨。男女柔情,可慰赳赳武夫,此乃歌也。[①]

在所有的论及诗歌之力量的文章中,我想这是最好的一篇了吧。听到黄莺、青蛙(当时作者指的应该是秋天会发出好听的鸣叫声的河鹿蛙)等动物的鸣叫声,就会明白"生生万物,付诸歌咏",也就是,凡是活在这个世界上的所有生命,都会"吟歌作赋"。歌,就是现在广义上所说的"诗歌",它不假外力即可撼动天地,感动鬼神,使男女之间的感情更亲密,就连武士的坚毅之心,也能使之感受到温柔的抚慰。这也就是在说,诗歌的力量是多么神奇而又无所不在啊!

《假名序》是 10 世纪初写成的文章,但它已经非常准确地指出了诗歌所具有的根本性的力量。再继续读下去会发现,作为

---

① 译文引自王向远、郭尔雅译《古今和歌集》,上海译文出版社 2018 年版。——编者注

一篇诗歌评论，它也是非常出色的。对我们刚才提到诗歌形式和内容的问题，该文章也探讨得非常深入，直指其本质。可能有人觉得，这是多年前的旧文章了，在现代的日本没有什么用。其实不然。《假名序》对于几位歌人的创作风格，以极其精妙的比喻进行了尖锐的批评。比如，对在原业平这位歌人，文章中评论说他"心有余而词不足，就如花之将谢，色消而唯留残香也"。这里"心有余而词不足"中的"心"，就是诗歌要表达的信息，也就是内容。虽然有很多的话想说，但奈何"词不足"，也就是找不到足以表达自己内心情感的语言。换个说法就是，内容是有了，但找不到贴切的形式以表达这些内容。

不只是诗歌这样，所有的艺术创作都存在形式和内容的问题。内容与形式不够匹配、如何处理两者的关系等这些问题古已有之，近代以来，诗人和艺术家们也为此头痛不已。例如，法国画家埃德加·德加某天试着写了一首诗并拿给他的朋友斯特凡·马拉美看。德加明明有很多思想，但却没法用诗歌很好地表达出来。面对德加的这种情况，马拉美说："诗不是用思想写成的。诗是用语言写成的。"这里的"思想"，在法语中的单词是"idée"，对应的英语单词就是"idea"，是"想法、思考、思想"的意思，不管怎么翻译吧，马拉美这句话说的还是内容（思想）和形式（语言）的问题。也就是说，纪贯之在《假名序》中提出的问题，在大约一千年后的法国仍然为人们所关注。

对诗歌来说，形式是什么

沼野：那么，对诗歌来说，形式到底是什么呢？在今天这场有关诗歌的对谈中，我还是想跟诸位探讨一下这个问题。诗歌，在世界各国，以各种不同的语言被创作出来。但随着语言的不同形式，诗歌的形式也是会有变化的。俳句是日本特有的一种诗歌形式，抑扬格四音步①句式是英语、德语、俄语等几种欧洲语言固有的诗歌形式，从语言的特点上来说，用日语是无法写出这种形式的诗的。也就是说，诗歌所使用的语言不同，那么在形式上对诗的一些具体要求也是不同的。这样一来，还可以说诗歌是一种超越了语言和民族而普遍存在的文学形式吗？我们就会有这样的疑问。

不过，在所谓"现代诗"的领域中，形式的问题已经很模糊且不那么受人关注了。之所以会有这样的变化，是因为——不光日本这样，这已经是包括欧美在内的全世界范围内可见的一个普遍倾向了——之前人们一直守的那些有关诗歌创作形式的要求和规定，渐渐地不再被遵守了，自由诗在世界各地兴起。当然，那些民间歌谣或民间流传的诗歌不在此列。但如果仅就作为文学作品的诗歌而言，摒弃那些传统的在形式方面的规定，是现在一个很明显的趋势。所以，在不同的国家以不同的语言创作出来的现代诗，基本上都没有什么固定的明确的形式。这样一来，是不是我们就又有了新的疑问呢？人类从古至今，不同的国家有不同的语言，为何都要用一些烦琐的形式对诗歌加以规定，并长时间一直遵守这些规定呢？究竟是什么，使得过去的人们在表达

---

① 抑扬格四音步，英语诗歌中常见的韵律节奏。抑扬格指的是两个音节，一轻一重。每行诗句中每四个音节停顿一下，即为四音步。——编者注

自己的心情和想法时，还要用某些形式加以制约且只能以被规定的某种形式来进行诗歌创作呢？

可能有人会认为形式并不重要，什么"五七五"，不用管它。比如，俳句中也有"自由律"的写法，俳句诗人尾崎放哉就不拘一格，认为"庵中只闻咳嗽声""转到墓碑的背面"① 等这样的俳句也是很好的。但实际上，这样的做法又会带来新的问题。虽说诗歌形式上的自由化在全世界范围出现，但这也并不意味着诗歌完全不再需要一定的形式，仅就日本的俳句来说，现在大多数俳句诗人并没有采用自由律的做法。因此，诗歌中形式和内容的问题是比较复杂的，很难一概而论，但也正因为这样才有趣啊。

好的，我的发言到此结束，接下来请饭野先生为我们谈一谈英美诗歌，这是他的专业，一定很精彩。时长约为三十分钟。之后是我和他的对谈。

有请饭野先生。

对惠特曼诗歌的翻译

饭野： 大家好，我是饭野，请多多关照。刚才一边听沼野先生谈诗歌的种种问题，我就在想，待会儿自己谈点什么好呢。三十分钟的时间不长，我想可以向大家介绍三首美国的现代诗作品。

那就从我本人为何会做美国诗歌研究开始吧。美国文学也分

---

① 此两句是自由律俳句的代表性人物尾崎放哉的俳句，不符合俳句传统的"五七五"音律。"庵中只闻咳嗽声"（咳をしても一人），"转到墓碑的背面"（墓のうらに廻る），表达了作者一种难以言说的孤独感。

很多类别,如小说、话剧等等,我在上大学的时候发现,与其他文学形式相比,貌似我比较适合学习韵文,也就是诗歌。

美国小说很多都是长篇的作品,比如赫尔曼·麦尔维尔的《白鲸》就是一个很好的例子。小说讲了这样一个故事,主人公亚哈曾经被一只叫作莫比·迪克的巨大的白鲸咬掉了一条腿,他为了复仇,一路追捕这只白鲸。听起来是一个有趣的探险的故事,但小说内容并不止于此,还有很多关于鲸鱼的知识以及哲学性思考。该小说在日本的文学研究界非常受瞩目,有很多人都在研究它,但我对鲸鱼的知识也不感兴趣,更没有足够的体力和耐心去读完这样一部长篇。那时候我就觉得自己不适合做这种研究,而诗歌呢,它篇幅较短,用词非常精练,我想自己还是适合研究诗歌。

还有一个原因。我是从初中的时候开始喜欢上英语的,后来走上了英美文学研究的这条路。读初中的时候,我曾经组织了一个民谣乐队,主要唱英文歌。在这个过程中,我对诗——准确地说应该是歌词——的节奏感变得非常敏感,并对此有了兴趣。可能正是这一点,最后把我推到了英语诗歌研究的道路上来了。

接下来,我们进入正题。请各位看一下自己手边的复印资料。首先是沃尔特·惠特曼的诗,出自光文社出版的由我翻译的惠特曼诗集《我听见美国在歌唱——草叶集(节选)》的日语版。惠特曼生活在19世纪,被称为"现代诗之父"。从哪种意义上认为他的诗是现代诗呢?首先,刚才沼野先生说到了诗歌的形式,惠特曼的诗有一个特点,那就是他试图从形式的束缚中找寻自由。最初,他写的诗也曾经像传统英国诗歌一样,有着非常规整的形式，一直到 19 世纪中期，他都在写这样的诗。但后来，他开始背离这一风格，只写自由体，并于 1855 年出版了诗集《草叶集》。"Song of Myself"就是其中的一首代表作。

大家拿到的复印资料中，左边是诗的原文，右边是我的译文。惠特曼在最初写自由体诗歌的时候，是不是没有参考任何前人的东西呢？当然不是。完全没有制约的自由就是不自由。就像暑假作业的自由研究报告，如果老师让我们自选题目，说写什么都行，我们反而会不知道写什么好了。写诗也是一样的，有那么一点制约时，创作起来反而容易一些。无限制的自由，其实会带来极大的不自由。

据说，在创作自由体诗歌时，惠特曼曾经参考的一个范本是歌剧。他曾经做过新闻记者，所以会拿到很多免费的门票，在一次次观剧的过程中，他逐渐迷上了歌剧，这一点可能也影响到了他的诗歌创作。他的诗读起来朗朗上口，很有歌剧中台词的特色呢。

因此，他的这首"Song of Myself"虽然并不遵循某种固定的形式，但每一行都是以"Earth of"开头，一直这样持续下去。这可能会给人以单调感，但也正是这一再重复的单调，最后带来了一种势头强劲的节奏感。但是，日语跟英语的语法结构是完全不同的，所以在翻译成日语时，一般来说，人们会把 of 后面的内容放到句首，而与 earth 对应的那个词则在句尾，但这样一来，原诗中特有的、多个句子开头重复出现"Earth of"的形式，就完全不见踪影了。有一句话很有名，说"翻译家都是叛徒"，确实有这种感觉啊。我就想，既然在翻译的过程中注定要失去很多东西，那么至少要把原文的那种语感和氛围保留下来。所以在翻译时，我按照自己的意图，加入了"大地呀"这样一种呼唤的语气。这样的话，日语的译文就与英语原文一样，每一行都是以"大地"开头了。氛围，换一个词说的话，就是"基调"。一说"基调"，可能就显得有些难懂了，我们用颜色来打个比方，比如蓝色，它有各种各样不同的蓝，"水蓝"色是一种蓝，"深青"色也是一种蓝。在进行翻译工作时，我希望自己能够尽量把类似这样的一种感觉上的细微差别用语言表达出来。

俺自身の歌より

ウォルト・ホイットマン

飯野友幸　訳

大地よ、濡れて眠りをむさぼる木々に囲まれて！

大地よ、日はとっぷり暮れて——大地よ、山のいただきは霧にむせび！

大地よ、ほんのり青みがかった満月が透明にふりそそぎ！

大地よ、光と影が川の流れをまだらに染めて！

大地よ、きれいな灰色の雲がおれのためひとき輝いて明るく！

Walt Whitman（1819—1892）

from "Song of Myself"（1855）

Earth of the slumbering and liquid trees!

Earth of departed sunset-earth of the mountains misty-topt!

Earth of vitreous pour of the full moon just tinged with blue!

Earth of shine and dark mottling the tide of the river!

Earth of the limpid gray of clouds brighter and clearer for my sake!

摘自《我自己的歌》①

沃尔特·惠特曼　著

生长着沉睡而饱含液汁的树木的大地!

夕阳已西落的大地——山巅被雾气覆盖着的大地!

满月的晶体微带蓝色的大地!

河里的潮水掩映着光照和黑暗的大地!

为了我而更加明澈的灰色云彩笼罩着的大地!

ほんのひとことだけ

ウイリアム・カーロス・ウイリアムズ

ぼくが食べちゃった

あのプラムね、

入っていたやつ

あれは

---

① 中文版引自赵萝蕤译《我自己的歌：惠特曼诗选》，花城出版社 2016 年版。——编者注

きっと
君が朝ごはんに
取っといたんだろう
ごめんよ
あんまり美味しくて
甘くて
しかも冷たかったもんだから

William Carlos Williams（1883—1963）
"This Is Just to Say"（1934）

I have eaten

the plums

that were in

the icebox

and which

you were probably

saving

for breakfast

For give me

they were delicious

so sweet

and so cold

就只说一句话①

威廉·卡洛斯·威廉斯　著

是我吃了

那个梅子呀

就是你放在冰箱里的

那个

它们

一定是

你留着

早餐时再吃的

请原谅啊

因为它们实在太好吃了

甜甜的

又冰冰的

俳句 37 首より

ジョン・アッシュベリー

飯野友幸　訳

ある星だか別の星が消え、そして君、君の本と年をありがとう

---

① 此处根据饭野友幸的日文版译文转译。

君は壁に原画をいくつも掛けている おお 編集せよとぼくは言った

彼はみなのごとくに怪物だが君が怪物ならさてどうする

過去とは何だろう、いったい何の役に立つ? 心のサンドウィッチ?

John Ashbery (1927—)
From "37 Haiiku" (1984)

Some star or other went out, and you, thank you for your book and year

You have original artworks hanging on the walls oh I said edit

He is a monster like everyone else but what do you do if you are a monster

What is the past, what is it all for? A mental sandwich?

摘自《俳句 37 首》①

约翰·阿什贝利 著

一颗星星又或另一颗星星消失了 谢谢你、你的书和你的年纪

你在墙上挂了好几幅画作的真迹 哎,你来编辑一下——我说。

---

① 此处根据饭野友幸的日文版译文转译。

如同众人一样　他是个怪物　但如若你也是个怪物　那怎么办呢

何为过去　它究竟有何意义呢　心灵的三明治

惠特曼的诗歌带给我的另一种思考是关于人称的问题。英语中说"我"的时候，用"I"这个英文单词就可以了，日语中对应的单词是"わたし"（watasi）①，但日语中表示"我"的单词又不止一个，只说男性，就有"おれ""おいら"等称呼词②，除此之外还有其他一些说法。不光是诗歌翻译如此，从事翻译工作的人，经常会面临这样一些难题。

于是，在翻译光文社出版的《草叶集》时，我反其道而行之，利用了日语中有多个词语都表示男性的"我"这一特点，根据诗歌创作年代的不同，使用了不同的人称代词。表现作者年轻时的第一人称，我就用"おれ"；年纪稍微再大一点时，我就用"ぼく"③；等年轻的惠特曼渐渐老去时，我则用"わたし"。最后就是在这本诗集中，第一人称的这三种说法都用上了。只是，从整体上来看，人称用词不那么整齐划一罢了。

当所有的尝试都做遍之后

饭野：19世纪美国的代表性诗人惠特曼就这样开始了自由诗的

---

① 日语中的第一人称代词，较为正式，不分男女，所有年龄层的人都可使用。
② おれ，日语中的第一人称代词，较为粗鲁，多为男性使用。おいら，日语中的第一人称代词，意为"我们"，多为男性使用。
③ ぼく，日语中的第一人称代词，仅男性使用。

创作。美国是一个没有诗歌传统的国家，在惠特曼开始写诗后，由于没有诗歌传统，他就得自己创造出一个"传统"，或者说，他也因此有了创造"新传统"的自由。那么，他创作的自由体诗歌后来怎么样了呢？大家手上的资料上的第二首诗，来自活跃在20世纪上半叶的诗人威廉·卡洛斯·威廉斯①，这个人的名字很有特点，左右几乎是对称的。威廉斯不仅写自由体诗歌，他还开拓了一种新的诗歌形式，就是把我们日常说的口语，原原本本地写成一首诗。

尤其是这首"This Is Just to Say"，篇幅很短，用词也非常简单，语言上没有任何难懂的地方，甚至会让人怀疑说，这真的是一首诗吗？而且，从内容来看，这是说话者"我"向一个非常熟悉的人——可能是他妻子或者其他家人——道歉的一首诗。与其说是诗，倒不如说这是一张便笺留言，只为了向对方说句"对不起"。他并不是有什么特别的想法要表达。因此，我们会不确定这到底算不算是一首诗。但是，无论从语言上来说，还是从形式上来说，把本不是诗的东西变成诗，不正是现代诗的特点吗？

此外，由于这首诗篇幅短、用词少，所以在翻译的时候我尽量尊重原文的语序。因为，我觉得这样处理可以较好地保留诗原本的味道。所以，第一行诗句"I have eaten /the plums"，我译为"ぼくが食べちゃった/あのプラムね"②，用了口语的形式。这

---

① 威廉·卡洛斯·威廉斯（1883—1963），美国诗人。代表诗作有《帕特森》《红色手推车》。
② 中文译文为"是我吃了/那个梅子呀"。

样一来，英文原本的句子结构就保留下来了。

然后是下一句，"and which / you were probably / saving / for breakfast"。该句中有一个关系代词"which"，是英语中特有的，这样的句子在翻译成日语时，每次都会比较费心思。我用了"あれは"（那是）一词，并把它放在了句首。诗原本的味道是否因此而得到了保留，其实我也不是很确定，但至少，它的语序跟原来是一样的。

第三首诗，来自威廉斯之后的下一代诗人约翰·阿什贝利[①]。他是一位极其前卫的现代派诗人，写的诗难懂无比。我研究的就是他的诗歌，实在是太晦涩难懂了。读他的诗，我经常不明白他到底要说什么。我心里常想，这个人啊，为什么要写这样的诗呢？可能有朋友会说，那你别搞他的研究不就行了。但人生就是这样，开弓没有回头箭啊，有些事情一旦开始了，就回不到从前了。

今天给大家选的这首诗，其实是一首"俳句"。在欧美各国知道俳句的人也很多，对于它是由"五七五"的十七音组成、需要使用"季语"等这些规则，人们也很熟悉。前面我们说过，无论是惠特曼还是威廉斯，他们都有一个强烈的意愿，就是要打破传统的诗歌形式，做一个现代诗人。但阿什贝利却特意采用了俳句这种传统的诗歌形式。那么，为何说他的诗是现代诗呢？可能大家会有这样一个疑问出来。答案就是，他并没有老老实实地

---

① 约翰·阿什贝利（1927—2017），美国诗人。美国现代诗歌代表人物之一。代表作为诗集《凸面镜中的自画像》。

写俳句,他诗歌中的俳句是非常别扭、另类的,里面不存在"季语",从音节的数量来说,句子是很长的,远超俳句的字数。而且,句子虽长,但他说的意思却又让人看不明白。所以,他只是借用了俳句的形式,内容的表达却是相当激进、自由的。总之,在20世纪下半叶的美国,出现了阿什贝利这种类型的诗人。

这首诗在翻译时也是让我费了九牛二虎之力啊。我们来看一下。

> 如同众人一样　他是个怪物　但如若你也是个怪物　那怎么办呢

这句诗,就像是《爱丽丝梦游仙境》中的故事一样,让人有一种莫名其妙的感觉吧。再看一句。

> 何为过去　它究竟有何意义呢　心灵的三明治

"何为过去　它究竟有何意义呢"——到此为止,诗的意思是明白的,对吧?但是最后句子的结尾,他用了"心灵的"(mental)来修饰"三明治",这两个词组合在一起,就让人一头雾水,摸不着头脑。不过,可能也正因为如此,这句诗才有了多种解释的可能性。他的诗就是这种风格。当然,严格来说,这样的诗是否能称之为俳句,我也拿不准。

那么,面对这样的诗,该怎么翻译呢?我是真的不明白作者想说什么啊。所以,也只能硬着头皮翻译了。正因为看不懂,所以就只能直译。而且，我发现，与前面我们看过的那两首诗不同，它没有用类似"大声疾呼""悄悄道一声对不起"等这样的明确基调。用音乐来打比方的话，就是它不是长调也不是短调，所以我只能尽量中立地把它译出来，然后就像刚才说的那样，尽量给它保留其能被解释的多样性。这些话让人越听越像是在为我自己辩解啊。

刚才，向各位介绍了惠特曼等三位诗人。简单粗暴地总结一下他们的共同点，那就是自由奔放，不受形式的束缚。其中，有的表面上看起来是使用了某一特定的形式，而诗的内容却是模糊不清的，这样反而达成了一种滑稽讽刺的效果。我想，正因为这些诗人成长于不存在诗歌传统的国家，才完成了这样一些创新吧。

可能，现代的诗人们都会有这样一种强烈的感觉——所有的尝试都已经做过，再也没有新的花招可以玩了。更夸张一点说，这就是一种强烈的丧失感。不光现代诗的领域如此，现代绘画、现代音乐也是如此。我有时感到，诗人们是在一种"不做新的尝试就没有意义可言"的重压下写作。

最后补充一点。应该说，美国的诗歌是非常多样化的。这一点，可能同为多民族国家的俄罗斯也是一样的。只不过，除了多样化以外，美国的诗歌还有一个特点，由于民主自由深入人心，因此觉得人人都可成为诗人进行诗歌创作。因此，有人说现在的美国有两万多位诗人，也就不足为奇了。当然，有一些是很有名气的，也有一些是寂寂无名的。不过，回过头来想一下就会发现，诗人其实是一种非常特别的存在，很多人都会以为他们的想法总是与这个世间的常识很不相同,但在美国,事实并非如此。关于这一点,后面有机会再跟大家详谈。我就先说这些。谢谢大家。

沼野: 谢谢饭野先生。

感受诗的韵律

沼野: 那么,接下来我们就开始下半场的对谈。

对刚才饭野先生讲的内容,我也有一些疑问,但在此之前,让我们先来听一段外语诗歌朗诵。诗这种文学形式,是用某种固定的形式来表达人的思想或者情感——当然,有时候出于作者的意图,诗的内容并没有特别的意义。但不可思议的是,在全世界这么多国家和地区中,虽然诗的形式会根据语言的不同而有所变化,但没有哪个民族是没有诗歌的。这一点充分显示了,多样性中存在着普遍性。也就是说,就像日语诗歌有日语的特点、英语诗歌则有英语的特点一样,任何一种语言写成的诗歌都有那种语言的特点,但不能否认的是,在这个世界上的不同语言之间,存在着一种可以被通称为"诗"的某种共同的基础。

诗之所以成为诗,诗与诗之间存在的共同的基础,究竟是什么呢?少了什么,诗就不成其为诗了呢?对于诗来说,不可或缺的东西是形式,是音律,还是内容呢?这些问题,真是越想越让人不明白。但无论怎样,在现实的世界中,存在着各种各样的诗歌,各有其美好有趣之处。这些诗歌,有时候哪怕听的人不通外语,只要听一听朗读时的发音也会被触动,有的则是在看了译文、明白了其中的意思后才能听懂。当然也有一部分,是翻译过来后也仍然让人听不懂的。坐而论道，不如起而行之，今天难得大家来到东京大学，很希望能借这个机会带诸位感受一下这里的氛围，所以我请来了正在东京大学文学部研究生院攻读硕士课程的两位同学，接下来将由他们为大家做一次诗朗诵，带我们一起感受一下诗的美好。

斋藤同学，请开始吧。

斋藤：请大家参考手中的资料，德语原文和日语译文都在上面了。我要朗读的，是20世纪德国文学的代表性人物保罗·策兰（Paul Celan）的诗，《我听到了》。他是一个德裔犹太人，也是一位语言天才，通晓多国语言。晚年他住在巴黎，但他终其一生都是用德语进行创作的。

　　　　　　わたしは聞いた
　　　　　　パウル・ツェラン
　　　　　　斎藤由美子　訳

わたしは聞いた、水の中には
石と環があると、
そして水の上にはひとつの言葉があって、
それが石のまわに環を描くと

　わたしはわたしのポプラが水の方へおりて行くのを見た、
　わたしはその手がずっと深いところをつかもうとする

のを見た、
　　わたしはその根が天に向かって夜を請うのを見た。

　　わたしはそのあとを急いで追わなかった、
　　わたしはただ床から、おまえの目の形と気高さをそな
えた
　　あのパンのかけらを拾った、
　　わたしはおまえの首から常套句の鎖を外して
　　パンのかけらが今置かれているテーブルを縁取った。

　　そしてわたしのポプラをもう見ることはなかった。

ICH HÖRTE SAGEN

Paul Celan

Ich hörte sagen, es sei
im Wasser ein Stein und ein Kreis
und über dem Wasser ein Wort,
das den Kreis um den Stein legt.

Ich sah meine Pappel hinabgehn zum Wasser,
ich sah, wie ihr Arm hinuntergriff in die Tiefe,
ich sah ihre Wurzeln gen Himmel um Nacht flehn.

Ich eilt ihr nicht nach,

ich las nur vom Boden auf jene Krume,
die deines Auges Gestalt hat und Adel,
ich nahm dir die Kette der Sprüche vom Hals
und säumte mit ihr den Tisch, wo die Krume nun lag.
Und sah meine Pappel nicht mehr.

(Paul Celan, Gesammelte Werke, Suhrkamp Verlag, Frankfurt am Main 1983, S. 85)

我听到了①

保罗·策兰 著

我听到了 水中有

石头和波纹

而且，水面之上有一个词语

石头周围的波纹 就是它画出来的

我看见我的白杨树 朝着水的方向去了

我看见它的手 想要抓住更深的东西

我看见它的根 向着天空请求夜的来临

我并没有急急地追过去

我只是从地板上捡起了 有着你眼睛的形状和高贵品

---

① 此处根据斋藤由美子的日文版译文转译。

格的

那片面包 的碎片

我从你的脖子上松开了那些老套的话语做成的锁链

把放了面包碎片那张桌面围了一圈

从此 我就再没有见过自己的那棵白杨树

斋藤：谢谢大家。

沼野：这是一首很复杂的诗，内容非常深奥，可以对它做出多种解释，不过今天我们暂时就只是听一听诗朗诵，感受一下它的韵律，日语的译文就请大家参考手边的资料。

接下来是奈仓有里同学。奈仓毕业于莫斯科的高尔基文学大学，后来进入东京大学研究生院学习，现在在斯拉夫语研究室做俄罗斯文学研究。现在请她来朗读一首俄语诗歌，以及她翻译的这首诗的日语译文。

奈仓：接下来我为大家朗读的，是俄罗斯诗人亚历山大·普希金于1828年创作的诗歌作品《预感》，这首诗充满了一种稳定中又有些许紧张的情绪。从中，我们可以看到诗人对自己的提醒：他在这不祥的预感中，自己会心慌焦虑，但不要忘记年轻时的骄傲。诗中提到的"阴云""港湾"等意象，是对自己人生中一些大事件的比喻，而"天使"，比喻的则是当时普希金所爱恋的一位女性。

予感

アレクサンドル・セルゲーヴィチ・プーシキン

奈倉有里　訳

再び頭上に黒雲が
静寂のなか 立ち込めた
哀しみに憑かれた運命が
私を再び脅かす
定めを軽蔑したままで
そちらへ向かっていけるだろうか。
誇り高き青春の
根気と忍耐を持ったまま

激動の人生に疲れた私は
凪いだ心で嵐を待つ
ともすればまだ救いがあり
波止場を見つけられるかも知れぬ
しかし避けられぬ別れの
恐ろしい時を予感して
これを最後の機会にと
今すぐ君の手を握ろう

穏やかな 和やかな天使よ
静かに別れを告げておくれ

その優しいまなざしの

起伏で悲しみを見せておくれ

君の思い出は

私のなかで

青春の日々の力と誇り

望みと勇気となるのだろう

TRZY SŁOWA NAJDZIWNIEJSZE

Wisława Szymborska

Kiedy wymawiam słowo Przyszło sc,

Pierwsza sylaba odchodzi ju ż do przeszło sci.

Kiedy wymawiam słowo Cisza,

Niszczę ją.

Kiedy wymawiam słowo Nic,

Stwarzam co s, co nie mie sci się w żadnym niebycie.

预感

亚历山大·普希金 著

静静地，险恶的阴云

又来到我的头上凝聚；

又一次，嫉妒的命运

要示以灾祸，使我畏惧……

我可还对它一样轻蔑?
是否当命运与我为敌,
我还能以青春的骄傲
对它摆出坚强和耐力?

我被狂暴的生活折磨够,
只淡漠地等待着风险:
也许,这一次我又得救,
又会找到避难的港湾……
然而,预感到我们的分离,
那难免的可怕的一刻,
我的安琪儿,我要快快地
最后一次把你的手紧握。

温柔的、娴静的天使啊,
请悄悄地说一声:"再见。"
忧伤吧:任凭你仰视
或者低垂下多情的眼,
它将留在我的心灵里;
我将以对你的怀念
取代心中的骄傲、希望、魄力,

以及青年时代的勇敢。①

奈仓：谢谢大家。

沼野：刚才请大家欣赏了两首外国诗歌，一首是德语诗，一首是俄语诗。

接下来，我也为大家朗诵一首诗。这首诗题为《三个最奇怪的词》，原文是波兰语，作者为维斯瓦娃·辛波斯卡，她是一位波兰女诗人，曾于 1996 年获得诺贝尔文学奖，现在她已经年纪很大了②，但仍然坚持诗歌创作。波兰语与俄语相近，同属斯拉夫语系，但从发音上来说，波兰语与俄语差别还是挺大的。大家在听的过程中可能会留意到 "sisyu" "sityu" 这样的音会很频繁地出现，这是波兰语发音的一个明显特点。

とてもふしぎな三つの言葉

ヴィスワヴァ・シンボルスカ

沼野充義　訳

「未来」と言おうとすると
「み」はもう過去のものになっている

「静けさ」と言うと

---

① 此处译文为查良铮译，摘自《普希金全集 2·抒情诗》，乌兰汗、丘琴等译，浙江文艺出版社 2020 年版。——编者注
② 波兰女诗人维斯瓦娃·辛波斯卡于 2012 年 2 月 1 日去世。

静けさをだいなしにしてしまう

「何もない」と言うと
何もない中に収まらない何かが生まれる

    Предчувствие

     А. С. Пушкин

Снова тучи надо мною

Собралися в тишине;

Рок завистлвый бедою

Угрожает снова мне...

Сохраню ль к судьбе презренье?

Понесу ль навстречу ей

Непреклонность и терпенье

Гордой юности моей?

Бурной жизнвю утомленный,

Равнодушно бури жду:

Может быть, еще спасенный,

Снова пристань я найду...

Но, предчувствуя разлуку,

Неизбежный, грозный час,

Сжать твою, мой ангел, руку

Я спешу в последний раз.

Ангел кроткий, безмятежный,
Тихо молви мне: прости,
Опечалься: взор свой нежный
Подыми иль опусти;
И твое воспоминанье
Заменит душе моей
Силу, гордость, упованье
И отвагу юных дней.

三个最奇怪的词①

维斯瓦娃·辛波斯卡 著

当我说"未来"这个词,
第一音方出即成过去。

当我说"寂静"这个词,
我打破了它。

当我说"无"这个词,
我在天中有生。

---

① 中文译文引自胡桑译《我曾这样寂寞生活:辛波斯卡诗选2》,湖南文艺出版社2014年版。——编者注

美国的两万名诗人

沼野： 在今天对谈的预告当中，除了诗以外，还出现了村上春树、保罗·奥斯特（Paul Auster）等人的名字，所以接下来我们会把话题拓宽一下，来谈一谈包括美国现代小说在内的一些主题。首先还是继续聊一聊诗歌。

近来饭野先生在光文社出版了惠特曼诗歌的新译本，其实在这之前也有其他人翻译惠特曼的诗。但我读了饭野先生的译本后，有一种感觉是，与之前的译本相比，这个版本明显有很大的不同。特别是把年轻时候的惠特曼的自称用"おれ"这一日语词来翻译，真是很大胆呢。当然，"おれ"这个词，在日语中只要是男性谁都可以用，但诗歌里用"おれ"，就会面临这样一种很大的风险，就是说，诗的格调降下来了，诗也就不再可称其为诗了。这一点就不用说了，大家都知道，用第一人称写的日语文章，里面使用了什么样的词做主语，会极大地影响文章的整体风格。比如村上春树的小说，如果主人公的自称不是"ぼく"，而是"おれ"，感觉会完全不一样吧。那么请问饭野先生，您的这个想法是从哪里来的呢？

饭野： 如您刚才所说，在我之前，已经有很多人翻译过惠特曼的诗了，这次的版本收入在"古典新译文库丛书"，我总觉得，既然叫"新译"，就总得做点新颖的事才行，于是就把自己的这个想法跟编辑部的人商量了一下。

当时还想到的一点是，惠特曼的诗节奏感很强，要把他的诗用日语这样一种如水流一样的语言转换过来，就需要好好费一番心思才行。

所以，一开始我就想，诗中这位精神振奋、劲头十足，甚至可以说劲头十足得过头了的叙述者，如果让他用"おれ"来称呼自己的话，是不是多少就能弥补在翻译成日语时很容易就消失不见的、惠特曼诗歌特有的那种基调呢？

再有就是，惠特曼的诗歌中多有重复。同一样事情重复好几次，乍看上去像是诗人的懒惰，说得极端一点就是太不用心了，但我想，也许这一点正是美国诗歌的特点所在。也就是说，惠特曼的诗歌没有使用多么高的技巧，他写得很粗糙，没有那种细致入微的韵味。但是，就像"拙巧"这个词一样，越是不讲究技巧，越是粗糙，反而可能越是有味道。从这个思路出发，我决定用"おれ"来翻译试试看。

沼野： 从惠特曼到阿什贝利这样难懂的现代诗人，饭野先生一直都在从事美国诗歌研究，那么据您了解，美国有两万名诗人吗？

饭野： 是的。

沼野： 是有这样的统计吗？

饭野： 我偶然读到的一篇文章是这样说的，是不是正式的统计数字，我就不知道了。之所以会有这么多人，其中一个原因是，几乎所有的美国大学都设有"文学创作讲座"课程来培养小说家和诗人。大学的课程是有这样一种设计的。所以他们会觉得，人人都可以成为诗人。当然,这实在是非常有美国特色,把事情想得太简单了,或者说,太实用主义了。刚才我也说了,可能这也是美国那种民主主义传统的一种表现吧。

沼野:两万人是否算多,每个国家的情况不同,很难一概而论。比如在日本曾有公开的说法是日本的俳句诗人有一千万人。这是一个夸大的人数,但即便去掉夸大的因素,大概也会有一百万人吧。创作短歌的人数——就是说一些人不仅是吟诵短歌,也会亲身创作短歌——可能会比俳句诗人的人数少一个位数,但那也是个不小的人数。

诗歌的类型不同,国家也不同,很难简单地加以比较。但在我的印象中——也可能是我的偏见吧——美国这个国家的主流文化,是在产业和商业的支持下发展起来的,以好莱坞电影和流行音乐为代表的大众文化,其影响力远超文学。也就是说,在美国社会中,尊敬赚大钱的人的人数,要远超那些尊敬写得一手好诗的人的人数。所以,在这样一个国度,竟然有两万人在写诗,在做这样一件不赚钱的事,应该说,其实这已经是一个非常庞大的人数了。我从中看到了美国的两个侧面,一个是发展出了好莱坞电影和大众文化产业的美国,一个是在这种环境中鼓励诗歌创作的美国,我觉得美国的这两个侧面本是不相容的。对此,您怎么看?

饭野:最近,我觉得大众文化与精英文化之间的界限渐渐模糊起来了。日本也是如此。美国人以前就不太重视这两者之间的区别。甚至有人说，除了大众文化，美国也没有发展出其他的什么文化。

还有，刚才我提到美国的大学中的"文学创作讲座"课程。由于美国的大学数量太多了，每个大学都设有这一课程，就意味着教授这门课程的人，即在大学里工作的诗人和小说家的数量也非常多。所以，当说到"诗人"这个词时，会让很多人产生诗人会闭门不出、颓废堕落的印象，但在美国，有很多诗人穿着笔挺的西装在大学的讲台上教授诗歌创作。不仅如此，美国在制度层面上也有很多措施，对诗人群体实施经济上的援助。

沼野： 大学里设有"文学创作讲座"课程，由从事诗歌创作的人进行授课。从这一点来说，不光诗歌如此，小说也是一样的。也就是说，美国人觉得写诗或者从事纯文学创作是不赚钱的，需要在经济上对在这个领域的人进行援助，可以这样理解吗？

饭野： 可以这么说吧。美国有很多的文学奖项，也有很多刊载诗作的杂志。美国有五十个州，每个州的州立大学都有自己的杂志，此外还有很多私立大学也有自己的杂志，加在一起的话，杂志的数量实在是太多了。

沼野： 您说的杂志，是叫作《小杂志》①（*Little Magazine*）的专

---

① 《小杂志》，19世纪80年代至20世纪在英国和美国出现的一种专门介绍文学作品的杂志的泛称。其中在美国专门介绍诗歌的一种杂志为《诗歌：诗刊》，于1912年创刊。——编者注

业杂志吧。不是那种只要有书店就能买到的杂志。

饭野：是的。除了上面说的，再有一点就是，美国的文化中心不止一处。拿日本来说，比如在东京有一个名为《现代诗手帖》（思潮社出版）的杂志，其实是全日本最有权威性的诗歌杂志，但美国则并非如此，它有好几个中心，纽约、芝加哥、洛杉矶等等，每个地区的文化、文学状况都不一样。美国一直以来就比较能孕育多样性的文化。

沼野：是的。不过，就我熟知的国家和地区来看，比如俄罗斯和东欧，现在诗歌的社会地位也要比美国高一些。在俄罗斯，要说起写过几首诗的人，那人数就远远不止两万了，大概有几百万吧。不过，他们会不会因为写过几首诗就称自己为诗人，那就另当别论了。俄罗斯的大学基本没有创办自己的文艺杂志，也没有创作类课程。可能唯一的例外就是莫斯科的高尔基文学大学，在苏联时期，那里出了很多作家和诗人。从那里毕业的日本人，现在在场的人中可能只有奈仓同学一个人吧。

在俄罗斯，虽然大学里没有创办自己的杂志，但全国各地到处都有很多可供发表诗歌的媒体，最近自费出版的情况也相当多。当然，虽说如此，最具有权威性的还是由中央媒体、莫斯科或圣彼得堡的出版社发行的文艺杂志。俄罗斯虽然是一个超大的国家，但它不像美国那样是联邦制的，在文化方面，还是中央级杂志的权威性最高。从这一点来说，比起美国，俄罗斯倒是跟日本更相似。

保罗·奥斯特在成为小说家之前曾是一位诗人

沼野：最后让我们来谈一谈小说的话题。我想先就保罗·奥斯特的事请教一下饭野先生。在日本，保罗·奥斯特是作为一位小说家而为大众所知的，在日本出版的他的小说，大部分都是由任职于东京大学文学部现代文艺论研究室的著名翻译家柴田元幸先生翻译的。

饭野先生之前曾译过保罗·奥斯特的诗集日文版《墙上的文字——保罗·奥斯特全诗集》，该书收录了他所有的诗歌，实际上是奥斯特的诗歌全集了。我觉得这是一本非常棒的译著，全书附有英文原文，日文和英文两相对照阅读，还可以用来学习英语。只是说在大众眼里，奥斯特的小说最有名，所以诗集出版后，也没有引起太多关注，挺令人遗憾的。

今天在座的各位听众当中，恐怕很多人也是读过奥斯特的小说，但并不知道他还写过诗。因此，想请饭野先生来谈一谈，诗人奥斯特的魅力何在，他的诗与小说又有怎样的关系呢？

饭野：我想这是一个非常有趣的视角。其实在 20 世纪 70 年代，奥斯特写过很多诗歌。现在，奥斯特是一位名声远扬的小说作家，在日本也有很多他的读者。但当时他的小说创作并不顺利，所以他就靠做翻译、写书评和随笔之类的文章维持生计，就在这个时期，他写了一些诗歌。对当时的奥斯特来说，写诗是为了写小说而做的写作练习，就像起跳之前的助跑一样。这样的生活持续了一段时间，也让他积累了经验。从某个时期开始，他成功地写出了好的小说，之后就再也没有写过诗了。

但是，他的诗歌里的那些重要主题，比如偶然性、创意、对于语言本身的思考等等，还有其他的一些主题，后来也都出现在了他的小说里。刚才您提到了我翻译的那本奥斯特的诗歌全集，当时负责该书的出版社编辑——他也是奥斯特的一位忠实读者，毕业论文的题目写的就是关于奥斯特的内容——曾说了一个很有趣的比喻，他说，奥斯特在20世纪70年代写的那些诗，就像是乳酸菌饮料可尔必思①的原浆。就是说，直接喝的话，是喝不下去的，因为味道太过浓郁了。奥斯特的诗是非常难懂的，像一个人在自言自语。所以翻译的时候，我也是绞尽脑汁，做得很吃力。

此外，不仅奥斯特如此，有很多作家都是诗人出身，后来才成为小说作家的。比如日本早些时期的作家岛崎藤村，此外还有安部公房，可能没有多少人知道其实他也是写过诗的。战后作家有富冈多惠子，还真不少呢。而且，从写诗转为写小说的作家虽然挺多的，但真没怎么听说过有哪位作家从写小说转为写诗歌的。所以说，奥斯特的创作经历，其实也是踏踏实实地走了一条文艺创作的正统道路。只是，奥斯特有时也会带着几分怀旧之情说还是很喜欢自己在20世纪70年代写的那些诗。

沼野："可尔必思的原浆"这个比喻，甚得我意啊。借用这个比喻来说，那奥斯特的小说，就是把可尔必思的原浆稀释之后的饮料，是吧？

---

① 可尔必思，日本的一种乳酸菌饮料的品牌。该品牌创立于1908年。

饭野：可以这么说吧。奥斯特的小说里经常会出现一些不可思议的情节，比如好几个偶然的事件连续出现，比如人物突然消失等等。但他的小说的文风很轻快，读起来很容易让人着迷，可能这一点跟可尔必思的味道有点相像呢。虽然不能用"酸酸甜甜"这一类的词来形容奥斯特的小说，但行文风格可能是会给人带来这种感觉的。就是说，哪怕故事情节本身是复杂的，他也会在其中点缀一些令人轻松的片段，带给读者阅读的乐趣。从这一点来说，他的小说可能比较接近于沼野先生刚才说的"大众文化"。奥斯特小说的日文版译者柴田元幸先生的译文风格也是轻快活泼的，很好地传达出了原作的神韵。

村上春树与美国文学

沼野：今天我们既然提到了奥斯特、柴田元幸这两个人，那村上春树是无论如何也绕不过去了。最近村上先生的人气实在是不得了，各种讲演或者研讨会，只要题目上有"村上春树"几个字，大家就会趋之若鹜。今天在座的各位，应该也有人是期待听到一些关于村上春树的讨论才来的，那么我们接下来就把话题稍微拓展一下。

村上春树对美国文学涉猎甚深，也出版了很多译著。一位名声远扬的大作家，居然还把如此大量的时间和精力用在翻译上，估计全世界范围内也找不出第二个人了。一般来说，有名气的作家会把时间用到自己的创作上，而不是去做翻译，但村上就不一样，直到最近，他还翻译了不少小说，如美国推理小说作家雷蒙德·钱德勒的作品《漫长的告别》《再见、吾爱》的日文版、美国作家杰罗姆·大卫·塞林格的作品《麦田里的守望者》的日文版等,这些作品都是美国文学中的现代经典之作。

所以,村上春树与美国文学的缘分还是很深的。此外,他还喜欢爵士乐。对于这一方面,饭野先生,您怎么看?

饭野:提到村上春树,可能在座的很多朋友都喜欢读他的小说,但其实我本人并不是一个很喜欢村上春树的读者,我只读过他的一两部小说吧。但我读过他的随笔,里面有很多处都提到了美国小说。

其中有一个地方,我觉得很有意思,就是他曾提到雷蒙德·钱德勒的侦探推理小说对自己影响颇深。雷蒙德·钱德勒的这类小说,虽被称为是侦探推理小说,但它探讨的其实是人的生存方式,已经超出了大众娱乐的范畴,接近于纯文学作品了。

侦探推理小说也有很多种,其中钱德勒的作品被称为"硬汉小说"。以前的侦探小说中主人公大多像夏洛克·福尔摩斯那样,坐在安乐椅上,发号施令让别人去搜集线索,自己则高高在上地说着"犯人就是他"的台词。到了 20 世纪之后,这一套再也行不通了,因为太不符合现实了。后来,就出现了那种亲力亲为、为搜查犯人四处奔忙的侦探形象。钱德勒的作品突出的是主人公侦探菲利普·马洛的性格和生活方式,案件则为性格描写服务,这一点很有趣。菲利普·马洛有一句很有名的话:大致的意思是如果我不强硬,我就没法活,如果我不文雅,我也不配活。但在说这句话的时候,他是尽其所能地压抑着自己的情感,不露声色地说出来的。

就我自己对村上春树的些许阅读体验来说，我想到的是，村上春树的小说中经常有主人公说"やれやれ"① 这一语句的场景。我猜想，这是从钱德勒小说中借鉴来的。我不是这方面的专家，话不能说得太绝对，但我觉得里面确实是有一种"硬汉小说"的感觉，或者说，村上春树给他的小说人物塑造了这样一种面对世界的方式——人间到处都是各种不公平的事，没道理可讲，面对这样的现象，本来可以生气发怒的，但小说人物却将这一切都接受下来，压抑在心里，嘴上说着这一句"やれやれ"。

沼野：刚才您说的这个"やれやれ"，其实是村上小说中非常典型的话语。但是，英语中有哪个词与日语的"やれやれ"相对应吗？这个词的语气有点像是人在发牢骚，相比较来说，它跟美国式的那种带有攻击性的表达还不太一样。顺便说一下，"やれやれ"在翻译成俄语时也不好翻译，我见过一种译本中是翻译成了"他妈的，去死吧"的意思，用俄语中的一个惯用句来表达的。从俄罗斯人的感觉来说，这句口语也只能那样翻译了，但其实跟原文的意思还是有挺大差距的。您是觉得村上小说中的"やれやれ"这一语句透露出的感觉，跟钱德勒的写作风格有点像吗？

---

① 日语中的语气词，意为"好吧好吧"。以下同。

饭野：我觉得是的。

沼野：话说到这里，我想到了一件事。塞林格的小说《麦田里的守望者》，多年以前野崎孝先生曾翻译过，那个译本在很长时间里为无数的读者喜爱。应该说，作为名家名译的地位是有的。但后来村上春树出了新译本，题目用的是片假名，就叫作《キャッチャー・イン・ザ・ライ》①。

对比这两个译本，我有个发现。野崎孝译本的行文给人的感觉是，主人公是很有反抗性的，遇到不合理的事情就批判、抗议，认为都是大人的错。与此相对，从村上春树译本中看到的主人公形象，则是那种内向的、遇到问题时习惯于自己承受的，并不会充满侵略性地向外攻击，而是向内反思。一定要说这两个译本有什么不同的话，就是这一点了。

饭野：译者不同，主人公霍尔德的性格也变了，这个发现很有趣啊。《麦田里的守望者》的主人公霍尔德，虽然一直都在不停地发牢骚，但最后会说一句"但还是算了吧"，又把自己的不满情绪压抑下来。村上春树的译文中的霍尔德，虽然不能说是另一个钱德勒，但可能相对来说，还是极大地强调了主人公性格中妥协的那一面吧。

---

① 《麦田里的守望者》的日语片假名，来自对《麦田里的守望者》的英文书名 *Catcher in the Rye* 的音译。

沼野：这个问题可能有一些敏感啊，但最近我在读一些经典小说的新译本时，也发现了这一点——由于译者的不同，原作中的人物形象在不同的译本中也有了微妙的差异。新的翻译，会带来新的解释、新的人物形象，因此，通过这样一个过程，经典小说得以焕发出新的生命。因此，新译本的出版，使经典小说再次得到人们大量的关注和阅读，人们对经典小说的理解也有了新的可能，这实在是非常好的事情。

我这样说，大家可能会以为我在开玩笑。不过，有时候我真的会想，如果让村上春树来翻译《卡拉马佐夫兄弟》，那会是什么样子的呢。毕竟《卡拉马佐夫兄弟》在日本有十几个译本了，所以不懂俄语也没什么关系，单是细致地比较一下这十几个译本，也能知道故事的大概了。所以，如果村上春树能翻译一下这部作品的话，就太好了。哪怕是从英文版转译过来也没什么关系，而且还有之前的译本可以参考，应该不会太费劲。村上春树来翻译的话，卡拉马佐夫家的兄弟们一定会说着一口村上小说中主人公常说的经典之言吧，那就太好玩了。

村上春树对《卡拉马佐夫兄弟》有很高的评价，那么冗长又难懂的小说，他说自己反复读了很多遍。所以，出版一本村上春树翻译的《卡拉马佐夫兄弟》有什么不好呢？一般来说，我是坚决反对转译的。直接翻译，哪怕水平差一点，也要胜过高水平的转译。我这个人是很固执的，多年来一直坚持这一看法。因为，如果连这一点基本的讲究也没有了，作为一个外国文学研究者，我的立场何在呢？但村上春树是个例外，如果他说想把陀思妥耶夫斯基的作品从英语转译为日语，我是同意的。需要的话，我可以给他当助手,帮他做一些与原文对照的工作。所以我说想看到村上春树翻译的《卡拉马佐夫兄弟》,可不只是个笑话,我是认真的。

饭野:读村上先生的诸多译著,我有一种感觉是,这些作品都以某种形式滋养了他自己的小说创作。如果有一天,"村上春树—陀思妥耶夫斯基"这一组合真的实现了,那一定马上就会有很多人写文章来探讨陀思妥耶夫斯基作品对村上春树小说创作的影响吧。

诗歌最重要的是音乐性

沼野:今天的对谈也接近尾声了,接下来我们进入最后一个环节——"最想推荐的三本书"。希望今天的推荐可以成为一个契机,大家由此可以接触到更多的世界文学。今天,我和饭野先生都提前准备了三本书要介绍给各位。

首先,请饭野先生介绍下他推荐的三本书。

饭野:我推荐的第一本书是《西胁顺三郎诗集》。首先要说的是,西胁顺三郎先生是一位现代诗人,也非常有个性,我从高中时候起就很喜欢他的诗,反复读了很多遍。从事诗歌创作之前,他非常喜欢学外语,大学的时候曾被称为"英语通"。西胁先生大学读的是庆应义塾大学经济学系的经济学专业,而他的毕业论文竟然是用拉丁语写的。因此,当开始了诗歌创作后,他的日语诗怎么也写不好。于是就有时用法语写,有时用英语写,尝试了各种办法。有一天,他读到了萩原朔太郎①的诗,突然就有了感觉,认为这种诗他也能写。萩原朔太郎是日本最初在诗歌创作中引入了口语的诗人。这种诗歌也就是所谓的口语自由体诗歌,这样的诗体现的是口语的直接、自然的风格。但西胁的诗却与此不同,用词很别扭,读起来会让人心生疑问,怀疑这诗是翻译过来的。通过这样的诗歌,我们看到了日本文化与西方文化两者之间的冲突。正是在这个意义上,我觉得这是一部很棒的现代文学作品。

第二本要推荐给大家的书,是《偶然的音乐》。这是刚才我们提到过的作家保罗·奥斯特的作品,原作明快流畅的基调,在柴田先生的翻译下得到了很好的体现。除了奥斯特之外,柴田先生也翻译过其他很多人的作品,也各有其精彩之处。柴田先生的译著让我感触很深的一点是,整部译著从头到尾都保持了很高的翻译水准。我觉得,做到这一点是非常不容易的。就是说,一本书如果只是某个部分翻译得很用心,那么这个部分跟其他部分之间就有了差距,不好平衡。我觉得,柴田先生给自己的要求,大约是整本书的翻译从头到尾都用自己百分之九十的心力,从而使得译文细致而精准,而这个水准一直要保持到作品的最后。

这一点,如果来打比方的话,就是一位顶级选手,虽然他的实力足以扔出最快速度达每小时150千米的快球,但他选择了把自己的速度克制在每小时140千米,这样在投入"好球区"时

---

① 萩原朔太郎(1886—1942),日本早期象征主义诗人。代表诗集有《青猫》《冰岛》。

也可以做到足够的用心，以便在不降低球速的情况下完成九次投球。我觉得，柴田先生的翻译是有类似的这种周到的考虑，或者说有他自己的"战略"贯穿在里面的。这一本书，我也真诚地推荐给大家。

最后一本是《美国名诗选》。我觉得，对于要了解美国诗歌的人来说，这本书最为方便好用。在形式上，该书采用了对译的方式，而且每页下方都有注释，实在是非常贴心。

我觉得，诗这种东西，总归是没有多少人读的。有多少人每天读诗呢，这是很值得怀疑的。拥挤的电车里，也从来没见过有人读诗。但是，哪怕是为数不多的那么几句诗，如果在偶然间被你读到时，它深深地触动到了你的灵魂，并留在你心底，那就足够了。

那么，面对一首诗，如何去判断它的好坏呢？英语文化圈有个词叫作"memorable"（难忘的），就是说，读了一首诗之后，它是否留在你的记忆里，留在你的心里，这是最重要的。这并不是要你一再去读它直到可以背诵，而是说在某个时刻，那句诗突然浮现在了你的心头——这样的体验才是最重要的。

总之，这本书非常适合读者，对于想读诗却不知道从何处开始的读者来说，是再合适不过的了。不要去想什么"应该系统地读完"，拿起书来，翻到哪一页就从哪一页开始读，我觉得这样也挺好的。

沼野：对于今天在座的各位年轻读者来说，能见到饭野先生也是很难得的事，所以我想趁此机会为他们问一个问题。在座的年轻人应该有很多是对英语感兴趣的。当然，虽说都想学好英语，但可能大家各自的目的不尽相同，比如，要达到一个可以阅读文学作品并能从事文学作品翻译的水平，或者说要达到一个能阅读和鉴赏诗歌原文并从中领略到诗歌之美的程度的话，应该怎么做呢？对此，您有什么建议吗？

饭野：这个问题还真不好回答。虽然我平时是在教授美国诗歌的课，但说实在的，要说真的完全读懂了哪首诗，这样的体验我自己也不曾有过。归根结底，外语这一道障碍，无论何时都是会出现在那里的。所以在面对一首诗时，我经常也只是凭借自己的直觉，就像在说"啊，我明白了，这首诗想说的是这个意思啊"；有时会有一点确信，但也仅止于"可能，这一行字可以这样解释吧"这种程度吧。

但是，我们还是可以做一些事情的，比如，在我们面前的这道"障碍之壁"上挖出一个洞。要做到这一点，我觉得，大量地阅读是最重要的，不光是读诗，还要读杂志。持续地阅读，当你读到一千页、一万页书和杂志的时候，就会有一种变化出现，就是那些你曾经绞尽脑汁也不明白的地方，突然自然而然就明白了。这就叫作突破，不折不扣地在语言的"障碍之壁"上打出了一个洞。希望大家多阅读英语原版书，最后达成这样的目标。

再就是，学习诗歌的话，声音的方面也要多留意。用眼睛默读时不明白的地方，有时候用耳朵听或者用嘴发出声音朗读一下反而就懂了。因为我觉得，对于诗歌来说，音乐性是非常重要的。

从这个意义上来说，听英文歌的时候，朗读一下英文歌词，可能也会对英语学习有帮助。你会感受到很多字面意思之外的东西。我这样说，可能也是在为自己喜欢听音乐找理由吧，但通过在这个过程中"积累"的那些感觉，可能也帮我提高了英语水平，加深了我对诗的理解。

沼野：听您谈到了音乐的话题，我非常高兴。饭野先生在音乐方面也有极深的造诣，对爵士乐也很精通，从这一点来看，诗歌与音乐的关系，也是非常密切的吧。刚才我们谈到了奥斯特，其实他的小说也是有某种音乐性的。此外，"村上春树与语言的音乐"，这样题目的研究也是可以做一做的。实际上，哈佛大学教授、翻译了大量村上春树作品的日本文学研究者杰伊·鲁宾——一般来说，在美国的学术界，大学教授一般是不做现代小说的翻译这种事情的——甚至写了一本书，就叫作 *Haruki Murakami and the Music of Words*（《倾听村上春树》）。只是，最后我要补充一点，诗歌的音乐性，与音乐的音乐性并不一定是一个东西。常常看到有人给诗歌配曲使之成为一首歌曲的情况，但是有音乐节奏感的诗歌，并不一定能成为一首好听的歌曲。构成诗的音乐性的，是那些关于音节与节奏的大量且极其复杂的语言规律，专门对此进行研究的学问，则被称为"诗学"。

读诗的喜悦

沼野：下面简要地给大家介绍一下我所推荐的三本书。首先是惠特曼的诗集，请大家一定要读一读饭野先生的新译本。《草叶集》其实是一本厚重的书，岩波文库出版了三卷本的全集，但从头到尾全部读完的人应该不多吧。而饭野先生的译本是选集，有趣的是，其中所选的诗歌都非常鲜明地反映出了诗人的个性，而且又附有解说，是一本方便大家通读的惠特曼诗集。

第二本是谷川俊太郎的《二十亿光年的孤独》。与西胁顺三郎正好相反，谷川俊太郎的诗歌风格是语言浅显易懂，内容发人深思。作为现代诗人，他受到了几乎所有日本国民的喜爱，可以说是一位国民诗人。顺便说一下，手冢治虫为原作者的动画片《铁臂阿童木》的主题歌大家应该都知道，第一句是"越过天空，啦啦啦，飞到星球的另一边"。那首歌的词作者正是谷川俊太郎。我觉得这样的歌曲，才适合做东京大学的校歌啊。《二十亿光年的孤独》是他的处女作，在他二十岁出头的年纪出版，但今天读来也不乏新鲜感。集英社文库的版本采用了日英对照的形式，也可以作为英语学习的辅助书。日语的抒情诗翻译成英文是什么样子的，在翻译的过程中又失去了什么，这也是该书很有趣的看点之一。

在今天的对谈要结束之时，我还想给大家朗读一段引用的文字。这是我所敬爱的作家须贺敦子①的文字。令人遗憾的是，须贺女士已经于1998年去世了，她年轻的时候曾长居意大利，精通意大利语，水平之高甚至到了可以把日本文学作品翻译成意大

---

① 须贺敦子（1929—1998），日本随笔作家、意大利文学研究者。早年从事意大利文学作品的翻译与教学工作，五十岁以后开始作为随笔作家受到注目。因该作者的作品未有中译本，下文中该作者的作品名与作品内容的中译为本书译者翻译。

利语版的程度。不仅如此,她原本就学习英语和法语,所以对这两种语言,她也很擅长。读她写的随笔集《远方早晨的那些书》,里面有写到一个细节,说自己小时候读英语诗时,是如何被其中优美的词句所打动的。这里她提到的那首诗,只要学英国文学的人基本会知道它,是威廉姆·巴特勒·叶芝吟唱因尼斯弗里湖中的小岛的诗,极为有名。下面我们就一起来读一下须贺敦子女士的这段话。

《湖岛因尼斯弗里》这首诗,上学的时候曾在课上被老师要求背诵过。
现在我要起身离去,
前去因尼斯弗里,
用树枝和泥土,
在那里筑起小屋:
我要种九垄菜豆,
养一箱蜜蜂在那里,
在蜂吟嗡嗡的林间空地幽居独处。

听着这首诗,我就在想,这世界上真的有这么美好的事情吗?我还懵懵懂懂呢,妹妹已经有了自己喜欢的男孩子,眼睛和皮肤都散发出迷人的光芒。I will arise and go now. "来,现在就站起身,去茵梦湖吧",诗歌开头的这一句,在我听来,就像妹妹即将迈向那未知人生的新画卷的宣言。

妹妹继续读了下去。那发音和声调,在我听来都十分完美。

> 我将享有些宁静,那里宁静缓缓滴零
> 从清晨的薄雾到蟋蟀鸣唱的地方;
> 在那里半夜清辉粼粼,正午紫光耀映,
> 黄昏的天空中布满着红雀的翅膀。①

(摘自《金黄色的水仙在风中轻轻摇摆》,收录于《远方早晨的那些书》)

这段话写得极其生动,我们可以从中看出须贺女士对语言本身和语言的节奏有很敏锐的感觉,这一点非常棒。她并没有讲什么大道理,但却充分表达出了诗歌给自己带来的喜悦。我自己也是一名大学教师,很难置身事外啊,所以包括对自己的批评在内,今天我想说的是,日本的大学老师智商很高,读起艰涩的学术书来完全没问题,但很多人却"耳朵"不好使。我的意思是,有些人很难从声音的层面感受到诗歌的优美。

但正如饭野先生所说,诗这种东西,其实是一种音乐,语言的音乐。正是音韵之美,成就了诗歌。

小说也是有音乐感的,但诗歌的音乐更为凝练、简洁。诗歌的音乐,有时候可能像饮料的原浆一样味道浓厚,难以轻松下

---

① 此处所引叶芝《湖岛因尼斯弗里》的中译版,取自傅浩译《叶芝诗集》,河北教育出版社 2003 年版。——编者注

咽，所以需要一点点稀释后饮用。此外，顺便说一下，须贺敦子女士的著作现在市面上有河出文库出版的《须贺敦子全集》可入手，她的主要作品都在其中。如果在座的朋友对刚才我朗读的那段话感兴趣，推荐您去读一下须贺女士的作品全集。

那么，接下来进入我们的答疑时间。

答疑时间

提问者 A：谢谢两位老师精彩的对谈。我想请教一下，译著会过时吗？我想，很多经典作品都有其超越时代的价值。但是刚才听两位谈到说，经典作品永远流传，但其译文就存在一个过时的问题。所以，我想问的是为什么翻译作品会过时呢？

饭野：关于这个问题，我想说对于那些经典作品，译者不断推出新译本是非常值得做的一件事情。最近（2009 年），由光文社出版了译著《了不起的盖茨比》的小川高义先生在某次讲演时曾这样说过，对于那些被称作经典的作品，有多少翻译版本都不为过。刚才沼野先生也说过，塞林格的小说就有多个版本，那么对这多个版本进行比较也会有很多发现，而村上的译本虽然很有趣，但野崎的译本也仍然有很多人喜欢。

只要是好的译本，哪怕年代久远也会继续流传。再说了，只要是新的译本就是好的吗？那也不一定。假如 20 世纪 20 年代出版的英语小说的主人公，说的却是一口 21 世纪的日语，这也挺奇怪的。

只是说，我们在读一些比较早期的译本时，有时会遇到一些比较古老的单词、说法，然后这些可能并不符合原文的意思。特别是，有的物品在旧译本出现的那个年代还没有在日本流通，而后来大量出现的该物品所使用的名称并不是旧译本中的那个名称。这种情况下，就最好还是把名称修改过来。我觉得，在最近的二十年间，日语中很多物品的名称都直接用片假名来表示了，这是一个非常急速的变化。

我就说这些。谢谢您的提问。

沼野：还有哪位要提问吗？

那么，接下来我对这个问题做一点补充。物品的名称总是随着时代的变化而变化的，在某个时期很常见的物品名称，后来就完全不用了，这种情况也很常见，或者反过来的事也是常有的。比如说"クレープ"①，这个词现在在日本尽人皆知了，但我们上大学的时候，日本还没有这种食物，更谈不上这么时髦的名称了。但是，龟山郁夫先生新译的《卡拉马佐夫兄弟》中，就用了"クレープ"来翻译俄语词"блинчик"②。"блинчик"是一种扁扁的薄薄的煎饼，有点像日本的"ホットケーキ"③，但因为是俄罗斯特有的传统食物，日语中没有对应的词语。所以，以前的译者都在这里费了很大的劲，有的译为"パンケーキ"，有

---

① "クレープ"，英语为 crepes，意为"可丽饼"，一种由面粉制成的薄饼，源自法国。
② "блинчик"，英语为 blini，一种俄罗斯传统薄煎饼。
③ "ホットケーキ"，英语为 hotcake，后文的"パンケーキ"，英语为 pancake，两者均为烤薄饼的不同叫法。

的译为"ホットケーキ"。但是,"блинчик"跟美国的"pancake"还是有略微不同的。对此,俄罗斯作家纳博科夫也曾得意地强调过。而后来竟然出现了"クレープ"这样的翻译,这在三十年前的日本完全是不可想象的。

还有一个有趣的例子。美国作家杜鲁门·卡波特的《蒂凡尼的早餐》。这部小说也有村上春树的新译本出版。"蒂凡尼"是一家卖什么商品的店,现在大家都知道了。是的,它是一家高级珠宝首饰店。但是最先翻译这本书的龙口直太郎先生,在该小说出版时正好身在美国,但他不知道"蒂凡尼"是卖什么的。于是,他自己去了第五大道的那一家"蒂凡尼",才知道它是一家卖珠宝首饰的店。但是,为了确认一下,他问店员:"在这家店可以吃早餐吗?"龙口直太郎翻译的这本书,由新潮社出版时是在1960年。也就是说,原作出版后才两年,就有了日文版本,所以这是一个很快就翻译出版的、具有先驱性的译本。但在当时的日本,大家对美国都不太了解,译者也是一样,有一些信息要自己亲身到现场看一下才能确定。虽然,现在说起这件事来像个笑话,但如果不了解真实的情况,就不会了解"在珠宝首饰店吃早餐"这一意象其实是一个文学隐喻。但是,虽然龙口译本带有如刚才所说的那些强烈的时代印记,但在新潮社仍然一次次再版,多达七十四次,为广大读者所喜爱。

因此,绝不可以自以为是地说"从前的人真是没见过世面啊"这样的话。比如,在日本还没有汉堡这种食物的时代,让你翻译"hamberger"这个词,也是一样无从翻译的。现在网络上可以图片检索,自己没见到过的东西,一检索就能马上知道它是什么样子,但在没有网络的时代,要看一眼实物,就得亲自去到有这个东西的国家看一看才行。

好的,还有其他问题吗?看来没有了。那么,我们今天的对谈就到此结束。

感谢饭野先生这么长时间的分享。

(本次访谈于2009年11月28日,在东京大学文学部第二大教室举行)

●饭野友幸为中学生推荐的三本书:
①《西胁顺三郎诗集》(岩波文库、新潮文库)
②保罗·奥斯特《偶然的音乐》(TObooks)
③《美国名诗选》(龟井俊介、川本皓嗣编,岩波文库)

●沼野充义为中学生推荐的三本书:
①沃尔特·惠特曼《我听见美国在歌唱——草叶集(节选)》(饭野友幸译,光文社古典新译文库)
②谷川俊太郎《二十亿光年的孤独》(日英双语对译版)[川村和夫、W. I. 艾略特(William. I. Elliott)译,集英社文库]
③维斯瓦娃·辛波斯卡《结束与开始》(沼野充义译,未知谷出版社)

●延伸阅读：
○饭野友幸
《美国的现代诗——后卫诗学的谱系》（彩流社）
《约翰·阿什贝利——"通往可能性的赞歌"》研究社

○赤濑川原平
《新解先生之谜》（文春文库）

○保罗·奥斯特
《墙上的文字——保罗·奥斯特全诗集》（饭野友幸译，新潮文库）

○杜鲁门·卡波特
《蒂凡尼的早餐》（村上春树译，新潮文库）

○杰罗姆·大卫·塞林格
《麦田里的守望者》（村上春树译，白水社。野崎孝译，白水 u books）

○须贺敦子
《远方早晨的那些书》（筑摩文库）
《须贺敦子全集》（河出文库，全八卷）

○保罗·策兰
《保罗·策兰诗歌全集》

○费奥多尔·米哈伊洛维奇·陀思妥耶夫斯基
《卡拉马佐夫兄弟》（龟山郁夫译，光文社古典新译文库，全五卷。原卓也译，新潮文库，上中下卷。米川正夫译，岩波文库，全四卷）

○弗拉基米尔·纳博科夫
《天赋》（收入《池泽夏树　个人编辑　世界文学全集》，河出书房新社）

○弗朗西斯·斯科特·基·菲茨杰拉德
《了不起的盖茨比》（小川高义译，光文社古典新译文库。村上春树译，中央公论新社）

○沃尔特·惠特曼
《草叶集》（酒本雅之译，岩波文库，上中下卷）

○赫尔曼·麦尔维尔
《白鲸》（八木敏雄译，岩波文库，上中下卷。千石英世译，讲谈社文艺文库，上下卷）

○杰伊·鲁宾

《村上春树与语言的音乐》(畔柳和代译,新潮社)

《新明解国语辞典》(山田忠雄等编著,三省堂)

《古今和歌集》(佐伯梅友校注,岩波文库)

第五章
在现代日本重新发现陀思妥耶夫斯基

——龟山郁夫与沼野充义的对谈

给上帝已死时代的
文学家们的
寄语

龟山郁夫

1949年生于枥木县。东京外国语大学校长。研究方向为俄罗斯文化、俄罗斯文学。先后毕业于东京外国语大学俄语专业、东京外国语大学研究生院外语学研究科硕士课程,东京大学研究生院人文科学研究科博士课程学分修满退学。已出版的专著有《重新发现赫列勃尼科夫》《十字架上的俄罗斯——斯大林与艺术家们》《狂热与幸福》《陀思妥耶夫斯基——弑父的文学》《〈恶灵〉:想成为上帝的男人》《陀思妥耶夫斯基——共苦的力量》《解谜〈群魔〉》等。译著有《卡拉马佐夫兄弟》《罪与罚》(以上两册原作者均为陀思妥耶夫斯基,光文社古典新译文库版)。

陀思妥耶夫斯基与托尔斯泰

沼野：欢迎在场的各位听众朋友，感谢大家在这么难得的休假期还特意来参加今天的活动。接下来，我将与嘉宾龟山郁夫先生谈一谈陀思妥耶夫斯基。今天的安排是这样的，首先由我来说一下今天对谈的背景，之后由龟山先生做主旨演讲，再之后就是我们的对谈。

虽说对谈的题目中有"现代日本"几个字，但其实这有画蛇添足之嫌，不仅仅是陀思妥耶夫斯基，无论我们怎么谈论外国文学，归根结底都还是出于一个生活在现代日本的日本人的立场，这一点自无须说。今天的这场对谈也是如此，不管我们是否意识到了这一点，既然我们在此谈论有关陀思妥耶夫斯基的文学作品，那么就不得不在现代日本的环境中去理解这位作家。离开了这一具体环境去谈论抽象的"文学研究"的做法，我觉得都不太靠谱。

大致来说，陀思妥耶夫斯基是一位在一百五十多年前——从19世纪中期到后半期活跃在俄罗斯文坛的作家，但一直到现在，仍然有很多日本读者喜爱他的作品。19世纪的俄罗斯小说自明治时代传入日本以来，一直很受日本读者欢迎，虽然这可能并不仅限于陀思妥耶夫斯基，但陀思妥耶夫斯基的受欢迎程度之高，在一众俄罗斯作家中是格外突出的，可以说，他是一个极为特别的存在。

顺便说一下，其实我与另外一位在文学成就上可与陀思妥耶夫斯基比肩的俄罗斯作家，即托尔斯泰之间也有很特别的机缘。从年龄上来说，托尔斯泰比陀思妥耶夫斯基小七岁，他俩基本上可以说是同时代的人。今天的嘉宾龟山先生比我大五岁，托尔斯泰与陀思妥耶夫斯基的年龄差，大概就是我跟龟山先生之间年龄差的这种样子吧。我就只是顺便提一下年龄，没有什么特殊的含义啊。托尔斯泰与陀思妥耶夫斯基两个人呢，虽然他们彼此都注意到了对方的存在，但其实一直到最后，两人都没有见过一次面。

对比一下这两位作家去世的时间，陀思妥耶夫斯基在1881年去世，时年五十九岁，相对来说算是早逝。而托尔斯泰则于1910年去世，一直活到了八十二岁高龄，很长寿了。两人之间的这一不同之处，在明治时代的日本人的感觉中，应该说还是有相当大的区别的。最早正式把陀思妥耶夫斯基作品介绍到日本的是内田鲁庵，他第一次读到英文版《罪与罚》时，内心受到了极大的震撼，就如"荒野遇落雷"一般。那是明治二十二年（1889），此时，陀思妥耶夫斯基去世已将近十年。而托尔斯泰呢，对明治时代的日本人来说，他是一位仍然健在的同时代作家，德富芦花、小西增太郎等日本作家还去见过他。日本"白桦派"的作家读托尔斯泰的作品，也是从他还活着的时候就开始了。因此，对于明治时代的日本人来说，托尔斯泰是一位与自己生活在同一个时代的、会让人感觉到他真实存在的作家。

2010年正值托尔斯泰逝世一百周年，无论是俄罗斯还是日本，各处都举办了盛大的纪念活动。前几天，我也有机会参加了一场纪念活动并在现场致辞，在致辞中，我表达了对托尔斯泰的怀念，也提到了陀思妥耶夫斯基的名字，并表示这两位作家至今仍然是，今后也一直会是代表19世纪俄罗斯文学的两座高峰。而这两位大家的成就之高，已经远远超越了那种定高下之分的俗不可耐的比较和争论了。

"杀人""恐怖主义""虐童"

沼野：除托尔斯泰和陀思妥耶夫斯基之外，俄罗斯文坛还出现了其他的很多作家。但从现代意义上来说，其中最重要的那一位绝对非陀思妥耶夫斯基莫属。我觉得在现在的日本社会中，随处都可见到一些"陀思妥耶夫斯基式的现象"。对此，我做了一下整理，接下来将从三个方面与大家分享我的观点。

第一点，陀思妥耶夫斯基的作品至今一直畅销不衰，为众多的读者喜欢。龟山先生出版《卡拉马佐夫兄弟》的全新译本，是在2006年到2007年之间的事，正如大家所知，这一版的译本总销量超一百万部，成了畅销书，陀思妥耶夫斯基也成了社会上大众热议的话题人物。作为一部外国文学的翻译作品，出现这种情况是非常少见的。

在这一版新译本的影响下，不仅仅是陀思妥耶夫斯基，一段时间以来多少有些被人们敬而远之的整个俄罗斯文学也再次获得了大众的关注。此后，如雨后春笋一般，其他的俄罗斯文学作品也纷纷出了新译本。可以说，是龟山先生的翻译，创造了一个重新发现以陀思妥耶夫斯基为代表的俄罗斯文学魅力的契机，龟山先生的功劳之大，无以言表。此外，并不是光文社的人叫我帮忙做宣传啊，但我还是要说，积极推动这一系列新译本面世的光文社的"古典新译文库"计划，也无疑对日本读书界和出版界的发展起到了极其重要的作用。

只是，陀思妥耶夫斯基的魅力，并不是因为近期新译本的出现才突然被发现的。在此，我还是想强调一点，在龟山的译本面世之前，日本就已经有了很长的翻译陀思妥耶夫斯基作品的历史，正是此前大量俄罗斯研究者的努力和积累，才造就了今天的盛况。就陀思妥耶夫斯基来说，除了龟山的译本之外，还有其他的多种译本，如我的老师辈的那一代人中的原卓也、江川卓等人的翻译译本，到现在也是有各自忠实的读者群体，为人们所喜爱。因此在日本，陀思妥耶夫斯基的作品原本就有极其广泛的读者群体，他们丰富的阅读体验为今天的人了解陀思妥耶夫斯基打下了坚实的基础，而在这个基础之上，今天又有了新的译本出版。

第二点，现代社会中到处都在发生着一些可称之为"陀思妥耶夫斯基式的现象"。不只是日本如此，或许可以说这是一种全世界范围内都可见的现象。而陀思妥耶夫斯基之所以到今天仍被人们称为"现代作家"，最重要的原因就在于，他最先在自己的作品中提到了现代社会中那种种令人担忧的问题，不，不仅是最先提到了这些问题，而且以一种深刻的最本质的方式对这些问题进行了探讨。因此，他的文学作品具有某种超越时代的敏锐性和厚重感，至今仍然让人觉得他是"领时代之先"的人。

说这些的时候，我想的是什么呢？具体来说就是那些具有现代社会常有的各种社会问题，如"杀人""恐怖主义""虐童"

等社会问题常常以一种非常惨烈、醒目的方式出现在陀思妥耶夫斯基的小说中。并非其他人的作品没有探讨过这一类的主题，但陀思妥耶夫斯基的高明之处在于他一方面生动地描绘了那些通俗的、反映当下社会时局特点的事件——就像是经常出现在报纸第三版报道中的犯罪事件一样，同时又不流于表面，他总是能够指出事件背后的深层次原因，或者说是能够指出表面现象背后所掩盖的那些本质性的东西。

无论如何，陀思妥耶夫斯基一百多年前在其小说中所描绘的那些严重的社会问题，与当今日本社会存在的各种问题从整体上来看都是相通的，这样说毫不为过。刚才提到的"杀人""恐怖主义""虐童"等等，每一种都是侵蚀现代社会肌体的严重问题。而且，针对这些社会现象的根源，陀思妥耶夫斯基提出了这样一个根本性的疑问——在上帝已死的时代，无论怎样的行为都是可以被允许的吗？对于我们这些将要面临一个"上帝已死"时代的现代人来说，他的这一疑问显得格外有力、震撼人心。

第三点，陀思妥耶夫斯基对现代日本作家的影响。我想，现在用日语创作的作家中，其实有非常多的人受到了陀思妥耶夫斯基及其作品的影响。影响和被影响的话题，听起来像是一个比较文学研究领域的研究课题，但我想的不是那种实证研究层面的事，直截了当地说，我是指日本有一大批作家继承了陀思妥耶夫斯基及其作品中很多本质性的创作思想。

在这些作家当中，可能有的人是真的为陀思妥耶夫斯基的作品着迷，也可能有的人实际上并没有怎么读过他的作品。但是，在当下的日本，一群作家仍然继承了陀思妥耶夫斯基所追求的东西，使陀思妥耶夫斯基探讨过的主题和问题意识在现代日本的土壤中得以继续发展。在这个意义上，可以说"日本现代作家身上的陀思妥耶夫斯基色彩"是非常浓厚的。可能，陀思妥耶夫斯基在现代日本作家群体中的存在感，远远超过了其他任何一位外国作家。

以上就是我所认为的，对于"现代日本与陀思妥耶夫斯基"这一话题来说极其重要的三个方面。当然，这三点是无法简单切割开来的，它们之间相互交叉、彼此影响，共同构成了当今日本社会中的"陀思妥耶夫斯基式的现象"的全貌，因此，有时候我甚至会觉得，无论在日本的什么地方，随处都可以感受到陀思妥耶夫斯基的存在——有时是以一种令人意外的方式，悄悄地突然出现。

实际上，在 2009 年末，我有机会在美国耶鲁大学进行一场特别讲座，题目是《HARUKI① VS. 卡拉马佐夫》。为何要把题目中所引申指代的两个作家放到一起呢？因为我觉得，这两位是现代日本最重要、最有人气的作家。陀思妥耶夫斯基的作品以新译本的方式至今仍然为大众所喜欢，所以即使把他看作是一位仍然活跃在日本文坛的作家也无不可吧？而村上春树是多么受大众欢迎，就不用我多说了。听说他的作品《1Q84》前两部的总销售量，再加上第三部的话，高达三百万册。而且，不仅是总销售量的问题，该小说的第一部和第二部，其销售速度之快也是破纪录的。可以说，"村上春树旋风"席卷了日本当下的读者市场，

---

① "春树"日文发音的罗马字母，代指日本作家村上春树。

所以在日本社会当然也就随处可见"HARUKI"的存在。

但是，其实在《1Q84》出版之前不久，龟山翻译的《卡拉马佐夫兄弟》无意间在日本成为风靡一时的畅销书，让我说的话，这一现象之重要，远超村上春树小说的畅销。从某种意义上来说，一个生活在现代的人气作家的作品能畅销没什么可稀奇的，但像《卡拉马佐夫兄弟》这样一部艰涩难懂的、不易阅读的19世纪经典俄罗斯小说竟然成了畅销书，这就让人愕然了。在俄罗斯，这也成了一大话题。某一天，俄罗斯电视台的特派员和摄影师来我的研究室采访，问我说："您觉得《卡拉马佐夫兄弟》为何会在此时在日本成为畅销书呢？"也就是说，这对他们俄罗斯人来说，也是一个不可思议的现象。确实，说到《卡拉马佐夫兄弟》，它是陀思妥耶夫斯基长篇作品中字数最多且篇幅最长的作品，内容也是最难理解的。在座的各位可能也会有这样一种印象吧，总觉得它深奥又晦涩，读起来不易理解，要全部通读完就更难了。但偏偏就是它，卖了一百万部，这就很不寻常了，我们需要好好来看一下，这中间到底发生了什么。

无论如何，现代日本的读者群体中同时存在两种极为不同的类型，一种是受大众文化的洗礼，喜欢轻松有趣且好读的村上春树的作品，另一种则是喜欢沉重、灰暗、艰涩的陀思妥耶夫斯基的作品。这两者在市场上都卖得很好，都拥有大量的读者。由此可见，现代日本人的阅读面是相当广阔的。但也有另外一种可能性，那就是与其说这两个人的作品分处两个不同的极端，不如说他们在本质上是相通的。

陀思妥耶夫斯基之于埴谷①、大江、村上

沼野：请允许我再补充几句。关于"陀思妥耶夫斯基对现代日本作家的影响"这个话题，具体来说都有哪些作家受到了他的影响呢？对此，我来大致谈谈自己的看法。

不过，这个话题说起来就长了，有太多的素材可以聊，相关的内容多到让人轻轻松松就够写一本书了。有关"日本人与陀思妥耶夫斯基"这一课题，已经有很多文学评论家和研究者对此进行了论述，其中最具有代表性的当属评论家松本健一所著的《陀思妥耶夫斯基与日本人》，该书的内容涵盖了从明治时代以来日本人对陀思妥耶夫斯基作品接受的过程。面对这样一个巨大的潮流，我无意再多说些什么。在此，我们来缩小一下范围，只谈一谈与今天的话题有直接关系的、在较为接近现代社会的某个阶段，都有哪些作家受到了来自陀思妥耶夫斯基的重大影响。

先说一下这几位作家的名字，他们分别是埴谷雄高、大江健三郎和村上春树。埴谷雄高先生已经去世多年（1997年逝世），他1909年出生，所以去年，即2009年，是埴谷先生一百周年诞辰。埴谷雄高的小说中，有一部是孤独地屹立于战后文学之林的具有传奇性的作品，即《死灵》。看到这一题目，我们很容易就会联想到陀思妥耶夫斯基的《群魔》。《死灵》是一部在日本很少见的思想小说，可以说是一枝独秀，再没有第二部。它非常另类，有时候会让人觉得，如果这也是小说的话，那其他的又算是

---

① 埴谷雄高（1909—1997），日本政治评论家、小说作家。代表作品有《死灵》。——编者注

什么呢。

埴谷雄高在战前就活跃于日本文坛,战后在"现代文学"这一团体中的活动尤其引人注目,他在其中起到了领导者的作用。战后初期的日本,是一个受陀思妥耶夫斯基作品影响的国家。聚集在"现代文学"周围的那些具有代表性的文学家不仅熟悉陀思妥耶夫斯基的作品,对整个俄罗斯文学的研究水平也很高。例如本多秋五[①]所写的有关托尔斯泰作品《战争与和平》的评论就非常有名,椎名麟三[②]等人——令人遗憾的是,这些作家的作品现在已经不怎么有人读了——也读了大量的陀思妥耶夫斯基的作品。其中,对陀思妥耶夫斯基研究最深的、最特别的一位,就是埴谷雄高。《死灵》就像是把陀思妥耶夫斯基作品中那些抽象的部分在最大程度上做了扩展,从而形成了一部形而上的小说。

时光流转,几十年后,大江健三郎登场。大江生于昭和十年(1935),比埴谷雄高晚出生了二十六年,众所周知,他于1994年获诺贝尔文学奖。大江健三郎是一个非常努力的读者,对于世界各国的文学都有广泛的涉猎,但由于他的专业是法语,法语学者渡边一夫是他所敬爱的老师,因此人们很容易认为法国文学对他的影响最大。但是,在我们这些研究俄罗斯文学的人看来——当然,这可能也只是一种抛砖引玉式的看法啊——大江先生极有

[①] 本多秋五(1908—2001),日本文艺评论家、作家。代表作品有《小林秀雄论》《战后文学史论》等。——编者注

[②] 椎名麟三(1911—1973),本名大坪升,日本小说作家。代表作品有《深夜的酒宴》《美女》等。——编者注

可能受到来自俄罗斯文学的影响要远超法国文学。实际上，大江的许多作品都一以贯之地表达了他对"陀思妥耶夫斯基式的现象"的关心。尤其是《洪水淹没我的灵魂》一书的内容，几乎预言了后来的联合赤军制造的"浅间山庄事件"①（事件发生在大江创作该小说期间），小说故事写的是由暴力分子主导的一起绑架事件。毋庸置疑，这与陀思妥耶夫斯基《群魔》的主题有着直接的关联。

关于此后大江的文学作品与陀思妥耶夫斯基又有怎样的关系，我今天不能在此一一尽述了，接下来我们仅来看一下他近期的作品——2005年出版的长篇小说《别了，我的书》。这部作品从正面描写了"9·11"恐怖袭击事件之后在世界各地不断发生的恐怖事件，故事中的主人公（他是一个作家，实际上可以说他的形象是大江健三郎对自身的投射）被迫进入了一个世界级恐怖组织，后来他位于北轻井泽的别墅被该恐怖组织炸掉。这部小说几乎到处都散发着陀思妥耶夫斯基作品的气息。小说中给年轻的恐怖主义分子发出指令的秘密国际组织的名字是"日内瓦"，其实这影射的是俄国无政府主义者米哈伊尔·巴枯宁②流亡到日内瓦并在那里遥控指挥暴力分子行动的事。而巴枯宁认可的由另一个暴力分子涅恰耶夫主导的杀害自己的大学生同窗的案

---

① "浅间山庄事件"，1972年2月19日至2月28日，发生在日本长野县轻井泽疗养院"浅间山庄"的绑架事件。绑架者为日本极"左"组织"联合赤军"。——编者注
② 米哈伊尔·巴枯宁（1814—1876），俄国无政府主义者。主张建立个人"绝对自由"的无政府社会。——编者注

件，正是陀思妥耶夫斯基的小说《群魔》的故事题材。另外，在大江的小说中，对《群魔》《白痴》都有所提及。顺便说一下，《别了，我的书》中，有一个极为神秘的人，叫作冯·佐恩，而这是与"涅恰耶夫事件"几乎同时期的、俄罗斯一个被骗到妓院后惨遭杀害的官员的名字，而这一在当时的俄罗斯具有猎奇性质的事件是人们纷纷议论的话题。陀思妥耶夫斯基自己也对这一事件很感兴趣，甚至在自己的小说中几次提到冯·佐恩。

再者，在大江健三郎的最新作品《水死》中，父亲的问题占了很重要的位置。这样说来，好像最近村上春树也在作品中提到了父亲的话题，在《海边的卡夫卡》中，他就用俄狄浦斯的故事框架讲述了一个儿子弑父的故事，最新作品《1Q84》中也出现了杀害父亲的情节。这一类有关"父亲"的主题，其实与陀思妥耶夫斯基的作品《卡拉马佐夫兄弟》有很深的联系。之所以这么说，是因为虽然"弑父"主题是由奥地利心理学家弗洛伊德提出的，但它对陀思妥耶夫斯基来说也具有重大的意义，《卡拉马佐夫兄弟》的故事框架也是一个儿子弑父的故事。龟山先生甚至在其著作中用"弑父"这一视角来解读陀思妥耶夫斯基的整个生涯及其所有的文学作品《陀思妥耶大斯基——弑父的文学》。这是一部力作，龟山先生从一个强有力而明确的假设前提出发，试图描绘出陀思妥耶夫斯基文学作品的全貌，同时他也将当时在俄罗斯发生的种种恐怖主义事件及犯罪事件仔细地罗列出来，非常清楚地凸显了陀思妥耶夫斯基作品背后反映的社会状况。作为一本评传，该书也是非常耐人寻味的。大江健三郎之后，登场的就是村上春树了。村上生于1949年，比大江健三郎小十四岁。村上春树初登文坛时,不断有评论指出美国现代作家库尔特·冯内古特①对他的影响,但实际上,包括陀思妥耶夫斯基的作品在内的俄罗斯文学对他的影响也极其深远。是否能用"影响"这个词来概括多少显得有些微妙,但村上春树多次在自己的小说中提到陀思妥耶夫斯基的名字,在接受采访时也明确表示自己反复读过好几次陀思妥耶夫斯基的《卡拉马佐夫兄弟》。顺便说一句,大江健三郎的《水死》和村上春树的《1Q84》的前三部都是在 2009 年出版的,从广义上来说,两部作品的主题都与弑父有关,比如杀害教主、弑王等等,而且两部作品在理论上的参考依据都是詹姆斯·弗雷泽的《金枝》②。这两位年龄不同、风格迥异的作家的作品,却在主题方面呼应了彼此,真是出人意料又耐人寻味呢。

厚重、深刻又轻快的陀思妥耶夫斯基

沼野:说到"现代的日本作家与陀思妥耶夫斯基"这个话题,除了大江和村上之外,还有几位作家是要提到的,比如高村薰③就是其中的一位。我曾经为高村先生的作品《照柿》写过解说文章,那时我就强调说,"高村薰才是现代日本的陀思妥耶夫斯

---

① 库尔特·冯内古特(1922—2007),美国作家,美国黑色幽默文学代表人物之一。代表作品有《五号屠宰场》《猫的摇篮》。——编者注
② 《金枝》,英国人类学家、社会学家詹姆斯·弗雷泽(1854—1941)的代表著作。该书研究人类原始信仰和巫术活动,是研究人类学的必读之书,被誉为"人类学的百科全书"。——编者注
③ 高村薰(1953—),日本悬疑推理小说作家。代表作品有《抱着黄金飞翔》《照柿》等。——编者注

基"。读了《照柿》这部小说，有时会不由得让人想起《罪与罚》。此外，一些更年轻的作家的作品，如岛田雅彦的作品，我们从中也能看到陀思妥耶夫斯基的影响，岛田在大学时的专业是俄语。另外，平野启一郎的小说《溃决》，写的是发生在现代日本的多起猎奇性连续杀人事件，从中也能感受到浓厚的陀思妥耶夫斯基作品的气息。

这样一位一位具体介绍起来就没完没了了。所以，概括起来说，日本作家对陀思妥耶夫斯基作品的接受有三个原型，或者说，可以划分为三种有自己鲜明特点的类型，按时代来划分的话，其代表性的作家分别为埴谷雄高、大江健三郎、村上春树。埴谷雄高是丰富了陀思妥耶夫斯基思想中抽象的部分，呈现了一个更厚重、更灰暗且形而上的陀思妥耶夫斯基；大江健三郎是以自己的方法论进一步深化思考了陀思妥耶夫斯基指出的社会要素，呈现的是一个内在的陀思妥耶夫斯基；而村上春树，则是经由大众文化的途径，使前辈们作品中折射出的那个厚重深刻的陀思妥耶夫斯基得以作为一个流行符号被看待。就这样，按时间顺序来说的话，就是"厚重的陀思妥耶夫斯基""深刻的陀思妥耶夫斯基""轻快的陀思妥耶夫斯基"。可以说，以上对陀思妥耶夫斯基作品的这三种不同的解读，是在战后日本对陀思妥耶夫斯基作品的接受过程中依次展开的。

以上是我对这次对谈主题的背景介绍，就先说到这里。

关于陀思妥耶夫斯基，龟山先生应该有非常多有趣的内容可以跟大家分享，我提前跟他商量好了，今天他会重点谈一些在别处没有谈过的话题。之所以这样说，其实是有如下原因的：龟山先生的学术生涯最初开始于对兼顾文学和艺术的综合性前卫艺术——俄罗斯先锋派艺术的研究，并在这个领域留下了诸多里程碑式的研究成果。要让我说的话，相比陀思妥耶夫斯基研究，他在那个领域的业绩要更为突出。但是，最近龟山先生作为"研究陀思妥耶夫斯基的专家"而深得大众关注，他在俄罗斯先锋派艺术领域的研究反而不太为人所知了。因此，今天我想请龟山先生来谈一谈，作为一位研究俄罗斯文化的学者，他的研究是如何从俄罗斯先锋派艺术转到了陀思妥耶夫斯基的呢？这是一段跨时较长的研究历程呢。不知道其他人觉得如何，反正我是最想听这一段故事的人。那么接下来有请龟山先生上场。

《群魔》是我一生的研究课题

龟山：各位好。接下来，我就跟随沼野先生的话题，跟大家聊一聊陀思妥耶夫斯基和他的作品。刚才听沼野先生聊天的过程中，我就忍不住开始思考，自己在五十多岁的年龄再次与陀思妥耶夫斯基的作品相遇，这到底对我意味着什么？希望今天我自己的这段经历，对生活在现代社会的人们来说，可以成为一个参考，并由此进一步思考有关陀思妥耶夫斯基的问题，思考生活在现代社会的我们所遇到的各种人生问题。

我之所以会进入东京外国语大学学习俄语，有一个很大的原因是我原本就是陀思妥耶夫斯基的忠实读者。刚入学不久，我就招呼朋友们和高年级的同学，要成立一个"陀思妥耶夫斯基研究会"，但最后只有一个人参加，我还记得自己那时特别失望。那时我第一次意识到，东京外国语大学是一所语言专业的大学，而非一所文学专业的大学。

加入到"陀思妥耶夫斯基研究会"的那个同学,是一位毕业于日比谷高中的优等生,但他俄语学得不好,最后还留级了。当时我们想,"那就做一个'二人读书会'吧"。在读书会里,我们读的第一本书,是他提议的《地下室手记》。但是,该书前半部分的哲学性问题非常难懂,我很难觉得自己充分理解了书中的那些话,所以当时并没有对它感到入迷。但是,到了后半部分,我很喜欢主人公与妓女丽莎的故事。我还记得,自己隐隐约约有一种模糊的感觉,觉得自己的人生中也可能会发生这样的事情。故事的结尾,满腔悔恨的主人公站在大雪纷飞的圣彼得堡的街头的场面,实在是非常动人啊。男主人公与妓女从此天各一方再也无缘相见了吗?当时,想到这一点,我就感到很难过。

后来我们开始读《白痴》,这是我的提议。在初中二年级时,我接触到了陀思妥耶夫斯基的《罪与罚》,高三的时候又读了《卡拉马佐夫兄弟》,那时我就想着下一部该读《白痴》了。这是一个原因。还有就是,我被"白痴"这个词的发音强烈地吸引了。从开始到最后,我都处在一种轻微的兴奋状态之中,并完成了对《白痴》的阅读。那时我一心喜欢梅什金公爵,发自内心地真诚希望自己可以成为一个像他那样纯粹的人。有趣的是,相较女主人公纳斯塔霞,小说中更吸引我的女性是阿格利娅。现在回看,我的大学时代正是从《白痴》开始的,在这四年时间,我完全沉浸在了陀思妥耶夫斯基小说的世界里。

大三的时候,我一手捧着俄日辞典,花了五十天时间读完了《罪与罚》的俄文版。还记得最开始读第一页的时候,因为有一百五十多处文字不懂，我查了辞典，书页的空白处被我写得满满的。但有趣的是，这样读了三周以后，我就能一天读上十几页了。这个现象是让人有些不可思议，不过这并不是说我的俄语水平提高了，应该说是有点习惯了书中的文字风格，更重要的是，我初二那年第一次读到《罪与罚》时的印象还非常强烈而鲜明，所以我是一边回想着当时读日文版的那种感觉，一边阅读俄文版的。这样花了一个夏天的时间，在大三第二学期开学的那天，9月11日，我读完了《罪与罚》，我实在是非常想跟别人分享自己的这份喜悦，正巧在校园里看到了教我们俄语会话的那位俄罗斯老师，我就跑到了他身边，但却一个俄语单词都说不出来。就是说，我当时根本没有意识到，其实自己的俄语会话能力几乎等于没有。

　　一直到现在，我都会常常怀念大学三年级时的那个夏天，那是属于我自己的一个小小的黄金时期。那样的日子让我感到非常幸福。像陀思妥耶夫斯基一样，我也拼命地练习演奏大提琴，一个夏天过去，我的大提琴进步了很多。但是，9月初，当我带着自豪的心情重新迈入大学校园时，却发现学校里弥漫着一股让人担心的氛围。大学事务办公楼的前面立着一个巨大的牌子。从此之后，整个学校都被卷入了大学纷争运动①的风暴之中。结果，从那之后我基本上没有再上过什么课，后来毕业时间到了，就按部就班地毕业了。

---

① 大学纷争运动，日本新左翼运动中的学生运动。1968 年，东京大学医学院学生与校方发生纠纷后发起名为"东大斗争"的学生运动。次年，该类运动事件波及全国，出现学生占领大学，连续罢课的现象。

不管怎么说，自从读了《罪与罚》的俄文原版之后，我就开始读陀思妥耶夫斯基的原版作品了。我先是轮换着读了《白痴》的俄文版和日文版，在大三学年结束的时候，又开始读《群魔》的俄文版和日文版，也是轮换进行的，而《群魔》后来成为我终生的研究课题。我毕业论文写的就是《群魔》的文学评论，题为《论恶的谱系》。当时，我很期待自己的论文能得到演习课指导老师原卓也先生的好评。结果，原卓也老师给出的是很多批评意见，诸如文章写得很生硬、错字漏字太多等等，并没有对论文内容方面给出比较深刻的意见。

那时我很自负，觉得不管怎么样这也是我以自己的方式充分地阅读并思考了陀思妥耶夫斯基作品后写出来的论文，所以完全没有料想到会得到这样的评价。当时的我，一方面狂妄自大得近乎偏执，另一方面又觉得，原卓也先生的语言风格一贯犀利又冷静，既然他这样说，那看来自己是真的没写好——那段时间，确实为这件事烦恼了好一阵子。狂妄自大，同时又心灰意冷，对自己完全失去了信心。现在想来，那时的我就在这两种状态之间来回摇摆，内心混乱。

但回想一下就会发现，关于文学到底是什么这个问题，在大学时代，我一次也没有好好思考过。我那时认为，对我来说，文学就是让自己进入到小说文本当中，即把自己代入主人公的角色，或者与小说中的人物同步进入作品的世界，从而去完整地体会其中的感受。

这确实是读书这一行为所特有的根本性意义之一，文学的"文"确实是可以这样理解的，但是如果一个人在面对文学作品时一直是这样一种主观态度，他就绝无可能解开作品中所蕴含的谜底。对文学的"学"来说，重要的是，在可靠证据的支撑下，将自己透过作品文本获得的那些体验书写出来。也就是说，重新阅读、重新叙述的行为是重要的。但当时的我完全不懂这一点，当时我关心的，只是自己能够在多大程度上深入到陀思妥耶夫斯基的文学世界，并且以为这就足够了。但其实这是错误的。文学不是体验，文学是文章。

原卓也先生的那些话对我起到了很重要的作用。我当时觉得再接着读陀思妥耶夫斯基的作品也没什么意义了，决心就此停住。可能这样说会让大家有所误解，但当时我确实被一种近似于焦虑的情绪困住了，觉得自己这四年就沉浸在陀思妥耶夫斯基的文学世界中，这让我大大落后于其他人。这也是促使我下定决心远离陀思妥耶夫斯基作品的一个原因。我觉得自己这样下去就要窒息而死了，于是决定跟陀思妥耶夫斯基的作品一刀两断，当时大致就是这样一种情形。当然，这很难说清楚，但总的来讲，那时我确实觉得"再这样下去，我就完蛋了"，这是真的。

与维列米尔·赫列勃尼科夫①的相遇

龟山：当时我被困住了，不知道自己接下来可以学些什么，就整天待在图书馆，仔细地通读了马克·斯洛宁②所著的《俄罗斯文

---

① 维列米尔·赫列勃尼科夫（1885—1922），俄国诗人。代表作品有《铁匠》《笑的咒语》等。——编者注
② 马克·斯洛宁（1894—1976），俄裔美国学者。主要著作有《现代俄国文学史》《苏维埃俄罗斯文学：1917—1977》。——编者注

学史》。我开始物色有没有什么有趣的题目可以做研究。在那些如流星一般出现在俄罗斯文坛并最终无声无息消逝而去的作家,有尼古拉·谢苗诺维奇·列斯科夫、列昂尼德·尼古拉耶维奇·安德列耶夫、鲍利斯·皮里尼亚克等人,其中列昂尼德·尼古拉耶维奇·安德列耶夫有一点吸引我,我差点就去研究他了,但当时有个直觉告诉我说这有点危险,要是选了安德列耶夫,你这辈子的研究就离不开陀思妥耶夫斯基了。

所以,后来我选择了马雅可夫斯基。众所周知,马雅可夫斯基是俄国革命时期最有代表性的诗人。他生于1893年,1930年用手枪自杀身亡,享年三十七岁。当时我最先读的是被称为《星火》① 杂志版本的《马雅可夫斯基作品集·第一卷》。那本书实在是太难读了。当时那本书页面的空白处都是我用黑色、红色的圆珠笔记的笔记。但此后不久,水野忠夫②先生的著作《马雅可夫斯基·笔记》出版,我读后受到了很大的刺激。我想,我怎么可能比得过水野忠夫先生呢,跟他竞争,赢的人怎么可能会是我呢?于是我又跑回图书馆,一天天待在那里,在大量阅读的过程中,我知道了俄罗斯作家维列米尔·赫列勃尼科夫是一位俄国未来派诗人。后来我写了《重新发现赫列勃尼科夫》一书。

关于我是如何进行维列米尔·赫列勃尼科夫研究的,今天没有时间详细跟大家分享了,但我还是想说说第一次与他的作品相遇时所受到的那种震撼。不管怎么说,毕竟在那之后的十八年,

---

① 《星火》,俄罗斯较为古老的画刊杂志之一,创刊于1899年。
② 水野忠夫(1937—2009),日本的俄罗斯文学研究者、翻译家。

他的作品与我朝夕相伴。那么，我为何会被他吸引呢？他的作品集第一卷的扉页上印着一首叙事诗，题为《玛丽·维瑟拉》，正是这首诗让我对他一见倾心。诗的故事背景发生在奥地利，描写了奥匈帝国皇太子鲁道夫大公和玛丽·维瑟拉之间的爱情悲剧。作品本身非常精巧而难懂，但我从中感觉到了某种灵光闪现。特别是诗中描绘的自杀的场景，给我留下了深刻的印象。于是，我又看了一下斯洛宁的《俄罗斯文学史》，发现赫列勃尼科夫并非只是一位追求浪漫感觉的未来派诗人，而是一位进行前卫性语言游戏、破坏性语言实验的高手，这一发现让我措手不及。一个人的内心，怎么会同时具备浪漫和进行语言实验这两种特质呢？我最初对他的兴趣，就是从这里开始的。

诗人维列米尔·赫列勃尼科夫的世界观非常独特。首先，他是一个爱国主义者。而这位爱国主义者从1905年俄罗斯在日俄战争中战败之后到他1922年病死之前的这段时间做了哪些事呢？是的，他把世界历史上的大事件全部按照年份排列起来，认为在这些事件之间存在某种数学法则，并花了所有的时间去证明这一点。这真的是太蠢了，只能说这个家伙疯了。但他就是在为这件事忙活了整整十七年，而写诗是次要的。在这样的过程中，诗人的内心形成了一种独特的可以永远自洽的法则，他开始有了某种终极性的认识——他认为世界就如同一本书。

我到了四十岁，才写了自己的第一本书，1989年出版的《重新发现赫列勃尼科夫》，第一版印了一千部，但有比较多的印刷错误，在大概还没有卖到三百册的时候，出版社决定加印一百册。

这一千一百册的书全部卖完，花了十多年的时间。2006 年，我自己买了剩下的最后一本。当时想，这本书已"死"，已经不会再有人看到它了。但后来，平凡社的编辑松井纯先生，把它收入"平凡社书库丛书"后重新出版。而当时为它写解说文章的正是沼野先生。对我来说，再也没有比这更让人开心的"解说"了。一直到今天，我仍然充满感激之情。

从马雅可夫斯基研究到"一口两舌"研究

龟山： 与维列米尔·赫列勃尼科夫的作品朝夕相伴了十七年后，我感到实在是疲惫不堪。后来，正在考虑接下来该走哪条路的时候，承蒙岩波书店中川和夫先生的约稿，在短时间内写成了《俄罗斯文艺复兴的终结与革命》一书。后来该书被选入岩波文库的"现代文库丛书"时（2009 年），我又在其中增补了三章内容。该书面世后不久，筑摩书房的谷川孝一先生又向我约稿，我当时想起了自己在研究生时期短暂接触过的马雅可夫斯基的作品，觉得阅读他的作品集第一卷时的那些体验，或许值得写一写。

水野先生的《马雅可夫斯基·笔记》实在是写得非常棒，对于年轻一辈做俄罗斯文学研究的人来说，这本书在我们心目中的地位如同《圣经》。但可惜的是，在那个时候，关于马雅可夫斯基去世前两三年发生的事，尚缺少一些充分的信息和资料。1994 年至 1995 年我到国外去交流、学习，而这段时间收集的资料正好补充了水野先生没有写到的部分，可以让我从一个更广阔的历史性视野去看待马雅可夫斯基，于是，我花两年时间写成了

《走向毁灭的马雅可夫斯基》。该书中,我借用各类资料和回忆录重新还原了他自杀前三年精神层面的状况。那时,摆在我面前的一个重大问题是如何看待马雅可夫斯基死于他杀的这种说法。

关于马雅可夫斯基之死,学界之前已有定论,均认为他与莫斯科艺术剧院一名女性分手,并对社会感到绝望后,自杀身亡。而他的自杀,不仅代表了肉体生命的结束,也被视为其文学生命的终结。但是,1993年我去参加"马雅可夫斯基一百周年诞辰纪念活动"时,才知道已经有很多人认为马雅可夫斯基不是自杀,而是被暗杀、被谋杀的,当时我是很震惊的。首先提出这个说法的人,是研究者瓦伦丁·伊万诺维奇·斯科里亚廷,他的书后来又由翻译家小笠原丰树译为日文版《到你出场了,同志毛瑟枪——诗人马雅可夫斯基怪死之谜》。从结果上来说,我是反对他的看法的,并将自己的思考写进了《走向毁灭的马雅可夫斯基》一书。但收获最大的是,在这本书的写作过程中,我对当时的艺术家或者说被称为创造性知识分子的那群人之间的关系有了一个清晰的认识。我开始发现,在这些从艰难时期幸存下来的创造性知识分子的行为中具有"一口两舌"的特点。此后,我就开始了对这一问题的研究。

简单来说,权力对艺术家的态度就是既怀疑又要加以利用,是双重构造。而艺术家们一方面对权力感到恐惧,小心翼翼地迎合权力,同时又想要守住自己的本心,于是就出现了刚才所说的"一口两舌"的行为。他们使用各种手段,去利用对自己持怀疑态度的权力者让自己获益。"一口两舌"原本的意思是"撒谎",而我这里说的"一口两舌",是一种类似于真的长了两条舌头的状态。一条舌头用来讨好权力，另一条舌头则沾满批判的"毒液"。越是出色的艺术家，讨好对方的功夫也越高明，批判的力度也就越强烈。但重要的是，这是隐藏在明面之下的行为。而作为对历史的见证，这两条舌头，每一条都完美地给予了今天的我们关于当时那个社会的大量信息。

现在回想，对我来说很幸运的是当时我与NHK出版社之间签订了合同，约好要写一本关于陀思妥耶夫斯基的书。我读大学时期远离了自己喜欢过的陀思妥耶夫斯基的作品，经过了对维列米尔·赫列勃尼科夫、马雅可夫斯基等人的研究，直到来到了现在。对于经历过这样一个过程的我来说，NHK出版社的约稿让我感到非常开心。大约花了一年半的时间，我写成了《陀思妥耶夫斯基——弑父的文学》，书中所讨论的一些问题，如果没有此前对当时社会的研究作为基础，我是绝对写不出来的。与该项研究同时进行的，就是《卡拉马佐夫兄弟》的翻译工作。好吧，到了这里，终于要开始谈陀思妥耶夫斯基了。

接下来，我将与沼野先生一起谈一谈陀思妥耶夫斯基，尤其是他与现代日本文学的关系。在大江健三郎、加贺乙彦①、村上春树、辻原登②、高村薰、平野启一郎、中村文则等作家与陀思妥耶夫斯基作品的关系方面，我还是有一些想法可以分享给大家的。

---

① 加贺乙彦（1929— ），日本精神科医生、小说作家。代表作品有《炎都》《宣告》等。——编者注
② 辻原登（1945— ），日本作家。代表作品有《游动亭圆木》《冬之旅》等。——编者注

陀思妥耶夫斯基与上帝

沼野：那么，接下来就进入我和龟山先生对谈的时间，基本上是由我来提问，然后龟山先生作答。

在今天活动的前半段，我们已经谈到了好几个重要的问题。这些问题，每一个都值得好好讨论。不过，我们还是先接上龟山先生刚才的话题，对其内容进行一些较为深入的探讨。龟山先生曾经在很长时间内一直从事对俄罗斯先锋派艺术的研究，关于这一点，今天在座的各位朋友可能很少有人知道。但通过刚才龟山先生的讲述，我们了解到原来这是他研究的起点，后来绕了一段远路，最终又回到了陀思妥耶夫斯基的研究。

也就是说，龟山先生先是对俄罗斯先锋派艺术感兴趣，后来在对这一课题进行研究的过程中，他意识到了权力与艺术家的关系问题，于是对当时俄罗斯社会展开了非常踏实而富有成效的研究。其后，他带着对这一领域的充分了解，对陀思妥耶夫斯基重新进行了解读。这样一来，他就形成了与此前的陀思妥耶夫斯基研究者不同的、只属于他自己的崭新的视角。龟山先生，关于这个部分，您还有什么要补充的吗？

龟山：好的。在翻译《卡拉马佐夫兄弟》的时候，我曾心存疑问，并为之烦恼。如果一个人并不信仰基督教，那么他到底能在多大程度上理解这部小说呢？不信仰基督教的人，可能根本就看不懂它。但是，没办法的事就是没办法的，再烦恼也无济于事，我还是继续翻译下去了。但后来发现，其实自己完全没必要为此烦恼，实际上周围有很多人都以一种无关基督教信仰的、自己的方式来阅读《卡拉马佐夫兄弟》,与书中的世界坦诚相对,并从中体会到了巨大的喜悦。我想我应该坦然承认这一现实。

我是不信上帝的。就像陀思妥耶夫斯基也曾这样说他自己一样,我作为一个不信基督教且对基督教持怀疑立场的读者,这么多年来一直以这样的一种态度来阅读陀思妥耶夫斯基的文学作品,并品味其中的内涵。对于那些带着基督教世界观来阅读陀思妥耶夫斯基作品的人来说,可能我这样的阅读方式是很难被他们认可的吧。

此时我之所以谈起这些,是因为想到了加贺乙彦先生。几年前我与加贺先生对谈时,他认为《罪与罚》中最重要的部分,是小说中拉斯柯尔尼科夫来到索尼娅的家中,跟她说起了"拉撒路的复活"。他觉得作者在这里花费了大量笔墨,并把这一场景放在了小说正中心的部分,说明这段内容是解开整部作品一切谜团的钥匙。

已死之人再次苏醒过来这一情节,如果放在拉斯柯尔尼科夫身上去看的话,《罪与罚》呈现的主旨就是曾经死去的青年最后会再次复活。

这一解读,从笃信基督教的人的视角来看,不得不说是非常巧妙的。加贺先生在他的后半生,一直是以一个基督教信徒的身份来进行创作的,所以他这样来理解《罪与罚》也是非常必然的。但是,对于我这个不信基督教的人来说,我会觉得陀思妥耶夫斯基在这里加入这一情节,是他在意识到了俄国政府以权力威慑作家的情况之下而被迫采取的"一口两舌"的做法。这可能会让人觉得很难过,但我的确是这样认为的。

之所以这样说，是因为实际上在陀思妥耶夫斯基创作《罪与罚》的过程中，具体来说是 1866 年 4 月，发生了暗杀沙皇亚历山大二世未遂的事件。对于过去曾作为极"左"分子被宣告死刑或者说已经有了前科的陀思妥耶夫斯基来说，即使没有人说他是犯罪嫌疑人，他也在思想层面陷入了一个十分困难的境地，不得不尽最大可能把自己的小说的整体氛围转换到一种偏右派的立场上去。或者说，他其实是意识到了这一点。于是，他在小说中巧妙地加入了"拉撒路的复活"这一故事对读者加以诱导，以此来转移沙皇一方对自己的怀疑。我觉得，在这一部分的创作中，其实是有这样一种意图、一种主观的力量在其中起了作用。或者说，在"拉斯柯尔尼科夫的复活"这一为照顾耶稣信徒的感受而设计的情节中，陀思妥耶夫斯基加入了自己作为一个非信徒对拉斯柯尔尼科夫所持有的一种更为严厉的审视。或许，在讲述"拉撒路的复活"这一故事时，陀思妥耶夫斯基想讲述一下拉斯柯尔尼科夫——这个未来即将成为沙皇暗杀者的人的遭遇的悲惨性和复杂性吧。我想这种解读也是讲得通的。

当时，我有了这样一些思考。那么，加贺乙彦先生在与我的对谈中所讲的他的那种解读，在现代日本文学这一巨大的时代语境中是否成立呢？接下来，我将通过对《宣言》《湿原》等表现出浓厚的陀思妥耶夫斯基色彩的加贺乙彦小说作品的分析，对上述问题进行探讨。

来自弗拉基米尔·纳博科夫的激烈批判

沼野：刚才龟山先生提到的小说家加贺乙彦，我之前的介绍中没有提他的名字，但加贺先生无疑是现代日本十分重要的作家之一。特别是他的长篇小说《宣告》，写的是一些一边等待着不知何时会来临的处刑之日，一边在监狱中艰难生活的被判死刑的杀人犯在精神层面所经历的痛苦。该作品被誉为"加贺版本的《死屋手记》"。不过，我想很多人可能都并没有读过《死屋手记》，所以在这里我做一个简短的介绍，在《死屋手记》这个作品中，陀思妥耶夫斯基生动地描绘了他在西伯利亚监狱中亲眼看到的罪犯们的生活。这是一本有着强烈冲击力的纪实性文学作品。在年轻时，陀思妥耶夫斯基因参加激进派知识分子小组活动被当局逮捕，并被宣判死刑，但在行刑前的一刻获得了沙皇的特赦，免于死刑。取而代之的是，他被流放到了西伯利亚的监狱。这个事流传甚广，且戏剧性很强，但这是真实发生过的事情。

这些就暂且不提，我们先回到龟山先生刚才的话题，就是《罪与罚》中主人公拉斯柯尔尼科夫和索尼娅一起读"拉撒路的复活"这个情节。

这在书中是一个非常重要的情节，只要读过《罪与罚》的人都一定会印象深刻。对这个部分，龟山先生认为这是陀思妥耶夫斯基在意识到了强权的威胁后做出的一种伪装。我想这是一种非常大胆的解读，这样一种解读也不是不能成立的，但或许会有很多陀思妥耶夫斯基的忠实读者感到这是对陀思妥耶夫斯基的亵渎。如果是这样的话，事情就变成了作家出于对强权的忌惮而在小说中做了一些"小动作"，以此来伪装自己真实的想法。从我个人的视角来说，我觉得这一推测是"可能"的，但与此同时，忠实的读者不愿做如此推测，认为推测的念头本身就是对作家的侮辱，此类心情我也能够理解。那么此刻，让我们先把这个问题放一放。

我关注的是另外一个问题，想就此来听听龟山先生的意见。众所周知，俄裔美国作家弗拉基米尔·纳博科夫对这个情节安排有过非常激烈的批判。他认为这是《罪与罚》最大的败笔，并在其著作《俄罗斯文学讲义》中毫不客气地认为"在所有世界闻名的文学作品中再也没有见过第二篇这么愚蠢、这么缺少艺术性的文章了"。也就是说，纳博科夫认为，让杀人犯和妓女一起读《圣经》这一"永恒且伟大的书"，这样的安排实在是无聊透顶，它所反映出的仅仅是一种肤浅的感伤情绪，他认为这说明陀思妥耶夫斯基不过是一个二流作家。

然而，陀思妥耶夫斯基在写这一部分的时候，应该是对俄罗斯当时的那些与《圣经》故事有关的社会事件有过深刻的思考，而他思考的程度之深，其实远超纳博科夫的想象。对这一点，江川卓先生在《解谜〈罪与罚〉》一书中非常明确地指了出来，正如他所说，在《约安之启示录》中，杀人犯和有淫乱行为的人被看作是"被诅咒的人"而无法进入"新以色列"，陀思妥耶夫斯基正是针对这一说法，知其不可为而为之，在小说中做了一个用纳博科夫的话来说是"无聊透顶"的安排，把杀人犯和妓女组合在一起，并呈现在读者面前。另一方面，如加贺先生所说，这个部分的"假死与复活"，在象征上正是贯穿《罪与罚》全书主题的关键。我想这也是难以否认的。

只是说，从创作美学的观点来看，在一部还不错的小说中放入这一场景究竟是否合适，确实要画个问号。因为，庸俗与圣洁，这两种东西本是互不相容的，但在这里却堂而皇之且毫无顾忌地同时出现了。我们该如何看待这一点呢？认为这才是陀思妥耶夫斯基小说美学的力量所在，还是说这其实是一种创作上的缺陷呢？龟山先生您对此怎么看呢？

《卡拉马佐夫兄弟》的续篇后来怎么样了

沼野：还有一个问题，刚才您说到，小说主人公拉斯柯尔尼科夫可能会去暗杀沙皇，这与《卡拉马佐夫兄弟》续篇的走向这一更为重大的问题也是相关的。龟山先生在《〈卡拉马佐夫兄弟〉续篇空想》一书中给出了这样一种推测，那就是，阿列克塞·卡拉马佐夫在小说最后可能会去暗杀沙皇。这绝不是没有根据的空想，苏联的知名学者列昂尼德·格罗斯曼①在其自传中也曾表达过类似观点。所以，龟山先生是把前人有关《卡拉马佐夫兄弟》续篇内容的猜测更往前推进了一步，提出了自己的关于"续篇"的构思。

关于《卡拉马佐夫兄弟》的续篇，这里我先介绍一下这个问题的背景。《卡拉马佐夫兄弟》本身也算一部完整的作品，但陀思妥耶夫斯基貌似一直打算要写"第二部"，也就是续篇。但刚开始写不久，他就猝然而逝了。当然，关于"续篇"的说法原本就不太靠谱，目前来说最有力的线索是《卡拉马佐夫兄弟》开头的一篇"来自作者"的奇怪的（不知道有多少内容是可信

---

① 列昂尼德·格罗斯曼（1888—1965），苏联文学研究者、文学批评家。著有文学批评文章《一个诗人的死亡》等。——编者注

的)《作者的话》①。在这里"作者"先是说该小说是关于小说主人公阿列克塞·卡拉马佐夫的传记的第一部,接下来又说,"我虽然只给一个人立传,可要写的小说却有两部",而主要的是"第二部"。第二部小说写的将是十三年后的主人公的生活。

对于这并未面世的第二部小说,此前也有学者试图去推测如果写出来的话,它具体会是什么样子的。但像龟山先生这样真的拿出了自己的一个完整的推测论证著作的,恐怕在全世界是第一位。一般而言,原则性很强的学者是不会涉足这种"空想"的领域的,他们觉得从常识的角度来说,替陀思妥耶夫斯基"构思",这事情本身就是对作家的亵渎。但龟山先生大胆地踏进了这一禁区。那么,在龟山先生的设想中,暗杀沙皇事件中阿列克塞的作用仅仅是辅助性的,而真正实施的那个人是克拉索特金,而在"第一部小说"中克拉索特金已经初步展现了他作为革命家的那一面。我觉得这一"空想"也是很有道理的。在《卡拉马佐夫兄弟》中,克拉索特金确实展现了他的才能,这让人觉得他将来可能会搞出一些了不得的大事情。

不过,以此推论后来的故事会发展到"暗杀沙皇"这一步——作为读者,我们真的可以有这样的推测和想象吗?对此,我自己是有些犹豫的。在当时的俄罗斯,以政界要人为目标的暗杀事件频发,所以有人要刺杀沙皇也并不是完全脱离现实的事。实际上,《卡拉马佐夫兄弟》刚刚面世后,沙皇亚历山大二世就在革命者投掷的炸弹中殒命。所以也不难想象,陀思妥耶夫斯基

---

① 参照荣如德译《卡拉马佐夫兄弟》,上海译文出版社 2004 年版。——编者注

的脑海中一定也多次浮现过"暗杀沙皇"这一禁忌的主题。但是，他是否真的会这样下笔呢？现实中的写作与在脑海中想象一下完全是两码事，不得不说，其间有着难以跨越的巨大鸿沟。就连《卡拉马佐夫兄弟》开篇的那篇奇怪的《作者的话》，究竟可以在多大程度上按字面意思去理解它，我都很是怀疑。有没有一种可能，那也是作品的一部分？我不经怀疑就直接把它看作是陀思妥耶夫斯基本人的"续篇执笔宣言"，这也未免太天真了一些吧。

好吧，关于"续篇"构思的问题就先到这里，龟山先生一直以来持有的陀思妥耶夫斯基"一口两舌"的说法，我觉得非常值得一听，刚才提到的对"拉撒路的复活"的理解也是这样的一个例子。总的来说，认为陀思妥耶夫斯基有"一口两舌"的特点，这个看法会让很多人无法接受。就是说，在那些内心极为尊敬陀思妥耶夫斯基的人看来，这近似于一种挑衅。但是，就我自己来说，我赞同他是一个天才，才华远超常人，但并不觉得他与金钱、美女等诱惑完全无缘，所以也并不觉得他是一个品格纯洁的圣人。"一口两舌"这种事，他肯定也是做过的。

只是，"一口两舌"这个说法有点不好听，或者是给人的感觉不太好。所以，如果我用一个较为慎重些的说法来表达的话，就是陀思妥耶夫斯基这个人一方面被以沙皇为中心的权力所吸引，愿意向沙皇表达自己的忠诚心；另一方面有着试图要行刺沙皇的革命想法——当然，他绝没有这样明确地说过。也就是说，他的内心是有这样一种两面性的。现代俄罗斯的历史作家爱德华·拉津斯基有一部作品叫作《亚历山大二世：最后的伟大沙皇》，其中对陀思妥耶夫斯基的死因做了一个很是耐人寻味的假设。陀思妥耶夫斯基的住宅所在的那栋建筑，其实是民意党①的一个据点，而这个党派曾计划过对沙皇的暗杀，所以那栋建筑里经常有民意党革命者进进出出。作者在该书中提出疑问——陀思妥耶夫斯基是否曾跟他们有过一些接触呢？陀思妥耶夫斯基是由于肺动脉破裂而突然死亡，之所以会这样，会不会是由于他担心警察也会来对自己进行调查而极度恐慌的结果呢？

拉津斯基的假说，是出于小说家天马行空的想象力，可能是有些夸张了。但不管怎么说，对沙皇政府来说，虽说陀思妥耶夫斯被流放到西伯利亚之后已经"洗心革面"，成了一名保守派人物，但他对于沙皇政府仍然是一个危险人物，身上有一些难以让人完全信任的危险因素。而且，就陀思妥耶夫斯基对于自己并没有得到当权者完全的信任这一点，他多多少少是感觉到了的。我是这样来看待这个问题的。所以对龟山先生的"一口两舌"的说法，我并不感到惊讶，基本上是支持的。

对陀思妥耶夫斯基来说，这世界上有上帝存在吗

龟山：再回到加贺先生的话题上。加贺先生的著作《湿原》长达一千页，读完它花了我整整三天时间。故事是这样开始的，一个人生大半都在监狱中度过的中年修理工，与一个内心有着阴影或者说有些心理疾病的女大学生相遇，彼时她出于某些原因被卷

---

① 民意党，1879年成立的俄国民粹派秘密政党。以推翻沙皇专制统治为目标，主要从事暗杀与宣传活动。——编者注

入了大学纷争运动中，二人随即开始了一场炽烈的爱情。此后修理工被当作某爆炸案的嫌疑人遭到逮捕，为了证实自己的清白，他被迫踏上了抗争之路。

我想，加贺先生在创作这部小说时，他应该是参考了《罪与罚》中拉斯柯尔尼科夫与索尼娅这一罪犯与娼妇的特别的组合。对于耶稣信徒来说，杀人犯与娼妇的组合看起来就如一种上帝安排的神圣组合，而加贺先生也在他五十八岁的年纪，即《湿原》出版两年后成了一名天主教信徒。

或许，他就是因自己内心逐渐萌发出信仰的种子，才写出了《湿原》这部小说。我想，在加贺先生的眼中，两个主人公过去的经历一定是非常崇高的。所以，那些相信上帝存在的读者，会把小说美化、理想化，他们会通过一种特殊的"滤镜"来解读小说内容。另一方面，对于那些不信上帝的读者来说，在他们眼中小说就只是小说，并没有什么特别的光环。这就产生了两种不同的视角。也就是说，对于陀思妥耶夫斯基作品的读者们来说，经常需面对这样一种选择——你是相信上帝的存在，还是不相信上帝的存在。

沼野：确实，在阅读陀思妥耶夫斯基小说和托尔斯泰的小说时，现代日本的读者可能不太会去想宗教的问题。但其实，无论是对陀思妥耶夫斯基还是托尔斯泰而言，死亡和宗教都是他们作品的重大主题。在某种程度上，把他们的小说称为"宗教文学"的作品也是完全可以的。日本也有耶稣信徒，日本作家当中如远藤周作、加贺乙彦等人都是天主教徒，他们在自己的创作中都以各种方式对宗教信仰的问题进行了探讨。但是，对于大部分日本人来说，基督教离自己的生活是十分遥远的，更不用说天主教了。很多日本人都不了解天主教。所以，在这种情况下，有一些文学批评家也提出质疑——日本人能看懂俄罗斯文学吗？

即便如此，在现代日本，仍然有那么多人喜欢陀思妥耶夫斯基的小说。这是为什么呢？说到宗教的问题，我觉得日本的文学批评家和文学作家几乎没有人从正面讨论过，都是避之不谈。所以就形成了这样的一种解读方式，即除去宗教问题不谈，陀思妥耶夫斯基也仍然很伟大。我自己也是如此。在与大江健三郎先生就陀思妥耶夫斯基进行对谈时，当场被大江先生问到怎么看待陀思妥耶夫斯基作品中的宗教问题，我也没能说出来个所以然。在宗教层面上，我们究竟有没有认真地阅读并理解了陀思妥耶夫斯基的作品呢？如果我们并没有完整地接受他的这一侧面，是否就很难说我们是真正理解了陀思妥耶夫斯基呢？龟山先生怎么看这一点？

龟山：我是觉得，不管是什么人都会有一点"想去相信点什么"的这种心情吧。其实这也是一种类似于宗教的情感。但是，陀思妥耶夫斯基想去相信的，真的是基督教中所描绘的上帝吗？我很难这样认为。无论他的创作是如何以俄罗斯东正教为背景，或者说无论他是如何站在这样的立场上向人们呼吁基督教理想的，我们都很难从他的宗教意识中感受到那种毫无保留的全身心的皈依。我甚至会觉得，他其实是远离基督教信仰的。

比如，《白痴》中有一个死刑犯被处决的场景，但这一场景中完全没有出现什么上帝的拯救或者来自上帝的启示类似的东西。对于人力所能掌控之外的世界，他的目光是极其冷静透彻的。但另一方面，他又是极为迷信的。而信仰和迷信，完全不是一回事。我甚至觉得他有这样的表现，与其说是由于他对上帝的虔诚信仰，不如说他是深深地感受到了来自柏拉图作品中造物主（Demiurge）的恶意并因此受到了伤害。

假设他曾经真的经历过宣布其死刑的现场，当然现实中他也确实经历过，但即使是在命悬一线的危急时刻，陀思妥耶夫斯基大概也从未感觉到过上帝的存在。在他二十八岁被拉上刑场时，传闻当时他曾说过"我们与耶稣同在"这句话，但这真的可以称之为信仰吗？然而，虽然并不曾感受到上帝的存在，但他还是写了有关耶稣的小说情节。感受到耶稣基督的存在与对上帝的信仰，对他来说是同等的两件事吗？至少就我个人来说，我很难这样去想。

以前我曾有机会与佐藤优①先生对谈过，他作为外交人员曾长期生活在俄罗斯，同时又拿到了神学专业的硕士研究生学位，精通基督教神学。对谈中，佐藤先生曾这样说："感受到耶稣的存在，即为信仰上帝。"我听了觉得很有道理，但同时也有一些地方是无论如何难以认同的。我想说的是，感受到耶稣基督的真实存在，这一体验难道不是更接近于无神论吗？在我看来，陀思妥耶夫斯基并没有把耶稣当作上帝来看待，而是把他看作为了人

---

① 佐藤优（1960— ），日本作家。曾任日本驻俄罗斯大使馆三等书记官。著有《狱中记》《国家的〈罪与罚〉》等作品。——编者注

类的利益而一身承担了所有的牺牲与苦恼的一个真实的人、一个具有超越性的英雄。从这个角度来说的话，把耶稣看作是一个社会主义者也是可能的。事实上，在《卡拉马佐夫兄弟》的后半部分，阿列克塞就提到了这样一个耶稣的形象。

沼野先生刚才提的问题是，像我们这样没有宗教背景的人，究竟是否能读懂陀思妥耶夫斯基。关于这一点，如我之前所说，即使是没有什么宗教信仰，也不了解基督教，只要这个人能够在自己的生命中感受到某种节奏感的存在，也是完全可以看懂陀思妥耶夫斯基的作品的。归根结底，最重要的还是想象力的问题。这个世界上有很多人，有着比宗教信徒更深刻的、更具有超越性的体验。不，应该说，从未有过超越性体验的人应该是少数吧。难道不是吗？比如说，"乡愁"就是这样一种感觉啊。我最近甚至觉得"乡愁"正是一种根植于生命底部的最重要的感觉，它才是生命的结晶。在深层意义上，"乡愁"是一种有关复活与重生的体验。反过来说，我们只能在自己所信仰的宗教或自己个人的宗教中找寻它的答案，这与那种建立在某些特定教义的基础之上的宗派、教派组织之类的东西不在一个层面上。再重复一下，我认为在这一点上，最重要的是灵魂和想象力。

从这一点来说，不论是否会使用上帝这一说法，哪怕这个人身处世俗生活中，他也一定会在某些时刻感受到一些超越性的东西。从某种意义上来说，陀思妥耶夫斯基让我们重新体验到了这种感受。在这个方面，《罪与罚》是一部特别好的小说。书中的人物斯维里加洛夫，象征的就是所谓的创世主、上帝、命运，在我看来，这个人物本身的存在，正是我们在内心最深处所体验到的神性感觉的证明啊，难道不是这样吗？

对陀思妥耶夫斯基来说，上帝并不存在。这是我一贯以来的看法。他不信仰上帝。而且，他所探讨的不是"没有信仰会怎样"这一问题，而是"如果上帝不存在，世界会怎样"的问题。陀思妥耶夫斯基自己是做不到信仰上帝的；或者说，他想要信仰上帝，但内心并无这一确信；抑或说，在信与不信之间，他一直烦恼不已。对于这样一种内心的挣扎，陀思妥耶夫斯基比俄罗斯的其他任何一位作家都明确而强烈地在自己的作品中表现了出来，而这种内心挣扎之真实，才是超越了宗教与国家、打动了现代万千读者的最重要因素。

虚构中才蕴含着希望

沼野：刚才谈到了加贺乙彦先生，所以我们对谈的话题再次回到日本文学与陀思妥耶夫斯基的关系上。龟山先生原本一直是做俄罗斯文学研究的，而我则在自己学术生涯的一开始就涉足了日本文学的评论工作。所以，可能这样说有些失礼，那就是龟山先生对日本的现代文学并没有一个系统性的认识。

然而，最近我留意到自从《卡拉马佐夫兄弟》新译本在日本畅销并成为一种社会现象时，龟山先生已经在当今的日本文坛占有一个非常重要的位置。很自然地，他与那些现代作家的交往也多了起来，经常被邀请参加各种对谈和讲座。近期龟山先生与加贺先生、高村薰先生等作家进行了对谈，并针对村上春树的作品写了非常专业的评论文章，还为大江健三郎的小说写书评，这些活动都非常引人注目。有趣的是，无论话题中谈论的是哪一位日本作家，他的解读都是从一个翻译了《卡拉马佐夫兄弟》并对陀思妥耶夫斯基着迷的人的立场上出发的。从这一点来说，龟山先生的功绩在于他把《卡拉马佐夫兄弟》带进了日本文学的世界之中。您自己的感觉是怎样的呢？在与这些当代日本作家接触后，有没有发现他们与陀思妥耶夫斯基之间有一些共通之处？

龟山：谢谢您刚才的介绍。确实如此，《卡拉马佐夫兄弟》的翻译工作结束后，我接到了很多与当代日本作家进行对谈的邀请，让我感到非常荣幸。同时这也会让我觉得简直就像是高踞云端的人突然来到了自己面前一样，多少让人有些紧张，所以会非常认真地对待这些活动。因此近两年来，只要有机会，我就找来那些时下热门的作品，花时间好好阅读。

不过，我与当代作家的对话并非只有对谈这种形式，其实更多的时候是以书评的形式进行的。当然，与沼野先生的成绩相比，我所做的大概还不到您的一点点，但我也在以自己的方式——主要是从与陀思妥耶夫斯基的关联性这一点出发，写一些文章，或者表达一些自己的看法。在这个过程中，我经常谈到的一点是"善恶的相对性"这一概念。比如川上未映子①女士的作品《天堂》，从这个角度来解读的话，就会凸显出其非常深刻的那一面。比如"校园欺凌"这一问题，不光被欺凌的那一方是有理的，连施加欺凌行为的那一方也有他自己的理——就是这

---

① 川上未映子（1976— ），日本作家、诗人。代表作品有《乳与卵》《说什么爱的梦》等。——编者注

样，把善恶相对化，或者说采取这样一种视角来看待问题。重要的是，并不是要作家在创作时就预设一种这样的视角，而是说要他们在小说主要人物的内心世界中植入这种相对性的概念。毋庸置疑，这一点与虚无主义是有相通之处的，但是在对现代社会的各种现象进行观察时，假如除了虚无主义之外还有别的视角，那它会是什么呢？我们还可以凭借怎样的依据对未来抱有希望呢？这种事情或许原本就是不可能的。《卡拉马佐夫兄弟》的结尾并不代表着对希望的暗示。"卡拉马佐夫，万岁！"这一呼喊只是一种瞬间的兴奋和陶醉，只是一种在永恒和命运不可抗拒的力量面前短暂的狂欢。我觉得这没有什么问题。哪怕只是一种精神上的净化，也是可以的。如果说虚构的作品中还有一种可以从根本上撼动人心的力量，那就是希望。它是能够瞬间使生命焕发生机的某种力量。我们不需要那种表面的、虚假的希望，我觉得这不是文学的使命。

从这个意义上来说，生活在当代的作家要如何来看待陀思妥耶夫斯基的作品呢？我们经常说在现在我们所处的时代善恶之间已经没有明确的界线了，但其实并非如此。何为善，何为恶，还是非常明确的。只是说，在善与恶之间画出一个明确的界线已经没有什么意义了。在这种情况下，要如何以小说的方式去描述希望是什么，活着意味着什么呢？我想，现在的很多作家都为此感到非常苦恼。至少，我是希望作家在创作时为此苦恼且有所思考的。

最后的价值将置于何处

沼野：这是一个难分善恶的时代。换句话来说，代替我们去判断善恶的那个绝对性的上帝一般的存在，在人们心中已经逐渐模糊不清了。在为平野启一郎的小说《溃决》写书评时，我曾表示这部作品是一部"上帝已死时代的《罪与罚》"，在写《1Q84》第三部书评的结尾时，我也曾写道，这是一部关于"在上帝已死的时代，人们不得不将这种生命难以承受之轻作为自己的宿命并活下去"的小说。《1Q84》中有一个人物是新兴宗教的教主，但令人不可思议的是，作者在小说中并没有讨论上帝的问题。村上春树在这部小说中非常生动地描写了主人公天吾与父亲的关系。宗教团体中的教主，说起来就是形象被拔高了的"父亲"。杀死"教主"这一情节，通过弗雷泽的《金枝》可知，这意味着另一种形式的"弑王"。王，对国民来说就是父亲一般的存在。但是在村上的小说中，再往上一个级别的存在，或者说是最高级别的绝对性存在，即上帝，却完全没有出现。

只是这并不是村上春树的错。从根本上来说，这其实意味着，生活在一个上帝已死的时代，就是我们难以避免的宿命。但是，在陀思妥耶夫斯基的那个时代，人们还没有彻底失去对上帝的信仰。"卡拉马佐夫之问"，说到底就是"假如上帝真的不存在，那怎么办呢"。但这个问题，此时还处在一个假设的阶段。正因为如此，陀思妥耶夫斯基才会千方百计地去寻找那一位可能并不存在的上帝。他与当代的这些作家在创作出发点上就是完全不同的。

第五章 在现代日本重新发现陀思妥耶夫斯基

龟山：对于日本作家来说，把类似于《卡拉马佐夫兄弟》中的情节写到自己的小说之中，从基本上说是有些困难的。如果没有足够强大的信念和信仰，强大到可以把某种看起来像是普遍存在的东西，或者说某种只存在于个人的内在而肉眼并不可见的这一类东西——就像日本佛教一样——作为故事创作的基础，就很难把自己的小说架构做得强韧有力。所以在一般情况下，就会只是一个单线的故事。那么，故事的终极价值应该放置于何处呢？到了这里，我觉得关键还是信仰的问题。

今天谈了很多关于加贺先生的话题，请在场的各位朋友一定要去读一读他的作品。比如在他的小说《宣告》中，一个青年杀了人，被宣告了死刑。在临刑前，他感受到了自己与一名女性之间的某种灵魂层面的交流。此亦谓之为"复活"。但是，就在"复活"可能要发生的瞬间，他被处刑而死。这一情景真是让人十分绝望。《宣告》所表达的就是极端的厌世主义。

但是，这一杀人犯与那名女性之间的灵魂交流是以通信的方式进行的，与《罪与罚》里面拉斯柯尔尼科夫与索尼娅之间的直接交流是不同的。如果说这名女性身上有一种力量可以震撼到且融化一个被"冰冻"的灵魂，那么这种女性的力量正是文学的力量。而且，从某种意义上来说，死刑制度本身，有时就是文学的敌人。至少在陀思妥耶夫斯基所处的文学语境中是这样的。我觉得，通过《宣告》这部小说，加贺乙彦想要表达的是，陀思妥耶夫斯基文学所传递的主旨是有局限性的。如果我是作者，《罪与罚》里主人公拉斯柯尔尼科夫被处刑而死这种情节，我是绝对无法想象的。

沼野：把"陀思妥耶夫斯基式的主题"放到日本这样一个地方，并从正面进行讨论——从这点来看，加贺乙彦确实是当今日本最有重量级的一位作家。我对《宣告》的评价很高，它极具陀思妥耶夫斯基的风格，甚至比陀思妥耶夫斯基写得更好，我觉得这样的作品才应该被翻译成俄语，让俄罗斯的读者都来读一读。其实，俄罗斯已经有一流的日本文学研究者把它翻译成优秀的俄语版了，但鉴于目前俄罗斯出版界的情况，正式出版的日程还没有确定下来。现在，俄罗斯也有很多年轻读者对村上春树的小说非常着迷；但另一方面，像这种主题深刻、沉重，且篇幅长的作品，在商业上是很难预见其成功的，所以就很难获得出版。但是，这绝对是一本不可被埋没的小说。俄罗斯是诞生了陀思妥耶夫斯基这位大作家的国家，正因为如此，我希望俄罗斯的读者都有机会读一读日本的这部作品。

对了，到目前为止我们一直都在谈加贺乙彦的作品与陀思妥耶夫斯基的关系。在某位作家成长的过程中，有哪些前辈作家曾影响过他，这个问题当然并没有那么简单，也不可能只是受了某一个人的影响。实际上，从加贺乙彦先生的情况来说，他从年轻的时候就开始深入阅读托尔斯泰的作品，相较于陀思妥耶夫斯基，其实他的现实主义长篇小说的写法更多的是受益于托尔斯泰。加贺先生的自传体历史小说《永远的都城》就是一部托尔斯泰写作风格的叙事性年代小说。

因此，提起某位作家时，简单地一口断定说"这是陀思妥耶夫斯基的手法"，这样的做法也是不可取的。有一个很好的例子，那就是辻原登先生的长篇小说《不可饶恕的人》。故事发生在熊野地区一个叫作森宫的城市，森宫本身是一个虚构的小镇，但其原型明显是现实中的新宫①，时间是日俄战争前后。也就是说，这是一部历史小说，地点是日本的某个特定的地区，时间也是确定的。但是，作者在故事中融入了多种多样的元素，就如同托尔斯泰的历史小说一样，虚构的人物和历史上真实存在过的人物同时出现，历史事实与虚构的故事彼此交叉，小说的情节中既有市井流传的小道消息，又涉及大型战争的发展趋势，既有火药味十足的革命运动和政治经济领域发生的大事件，又有恋爱秘闻，所有这些内容都被融入到故事中，随着情节的发展跌宕起伏。所以我才在书评中说"这就是辻原登版的《战争与和平》"。

但后来我才想到，或许我的这一解读是很肤浅的。之所以这样说，是因为该小说中的主人公医生，其原型是因参与企图刺杀明治天皇的"幸德事件"②而被处以死刑的大石诚之助，小说中主人公的周围也聚集了一些自称"熊野革命五人团"的人物，渲染出了一种有密谋正在酝酿的危险氛围。也就是说，这个部分的创作其实反而像是陀思妥耶夫斯基的风格了。所以，小说《不可饶恕的人》的写法，是混合了陀思妥耶夫斯基与托尔斯泰

---

① 新宫，日本和歌山县东南部的城市。辖区位于熊野川以南。——编者注
② "幸德事件"，又名"幸德秋水"事件，指日本社会主义者和无政府主义者计划暗杀明治天皇而被逮捕起诉的事件。事件主要策划者为幸德秋水、宫下太吉、管野须贺、新村忠雄、吉河力作五人，因五人在熊野川附近密谋刺杀之事，被称为"熊野革命五人团"。——编者注

两种风格在内的，很不可思议吧。

龟山：辻原先生很喜欢陀思妥耶夫斯基，我曾问过他："这小说模仿的是托尔斯泰吗，为什么不是陀思妥耶夫斯基呢？"他回答说："其实一开始我是想模仿《群魔》的。"所以，最初他开始着手创作时，是想写一本日本版的《群魔》。原因正如您所说的，该小说中故事的原型是 1910 年到 1911 年之间发生的"幸德事件"。从这个意义上来说，他会把《群魔》作为参考对象其实是很好理解的。也就是说，在小说创作的开始阶段，他关注的是《群魔》，但实际上创作完成的小说却是托尔斯泰风格的，或者说，最后有了一种类似于《战争与和平》的全景式描写的特色。小说中《群魔》风格的人际纠葛描写越来越少，主题也分解成了一个个的断片。但是，小说在主题上所呈现出来的那种沉重而深厚的感觉是非常独特的，无论作者是否情愿，它都拥有了一种托尔斯泰作品的辽阔、深远的特点。从辻原先生的角度来说，他可能是觉得，如果把"幸德事件"放到类似于《群魔》那样一个封闭的空间里进行重构的话，会显得太可惜了。辻原先生的创作非常感性，抒情较多，也正是这一点使他在创作的过程中发生了这样的改变。他是一个生命力极其旺盛的人，《群魔》的那种促狭、阴暗的风格不适合他。无论从哪一点来看，《群魔》所描写的都是人类内在的精神世界，而《不可饶恕的人》中的"空气"是流通的。在《罪与罚》最后的情节中，斯维里加洛夫和波尔菲里说的"空气、空气"中的"空气"，正是辻原先生拥有的一种极其稀有而珍贵的创作能力。

刺猬型和狐狸型

沼野：接下来，让我们的话题再次回到高村薰的作品上。高村的小说有着非常鲜明的现实主义风格，几乎达到了某种极限的程度，有的地方甚至可以说已经超越了陀思妥耶夫斯基的小说。所以也很难用陀思妥耶夫斯基的影响来解释其创作。比如《照柿》中位于东京市八王子地区的戒指制作工厂的制作车间，再比如《女王牌》中位于大森（东京都大田区）小镇上的工厂里制作啤酒罐的工艺等等，她对这些部分的描写精微细致到了令人咋舌的程度，毫不吝啬地将大量的笔墨用于对现实的刻画和描写上，这样的作家在世界文学史上也是极为少见的。陀思妥耶夫斯基绝对不会做到这个程度，或者说，他的小说本就不需要采用这样的手法。我在这里就不追求严谨的说法了，大致来说就是，陀思妥耶夫斯基的小说世界是以俄罗斯那一特定的时间和空间为创作背景的，故事基本上都是真实发生过的事情。很多小说的背景是圣彼得堡这一真实存在的城市，《卡拉马佐夫兄弟》的故事设定是在一个虚构的外省城市"畜栏"，名字非常奇特。但即使是这样，这个虚构的城市也是有它的原型的。只是，陀思妥耶夫斯基那些对现实的描写中总有一种奇妙的幻想般的氛围，越往下读，情感和意识就会越强烈，你脑海中的世界就会被陀思妥耶夫斯创造出来的那种巨大的世界所笼罩，同时你也会感觉到那些对细节的现实描写也都渐渐失去了它的意义。

托尔斯泰的现实主义则与此不同。毫无疑问，托尔斯泰是一位是视野极其开阔、思想极为深刻的作家，但是在他的小说中，有关这个世界或者人们的生活的各种细节描写,总是能成为美和喜悦的源泉。所以,尽管托尔斯泰的小说规模宏大、波澜壮阔,但细节部分的描写仍然非常缜密细致,不乏精彩之处。

所以陀思妥耶夫斯基与托尔斯泰之间风格的不同是非常明显的,但也正因为如此,他们两个人一直都被人拿来做各种对比。此类研究的一项先驱性成果,就是俄罗斯的象征主义作家、评论家德米特里·谢尔盖耶维奇·梅列日科夫斯基[1]所著长篇评论文章《托尔斯泰与陀思妥耶夫斯基》。书中梅列日科夫斯基把他们称为"俄罗斯文艺复兴中的两个魔鬼"。按照他的说法,陀思妥耶夫斯基是"凝视过灵魂的深渊",而托尔斯泰则是"深谙肉体的秘密"。

此外,20世纪英国的著名政治思想家以赛亚·伯林[2],原本出生于俄国沙皇统治时期的拉脱维亚地区,精通俄语,所以他也写了很多有关俄罗斯的著作,其中最有名的一篇随笔为《刺猬与狐狸——论〈战争与和平〉的历史哲学》。在书中,伯林指出古希腊诗人阿尔基洛科斯的诗歌中有这样一句话,"狐狸知道很多事情,而刺猬只知道一件大事情",如果用这个标准对作家进行分类的话,陀思妥耶夫斯基是刺猬型,也就是说,他是拿一个自己构思出来的大型蓝图来囊括所有的事情的。与此相对,托尔

---

[1] 德米特里·谢尔盖耶维奇·梅列日科夫斯基(1866—1941),19世纪末20世纪初俄国著名作家、诗人、文学批评家。代表作品有《托尔斯泰与陀思妥耶夫斯基》。
[2] 以赛亚·伯林(1909—1997),英国哲学家、政治理论家。代表作有《卡尔·马克思》《自由四论》。——编者注

斯泰就稍微有点复杂，他以为自己是刺猬型的，但其实他是狐狸型。狐狸型"知道很多事情"，意思就是说，不要勉为其难地把所有的事情都用一个世界观囊括起来，这个世界上如此丰富而多样，其中呈现的美和喜悦，也是多样性中的类型，文学作品也应该去善待这些美和喜悦的部分。伯林认为，现代的文学家当中最典型的狐狸型作家，有莎士比亚、歌德、普希金、詹姆斯·乔伊斯等人，而刺猬型的作家则有但丁、陀思妥耶夫斯基、尼采、普鲁斯特等。

当然，给作家划分类型不过是一种游戏行为而已，我们不需要对此太过认真。不过，我觉得他对陀思妥耶夫斯基和托尔斯泰的比较，在某种程度上还是蛮接近真实情况的。照这个分类来看，我看龟山先生像是刺猬型的，所以您对托尔斯泰这种狐狸型的作家不是很欣赏吧？

龟山：在翻译《卡拉马佐夫兄弟》的时候，我曾经有过这种感觉，即陀思妥耶夫斯基的小说中细节描写确实也有，但其实多数还是很粗线条的描写。从这点来看，说他是刺猬型的应该没错。但是，在心理描写方面，作为一个大作家，他不可能是刺猬型的，因为那就太粗糙了，我觉得在这方面应该说他是狐狸型的，尤其是看小说中注解的部分，这一特征就表现得非常明显。小说人物彼此之间进行一些晦涩难解的辩论时，陀思妥耶夫斯基做的注解有好几种方式，比如"他这样喊了起来""他这样说"等等。其中一些单词的用法非常精妙，有时候可能只有俄罗斯人才会明白其中微妙的差别吧。此外，他也常常使用不同的副词来描述人物的性格或者某些心理上的变化。但大致来说，某个部分怎么写，他还是经常因心情而定的。小说中的描写时有起伏，并不稳定。应该说，在创作这部小说时，他的精神状况还是不稳定的。我能很清楚地感觉到这一点。所以说，从世界观和小说创作的过程来看，用某一种类型来概括他其实挺难的。

对了，刚才沼野先生提到了大江健三郎先生，他的新作品《水死》，其实给我带来了一次非常珍贵的阅读体验。创作这部小说时，大江先生到底在多大程度上想到了自己与父亲的关系呢？我对这一点非常感兴趣。从很早的时期开始，大江先生基本上就以自己和孩子的关系为基点，构筑起了自己的小说世界。我想陀思妥耶夫斯基也是如此。《水死》中呈现了一个处于父子关系的中间地带的"我"。简单来说就是，主人公"我"，既是父亲，也是儿子。

众所周知，在现实中，大江先生的处境决定了他很难述说自己作为父亲的那一面是如何的。陀思妥耶夫斯基也是如此。也就是说，在与儿子的关系中的那个作为父亲的自己，从孩子那一方来看，作为父亲的自己是什么样子的，这是一个问题。同时，作为一个孩子的父亲，自己是怎样的，这又是一个问题。继而，父亲借孩子的眼睛来看自己这样一个父亲时，又是怎样的，这也是一个问题。好复杂啊！

促使大江健三郎创作《水死》的动力，我认为是陀思妥耶夫斯基。主人公"我"的位置是处在父亲与孩子之间被两者撕扯的。这种极为独特的被撕扯的方式，此前曾有哪位作家运用过呢？我想这种方式被运用的原型，应该就是《卡拉马佐夫兄弟》。小说整体上弥漫着一种令人感到温暖的幽默感，但我却从中听到了大江先生那显得悲凉的呼喊声。

再说一点，在座的各位朋友如果要读大江先生的《水死》，那么请一定先去找来夏目漱石的《心》读一下。我在《水死》读到一半的时候，因某个机缘偶尔读了《心》。那时候我还没有发现，《水死》其实也是参照了《心》的，虽然距离有些远。

其实，《心》这部小说从一个侧面说，是一部经济小说。围绕着遗产的继承而产生的亲戚、兄弟之间的纠葛是这部小说的背景之一。那次我重读了《心》之后，再次强烈地意识到那些被人们看作是古典的作品确实有其不一般的魅力。《心》确实是一部具有极强的冲击力的小说。我甚至感觉到"这故事有某种弑父的主题在里面"。在现在这个时代，人们能在多大程度上以一种现代的现实主义视角来阅读夏目漱石的作品，我并不知道，但是我自己通过阅读陀思妥耶夫斯基和大江健三郎，重新感受到了古典作品的魅力。对我来说，这是一种巨大的幸福。

有关"父亲"这一文学主题

沼野：我们的话题从大江健三郎谈到了夏目漱石。不过，这里大多数的年轻人，相比起夏目漱石，可能更喜欢村上春树吧。龟山先生与村上春树——对于从前就了解龟山先生的人来说，会觉得把你与村上放到一起有点不太合适，不过龟山先生您最近也写了《1Q84》的评论文章。因此我想再次请教您，刚才您谈到夏目漱石和大江健三郎两人的作品中都有的"弑父"主题，其实，这一点在村上春树最近的作品中也有出现，并且贯穿了《海边的卡夫卡》和《1Q84》两部小说，可以这说也是村上春树作品的一个重大主题。"父亲"成为当下一个重要的文学议题，这也是一种时代的象征吧。

龟山：是啊，父亲的问题会成为这个时代的重要议题的原因，这很值得我们思考。村上春树先生是在 1949 年出生的，正好是团块世代①的最后一批人。团块世代的这一代人，在战后日本的教育系统中，是最具教养主义之风采的一批人。刚才我们谈到了加贺先生的《湿原》，在《湿原》中，1968 年至 1969 年发生的"东大斗争"是其中非常重要的一部分内容，而在"东大斗争"中起了最大作用的正是团块世代。

之后，日本经历了大规模消费的时代，以及此后的泡沫经济破灭的时代。真是毫无道理又残酷的报应啊。泡沫经济的破灭是天意，是来自老天的报应。但是，造成这一情况的原因，是我们团块世代的集体欲望。在团块世代的身上可见日本人在精神层面的困境与解放，并以泡沫经济的形式呈现了出来。从前不曾经历过物质繁荣的这一代人，在那时都沉浸在自己的美梦中，而将美梦彻底打碎的，正是泡沫经济的发生和破灭。20 世纪 90 年代的那几年间，大量的能源被消费，日本社会中弥漫着一种梦游般的氛围。梦生，梦又死。在这短暂的梦游状态中，团块世代的大多数人最终也没有实现的那些梦想和欲望，到了现在，人们又想要

---

① 团块世代，指日本在 1947 年到 1949 年之间出生的一代人，是日本二战后出现的第一次婴儿出生潮时出生的人。

在村上春树的小说中看到他们这代人。这是我的解读。

团块世代的这一代人，几乎都是没有真正在心智上成熟就变老了的。这真是让人无比惊讶。为什么没有心智的成熟呢？这是因为，他们在很长的时间里处在一种竞争性的环境之中。在运动会上拼命奔跑的少年，一直都不停下他的脚步。但是，一旦到了身体不听使唤的年纪，他们又会以迅猛的势头把自己的不满发泄到某个地方。只是，类似的现象在当前的日本还没有实际发生，我则像是预见般看到了一幅表现地狱的图画，而这种状况的真正到来，大概会是在十年以后吧。作为一个心智不成熟的父亲，作为一个无法抑制自己欲望的孩子，他们今后应该还是这个样子，不会有什么变化。从某种意义上来说，作为团块世代的一员，这也是我自己最真实的样子。

村上春树也是如此，作为团块世代的一员，他所能想到的父亲形象，也是以自身的"不成熟"为观照对象的。正因为如此，他才以自己的体验为出发点，用尽全力在作品中塑造父亲的形象，并探讨弑父的主题。我这样说可能有些过于抽象了。不好意思，不能用一种清晰的逻辑来表达这一点，但从给人的印象上来说，就是这样的。

沼野： 在现代的日本，生活环境以及社会上的流行事物在不断地发生着变化，信息传播也越来越迅速，可能是因为这个缘故吧，不同年龄层的人之间的差别也越来越大。有时我会觉得，年纪只差几岁，却会让人感到彼此之间有很大的代沟。龟山先生跟村上春树是同年龄的，都属于团块世代那一代人，两位都比我稍微年长一点，虽说现在聊起天来倒像是同龄人似的，但其实我们彼此之间由于年龄不同而产生的那种感觉上的差异，其实是蛮大的吧。

龟山：是的，正是如此呢。当年我进入东京大学研究生院时，沼野先生正在读本科呢。那时，我看着比我小几岁的沼野先生，就很强烈地感觉到了年龄差距产生的代沟。与沼野先生同龄的另外几个人反而跟我有一些相似的地方。我常在心里暗想，这几个人不会是团块世代的吧？唯独沼野先生，跟我这代人是完全不同的。我想那时的情形可能是这样的，沼野先生身上有我们团块世代绝不具备的某种特质，他就是 20 世纪 70 年代人的典型，毫不掩饰地向我们展示着这种特质，而且对他自己而言，那些都是带着意识的言行，他非常清楚自己在做什么。与此相对，我们这些属于团块世代的人则一直都是内心怀揣着巨大的焦虑、无法形容的苦闷，以及无处容身的孤独感。因为这些人都无可救药地有着极其敏锐的感觉。但是沼野先生这代人就完全不一样了。对村上春树作品的解读，我和沼野先生之间是有差异的，这当然部分是因为个人原因，但我想年龄不同而产生的代沟也是一个很大的影响因素。我总有这样一种感觉，就是我们对村上春树的解读其实是有着某种根本性的不同的，但我一直没有弄清楚这个不同到底在哪里。

沼野：是的。关于"父亲"这一文学主题，我也是有很多没有弄清楚的地方。时间关系，今天我们对这个话题的讨论就到这里，以后有机会再做探讨。

如何可以自由自在地读书

沼野：刚才您提到在读大江健三郎先生的《水死》时，想到了夏目漱石。您在翻译了《卡拉马佐夫兄弟》之后，带着对陀思妥耶夫斯基的深刻理解，反过来又去阅读现代日本文学的作品，继而又对日本文学的历史加以回顾。这样一种读书的"移动"方式真是太棒了。请您一定跟今天在座的年轻人详细地说一说这个体验。

读书，原本就该是这样一种自由的"移动"。读了某一部作品之后，并不是死守着它就结束了，而是看到从其中延展开来的另一个更广阔的世界。也就是说，那些以前你从来不觉得有意思的书，突然也可以读得让人兴趣盎然了。夏目漱石的《心》，作为日本文学的经典作品之一，日本几乎所有地方的学校图书馆中都有这本书，有时书中的内容也会出现在课堂的讲义中。但一旦以这种方式把一本书推到一个人的面前，原本有趣的内容也会变得无趣起来。无论是怎样的好作品，一旦部分内容被编进了教科书，瞬间就会变得无趣，这也是一种宿命吧。强制性地要一个人读某一本书，恐怕也会这样的吧。有趣的东西，得靠自己发现才行。我们需要做的不是强制年轻人去读什么书，而是帮助他们自己去发现那些有趣的东西。简言之，就是做一些类似于向导的工作吧。

刚才龟山先生已经说得很详细了，他年轻的时候对陀思妥耶夫斯基非常着迷，但后来暂停了关于陀思妥耶夫斯基作品的阅读与研究，转向了对俄罗斯先锋派艺术的研究。在对苏联艺术家与权力之间的关系有所了解之后，他又回到了对陀思妥耶夫斯基的研究中，带着一种新的视角重新研读其作品，而这次"品尝"出的是一种与此前完全不同的味道。龟山先生在他读书的过程中经历过这样的波折——这在俄罗斯研究者当中是非常独特的。一般来说，一个研究者一旦把某个领域作为自己的专业研究方向确定下来并开始自己的研究者生涯，此后就会一直在这一个研究课题"周围转来转去"。

今天对谈的最后，我想我们可以暂时离开一下陀思妥耶夫斯基的话题，谈一谈赫列勃尼科夫，这也是龟山先生第一本著作所研究的对象。赫列勃尼科夫是俄罗斯先锋派艺术的代表性人物，是一位前卫派诗人，同时也是所谓"zaum"① 的无意义语的实践者，他深入挖掘语言的根源，并在语言实验方面建构了非常宏伟的蓝图。他是一个不折不扣的天才。无论是创作，还是生活，他身上都有着某些超出常人理解之处，他所开拓的是一个极具魅力的、充满神性的世界，这在此前从未出现过。

龟山先生的著作《重新发现赫列勃尼科夫》被收入"平凡社书库丛书"的时候，我为这本书写了序言。虽然这样做可能有点自我炫耀的感觉，但我想现在朗读一下这篇序言结尾的部分，来结束今天的对谈。我这样说可能也很失礼吧，但还请龟山先生看在与我相识多年的分上多多见谅。龟山先生在研究上的水

---

① "zaum"，指俄国诗人赫列勃尼科夫自创的一种实验性语言，被称为"无意义语"。主要通过拆解既有语言的逻辑关系，使既有语言失去其在日常生活中的意义，从而创造出大量新词语。——编者注

平和独创性，其实在这个方面才是真正发挥得淋漓尽致。而且，我们是否应该离开陀思妥耶夫斯基的话题，再次去看一看俄罗斯先锋艺术运动这一辉煌灿烂的世界呢？带着这样一种期待，我来朗读一下刚才说过的那一段内容。

赫列勃尼科夫作品中的诗意宇宙，与一时的禁止与流行并不沾边，它甚至超越了革命与先锋艺术这类的框架，呈现出了另外一个不同的世界。我觉得这个世界至今仍未被人所真正了解。是的，通往赫列勃尼科夫的研究之路途远且长。但是现在，有一点我们是清楚的，那就是在我们之中最靠近赫列勃尼科夫的那个人是龟山先生。书中对于赫列勃尼科夫的伟大不曾缺失分毫。今后或许会有新的研究，在某个论点或者某篇作品的分析方面超越本书，但本书所表现出与树立的这种要把诗人赫列勃尼科夫完整地介绍给世人的热情与宏大目标，要到何时才会有新的研究之作超越它呢？此刻萦绕在我的心中的，正是诗人的这句诗。

再一次，再一次
我是
你的星星。①

---

① 此诗译文引自赫列勃尼科夫《迟来的旅行者》，凌越、梁嘉莹译，人民文学出版社 2019 年版。——编者注

谢谢大家的聆听。请大家把掌声送给——不是我，不是龟山先生——赫列勃尼科夫。

（本次对谈于 2010 年 5 月 2 日，在东京国立博物馆平城馆大讲堂举行）

●龟山郁夫为中学生推荐的三本书：
①陀思妥耶夫斯基《罪与罚》（龟山郁夫译，光文社古典新译文库。翻译时有考虑到中学生的阅读需求，因此该译本也适合初中生、高中生阅读哦）
②卡夫卡《变形记》（丘泽静也译，光文社古典新译文库。池内纪译，白水 u books。高桥义孝译，新潮文库）
③艾米莉·简·勃朗特《呼啸山庄》（小野寺健译，光文社古典新译文库。河岛弘美译，岩波文库）

●沼野充义为中学生推荐的三本书：
①陀思妥耶夫斯基《白夜》（小沼文彦译，角川文库。收入陀思妥耶夫斯基《温柔的女人·白夜》，井桁贞义译，讲谈社文库。对于那些觉得陀思妥耶夫斯基的长篇小说太长、很难读下去的人来说，这是一本最合适的陀思妥耶夫斯基入门书，它是一部中篇小说，其中所描述的那种极度苦闷的青春气息让人心碎）
②加夫列尔·加西亚·马尔克斯《百年孤独》（鼓直译，新潮社。读过俄罗斯文学之后，再把目光投向拉丁美洲魔幻现实主义的世界去看看吧。你会惊讶的，通过读长篇小说，竟然可以接

触到这样一个不可思议的世界)

③池泽夏树《马西阿斯·居里的堕落》(新潮文库。日本版的魔幻现实主义的杰作。可从中品味到阅读长篇小说的乐趣)

●延伸阅读：
○龟山郁夫
《重新发现赫列勃尼科夫》(平凡社书库丛书)
《俄罗斯文艺复兴的终结与革命》(岩波现代文库丛书)
《走向毁灭的马雅可夫斯基》(筑摩书房)
《十字架上的俄罗斯——斯大林与艺术家们》(岩波现代文库丛书)
《陀思妥耶夫斯基——弑父的文学》(NHK丛书)
《〈卡拉马佐夫兄弟〉续篇空想》(光文社新书)

○江川卓
《解谜〈罪与罚〉》(新潮选书)

○大江健三郎
《洪水淹没我的灵魂》(新潮文库，上下卷)
《别了，我的书》(讲谈社文库)
《水死》(讲谈社)

○加贺乙彦
《宣告》(新潮文库，上中下卷)

《湿原》（岩波现代文库发，上下卷）
《永远的都城》（新潮文库，全七卷）

〇川上未映子
《天堂》（讲谈社）

〇瓦伦丁·伊万诺维奇·斯科里亚廷
《到你出场了，同志毛瑟枪——诗人马雅可夫斯基怪死之谜》（小笠原丰树译，草思社）

〇马克·斯洛宁
《俄罗斯文学史》（池田建太郎译，新潮社）

〇高村薰
《照柿》（讲谈社文库，上下卷）
《女王牌》（新潮文库，上下卷）

〇辻原登
《不可饶恕的人》（每日新闻社，上下卷）

〇费奥多尔·米哈伊洛维奇·陀思妥耶夫斯基
《死屋手记》（工藤精一郎译，新潮文库）
《地下室手记》（安冈治子译，光文社古典新译文库。江川卓译，新潮文库。米川正夫译，新潮文库）

《罪与罚》（龟山郁夫译，光文社古典新译文库，全三卷。江川卓译，岩波文库，上中下卷。工藤精一郎译，新潮文库，上下卷）

《白痴》（望月哲男译，河出文库，全三卷。木村浩译，新潮文库，上下卷）

《群魔》（龟山郁夫译，光文社古典新译文库，全三卷。江川卓译，新潮文库，上下卷。米川正夫译，岩波文库，上下卷）

《卡拉马佐夫兄弟》（龟山郁夫译，光文社古典新译文库，全五卷。原卓也译，新潮文库，上中下卷。米川正夫译，岩波文库，全四卷）

〇夏目漱石
《心》（新潮文库、集英社文库、角川文库）

〇弗拉基米尔·纳博科夫
《俄罗斯文学讲义》（小笠原丰树译，阪急 communications 出版）

〇埴谷雄高
《死灵》（讲谈社文艺文库，全三卷）

〇以赛亚·伯林
《刺猬与狐狸——论〈战争与和平〉的历史哲学》（河合秀和译，岩波文库）

○平野启一郎
《溃决》(新潮文库,上下卷)

○詹姆斯·弗雷泽
《金枝》(吉川信译,筑摩学艺文库。永桥卓介译,岩波文库)

○松本健一
《陀思妥耶夫斯基与日本人》(regulus 文库)

○水野忠夫
《马雅可夫斯基·笔记》(新版平凡社丛书)

○村上春树
《海边的卡夫卡》(新潮文库,上下卷)
《1Q84》(新潮社,BOOK1-3)

○德米特里·谢尔盖耶维奇·梅列日科夫斯基
《托尔斯泰与陀思妥耶夫斯基》(升曙梦译,创元文库)

后 记

为了阅读"3·11"地震之后的世界文学

1

该书中收录的所有对谈完成后十个月,即正当我开始思量无论如何也要抽时间把对谈的内容整理成书的时候,2011年3月11日,东日本大地震发生了。当时我在东京的家中,突然来临的剧烈晃动,一时间让人惊魂落魄。大量的藏书从书架上跌落,幸好我捡回了一条命,没有压死在书堆里。因儿子被困在学校而回不了家,我开车去接他,没想到刚出门,就陷入了难以置信的大堵车中,一直到凌晨(在离家后的大约十二个小时里,我基本上没吃没喝)才好不容易到家。那之后又经历了多次余震,同时,计划停电、节电等来自政府的措施也被反复实施,一家人对此也要打起精神来应付。之后,在此后较长的时间里,我和家人一直处在肉眼不可见的微量的核辐射中(听说对人体健康的影响不会马上出现)。这就是我和家人在"3·11"地震后的经历。这看起来有些慌乱,但同时这也说明了即使发生"如此重大的事件",我们和大部分的东京人一样,仍然平稳地过着与往常的每一天没有什么不同的日子。

但是,在"如此重大的事件"发生后,若我们的文学还跟从前一样,这真的可以吗?我们对世界文学的解读是否也应该有所改变呢?或者说,还是不该有什么改变?自从地震发生之后,上面这些问题就一直萦绕在我的心头,挥之不去。我觉得,自2011年3月11日之后,无论我写什么文章,都跟这些问题脱不开干系。我会在接下来表达的内容中引用一些自己以前写的东西，我想这也会帮我整理一下自己的思路。

地震发生后不久，《纽约时报》的记者就向我约稿，并催我尽快交稿，能有多快就多快。不凑巧的是当时我有事正要去莫斯科，就在东京飞至莫斯科的飞机上写文章讲述了自己的感想。那时，我的内心仍是混乱的，并没有从地震带来的冲击中平静下来。但由于很早之前就已经跟人约好了要去演讲，所以莫斯科之行也不能取消，那天我还是照常出发了。我记得我费了很大的劲才到了成田机场，跟一群慌慌张张要离开日本的外国人挤在一起，最后总算登上了飞机。当时，我在飞机上写的那篇文章的内容并没有多么感伤，但执笔的过程中我几次泪眼婆娑，不得不偶尔停下来平复情绪。文章写好后，我马上就在莫斯科的宾馆用电子邮件发给了当时在东京的友人——日本文学研究者乔尔·科恩。事情就是这么不凑巧，科恩当时也正要回美国（他并不是因为担心核辐射要逃离东京），于是他在飞往加利福尼亚的飞机上把我的文章译成了英语。于是，经过科恩流畅练达的翻译后，拙文刊登在了 2011 年 3 月 27 日的《纽约时报》上。只是，由于我的文章太长，远远超出了约稿要求，所以最后刊载时被删掉了大量内容——这多少会让人感到遗憾，但我当时的心情是非常急切的——在那样的时刻，即便平凡如我，也要向全世界发出自己的声音，让人们了解当时的日本。以下引用的，是那篇文章的结尾部分。

> 我们不需要什么非凡的领袖人物。我们需要的是一种心

灵的力量，在当前这种人们对今后的生活难以持有好的意愿和希望的情况下，有了它便有了希望。在电视画面上经常可以看到那些受灾者同胞的身影，他们中的每一位都让我印象深刻，但其中最刺痛我内心的是一个女孩的情况，她在得知母亲下落不明后，泪流满面，大声地呼喊着"妈妈"。我相信这个女孩心灵的纯洁性，胜过相信任何政治家做出的承诺。那位女孩发出的是绝望的呼喊，但与此同时，她也让我感受到了在血淋淋的真相面前不逃避而去勇敢面对的意志力。

此刻，写着这样的文字，我无比心痛，同时也感到羞耻。虽然，我也亲身体验了地震发生时身心的不安，为停电和瘫痪的交通而烦恼，并恐惧于微量核污染的风险，但总归是可以在东京那完全的家里，不必经历饥饿之苦，大致过着如常的日子，大致做着如常的工作。我是做文学研究的，我的工作是写与文学有关的文章，但现在这样一个时期，做文学研究又有什么用呢？这种感觉，一直在我心头萦绕。

然而，我们最终也只能跟从前一样，尽可能地做好自己分内的事。我愿意相信，就在我们每个人一天一天持续着的日常生活中，小小的希望之光开始闪耀。不知道为什么，我就是想这样相信——这样一种没来由的希望，就存在于人的内心深处，这不也是一种"难以预料的意外"吗？

2

是的，在当时那种状况下，要消除"现在做文学又有什么用呢"这一怀疑，是很难做到的。继而，又有另一种念头又向我袭来，那就是在当今这种局面下，作家们写下的所有文学作品都遇到了一种极大的试炼和考验。从莫斯科回来后，需要我马上去做的下一项工作，是作为日本文艺家协会主编，写每年协会出版的作品集《文学》（2011年版）的解说文章，但我却迟迟难以下笔。在该篇文章的开头，我对当时的心情做了如实的描述。

在这样的一个时期谈论文学，说实话，是非常痛苦的。在史无前例的大地震、海啸以及核泄漏事件等一连串的天灾人祸发生后不久的今天，日本社会仍然处在混乱之中，此时我被一种类似于"现在谈论文学又有何用"的绝望心情所驱使，或许也是一种人之常情吧。本书所收录的作品，均为2010年刊登在各大文艺杂志上的文章，也就是说这些作品全部是写在地震发生之前，其中并没有与本次地震相关的文章。但是，这些文章在这样一个时期且以这样的一种方式得以结集出版，也意味着它们要经受一场严峻的试炼——面对眼下前所未有的大灾大难，这些作品是否还有力量与之对抗，并彰显自己的存在价值呢？还是说，在从前那些"和平"的日常生活中写出的作品，在面对当前的大事件时会光彩尽失？

该文章当时所提及的是一些写于震灾发生之前的作品，但我还有一个身份，是报纸的文艺时评专栏的作者（三家报纸联合同时发表，同时《北海道新闻》《东京新闻》《中日新闻》《西日本新闻》是每月连载），所以在3月之后，我当然会读到那些在地震发生后写成的作品，并每个月都要为此写评论文章。我不知道是该感到不可思议，还是以正常人的应有反应去面对。总之，"在如此重大的事件"发生后，文艺杂志也在跟之前一样照常出版，也会跟之前一样有那么多的铅字被印刷在上面。

现代日本的作家们以自己不同的方式对"如此重大的事件"做出了反应。其中当然也有作家看起来似乎是没有任何反应，但没有任何反应，也是一种反应。"如此重大的事件"之后，这个世界已经不是从前的样子了，经历了这一切，我们也不再是从前的我们。因此，如果一个人此时就像"如此重大的事件"从没有发生过一样，还如常地说话做事，这其实是很费心力的。

最先出现在公众视野中的，是诗人们那毫不掩饰、痛切、带着强烈情绪的文字。家住福岛的诗人和合亮一，此前的作品多是晦涩难懂的现代诗歌，地震之后他突然开始在网络上写一些短诗。例如"所到之处皆是眼泪。我想要像阿修罗一样写作""天上下着核辐射。安静的夜""没有一个黑夜不会迎来天亮"等等——和合将其称为"诗之砾石"。这些浅显易懂的文字，直击人们的心灵。而现代日本俳句的代表性人物长谷川棹则是在突然之间"为一种难以抑制的情感"所驱使，写下了那些以一种极为急切而猛烈的势头不停在脑海中涌现的短歌（长谷川棹《震灾歌集》，中央公论新社出版）。俳句诗人怎么突然开始写短歌了呢？如果按照纪贯之的说法则是"凡所生息者，无不赋歌"。那么，长谷川棹的这种行为是否可以理解为深藏于日本人心中的"赋歌"之情在震灾的冲击下得到了释放呢？

此外还有诗人边见庸，他写出了《眼之海——我去世的故人们》（登载《文学界》，2011年6月）等一系列诗篇，读来让人深感震撼。这是故乡在灾区的作家的哀悼之情，也是献给故人的安魂曲，更是试图以诗歌语言的力量与宇宙抗衡的诗人竭尽全力的一搏。"我的故人/就请你先一个人歌唱吧/滨菊的花朵啊，请等一等，现在还不要开放/畦唐菜啊，请等一等，现在还不要哀悼/在找到那些/与我的每一位故人的心窝/最贴近的/不同的言语/之前"。

许多小说家也以自己的方式做出了种种回应。"如此重大的事件"给作家的想象力究竟带来了多大的考验，可以从各类小说作品中窥见一斑。不过我无意在此对这些小说做详细的介绍，况且小说的内容，也是需要多一些的时间来品味的。我觉得，现在还不是一个给出总体评价的合适的时机。今天，仅给大家介绍其中的两部具有代表性的作品，古川日出男的《马儿呀，即便如此，光仍然是无瑕的》（《新潮》，2011年7月，后由新潮社出版单行本）、高桥源一郎《恋爱的核电站》（《群像》，2011年11月，后由讲谈社出版单行本）。

古川说，在地震发生后不久的4月上旬，他在一种"自杀冲动"的驱使下去了福岛，冒着危险进入了核电站周边的区域，并将当时的所见所闻记录了下来。在这个过程中，他恍惚觉得自己作品中的世界与眼前的现实两相交融了——他以这样一种相当错综复杂的方式，开始了《马儿呀，即便如此，光仍然是无瑕的》一书的写作。之所以会出现这种情形，大概是因为作家本人在震灾巨大的冲击下，如果不以虚构和非虚构相结合的方式来书写，就难以面对眼前这残酷的现实吧。与此相对，在高桥源一郎《恋爱的核电站》中，作者完全没有改变自己此前作为日本后现代文学领军人物披荆斩棘的先锋姿态，以一种超越常识的方式对"核泄漏事故"发生后的问题进行了探讨。具体来说，作品中毫不避讳地使用了大量露骨的性描写，讲述了一位在社长的命令下为拍摄"地震后慈善成人影片"而奋斗的色情电影导演的故事。这样的作品很容易招致"创作态度太过轻浮"的批评，但即使是在地震和核泄漏事故发生后，他也不改变自己的写作方式——在大灾面前，打破毫不动摇的坚定的态度，不也非常值得尊敬吗？由于地震的发生，这个国家中原本隐蔽的那些问题都浮现了出来，尽管如此，关于文学的表达方式，在日本文学界仍然存在很多隐蔽的禁忌。而高桥一直以来所做的，就是打破这些不可见却又无时不在的禁忌。"它一直就在摇晃啊。都几十年了"，小说中的这句话，也是高桥在"3·11"大地震之前就已经有的一种认识吧。

但是，这里最耐人寻味的是，虽然高桥源一郎的作品风格没有发生变化，但大地震发生后，他的作品有了与此前不同的新的意义。一直以来，高桥都擅长以色情作品对严肃文学进行讽刺和解构，在"3·11"大地震发生之前，保守派的文学批评家对他的这一做法极其反感，而在"3·11"大地震之后，同样风格的作品却给人们的内心带来了非常深的震撼。这是如何发生的呢？

3

政治局势及社会性事件会给文学带来何种的影响，又是如何反映在文学当中的，这个问题很难一概而论。一方面，有人认为文学来自现实，当然会受到现实的影响，而文学也应该跟随现实的变化而有所变化；另一方面，也有人认为文学的"自律性"是最重要的，文学不应该去回应任何的社会需要。"3·11"大地震及核泄漏事故发生后，作家该如何写作又该写什么内容呢？作家们不同的回应方式，也可以看作是以上两种彼此对立的立场在这一问题上的反映。究竟怎样才是对的，此刻很难做出最终的判断，但有一点逐渐变得明朗起来了，就是说，即使是同样的一篇作品，在"如此重大的事件"发生后，呈现出了不同的意义——不，不仅是呈现的问题，应该说是有东西在根本上发生了变化才对。

作品本身是大地震之前写成的，但在震后具有了与此前完全不同的意义。其实，这样的作品还挺多的。比如池泽夏树写的《樱花的诗（二首）》（登载于《新潮》，2011年6月），据说就是写于大地震发生之前，但现在读来却像是表现了地震后春天的景象。诗歌描写的是樱花之美与花谢后的失落感，充满了浓浓的悲伤之情。"请闭上眼睛/静静地/想象/这棵樱花树，如果全部变成了灰色/世界会怎样。"

读池泽夏树的评论集《我不恨这个春天——有关"3·11"大地震的思考》（中央公论新社出版），发现此书名化用了波兰诗人维斯瓦娃·辛波斯卡的诗句。翻看辛波斯卡的作品，我们会发现里面描述了同样的现象。

またやってきたからといって

春を恨んだりはしない
例年のように自分の義務を
果たしているからといって
春を責めたりはしない

《与风景的告别》，出自辛波斯卡诗集《结束与开始》（未知谷出版社），沼野充义译

我并不责备春天，
它已再次出现。
我不会责怪，
因为，年复一年，
它履行着职责。①

一般认为，这首诗表现的是诗人在丈夫去世后的第一个春天时的心情，但如果在"3·11"地震发生后的日本读到了这首诗，会觉得这里表现的就是我们日本人的风情。可能这并不是一种误读，这里所展现的正是文学的普遍性力量，它可以超越时代和具体事件，给人们带来新的希望。

有的作品是与福岛核泄漏事件直接相关的，接下来说的这部作品就非常出人意料——川上弘美的小说《神2011》（讲谈社出版）。《神》原本是川上弘美的处女作，是其在 1993 年创作的一

---

① 此诗中译版引自胡桑译《我曾这样寂寞生活：辛波斯卡诗选 2》，湖南文艺出版社 2014 年版。——编者注

部短篇小说。小说故事说的是，有一天，同住一栋公寓的"熊"约"我"去河边远足，"熊"在河里捕到了一条大鱼，并把它晒成鱼干送给了"我"。回到住处后，"熊"说了一句"愿熊之神赐福给你"，就跟"我"分别了。晚上入睡前，"我"就在想"熊之神长什么样子"。故事就这样结束了。多么充满童趣的一篇短篇小说啊！但今年3月份的大地震及核泄漏事故发生后，川上弘美把故事发生的时间改为核泄漏事故之后，重新创作了《神》的2011年版本，并取名《神2011》。整体上来看，故事情节及风格并没有大幅度的变化，但却给读者带来了一种全新的感觉。为何会这样呢？因为，在新创作的故事中，故事的背景已经是地震灾害发生后的世界了，河流和鱼儿，所有的一切都已经遭受了核污染的破坏。在"如此重大的事件"发生后的世界，同样的语言也有了与此前完全不同的意义，这着实令人惊讶。

同一部作品，如果在不同的时间阅读，就会让人感受到一种完全不同的印象。关于这一点，我还在另一位作家的作品中有过类似的体验，即德国女作家克里斯塔·沃尔夫的小说作品《核事故》（日文版由保坂一夫译，恒文社出版）。作品写于1987年，德语原版的题目为《事故——某一天的新闻》，是一部描写切尔诺贝利核事故的作品。内容说的是在东德某个乡村过着宁静的日子的"我"，在一个阳光和煦的春日，通过电视新闻听说了"核事故"的发生，正巧那天是弟弟接受脑瘤手术的日子，"我"便在想象与弟弟交谈，交谈过程中思考了很多事情。这部作品以第一人称的口吻细致地讲述了主人公脑海中一闪而过的那些念头和想法，可以说与日本的私小说有相似之处。毫无疑问，这是一部真挚诚恳的作品。1997年，该小说的日文译本出版后，我马上就读完了它，并做出了如上的评价。但与此同时，我对这部小说也有一些不满意的地方。当时，我觉得这部小说不过就是一篇琐事杂记，全篇记录的是核污染事故发生后主人公在恐惧中度过的每一天，读来也没什么特别的感觉，很难说它是一部杰作。然而，福岛的核泄漏事故发生后，我找出这本书重新读了一遍，当时就感到特别惊讶。我甚至觉得自己现在读的是并不是之前读过的那部小说。作品中所描述的内容实在是非常鲜活，与现在日本的状况极为相关。当时，我的感觉是再也找不到第二部小说可以如此清晰地呈现：当超出我们"预想"的非常事态发生时，文学家该如何驱动自己的想象力才能面对眼下的现实。沃尔夫在作品中曾问道，那些由于自己的行为而招致了危险事态发生的人们，他们身上是不是有一种可以关闭自己"想象力的开关"的能力？我想，她的这一疑问，也同样适用于眼下的日本社会。

4

通过上述例子，我们可以看出什么呢？应该说，我自己也没有搞清楚。再者，作为本书的后记，为何要一再提到这样的内容呢？编辑出版本书的目的，原本是提倡大家更广泛地涉猎一些世界文学作品，像这样一直揪着日本的事情不放，有什么意义呢？

说起来，这原本是我向自己提出的一个问题，即在"如此重大的事件"发生后，是否还可以像从前一样去阅读世界文学呢？它的答案，既可以是"是"，同时也可以是"否"。如前所述，有一类作品是可以随着这个世界的变化而获得一种全新的意义和力量的。同时也有一些作品,与此相反。但是,若我们思考一下就会发现,正是伴随着这样一个过程——在时代大潮的冲击下,有的作品获得了新生,而有的作品则失去了其曾经有过的动人力量——世界文学作品的经典作品目录才不断地更新,作品才不断地迎来新生。

《什么是世界文学》一书的作者大卫·达姆罗什认为世界文学是一种会经由翻译的过程而获得增值之物,同样,也会有文学作品会在前所未有的大灾难的洗礼下获得新的意义和价值。这样的作品,才可以真正被称为"9·11"恐怖袭击事件之后的、"3·11"东日本大地震之后的世界文学作品。例如,波兰荒诞派剧作家、作家斯瓦沃米尔·姆罗热克曾于20世纪50年代末写过一部短篇小说,名为《原子人的婚礼》。该作品极其辛辣地讽刺了置人类于危险之中的物质文明,而这正是科技进步带来原子弹与核电站的结果。这部作品虽然创作于半个世纪之前,但今天读来却给我带来了一种全新的冲击力。后来我重新翻译了这部小说,题为《原子人的婚礼(2011版)》(登载于《昴》,2011年10月)。

美国比较文学研究者艾米丽·阿普特在她的著作《翻译地带:一种新的比较文学》(普林斯顿大学出版社,2005年版)中对"9·11"恐怖袭击事件之后英语文学界的相关说法进行了分析,批判了美国的英语中心主义和单一语言霸权,而其中最耐人寻味的一部分,是她化用了克劳塞维茨在《战争论》中的理论,对战争做出了如下令人耳目一新的定义:"战争是极其错误的翻译和不一致通过另一种手段的继续","战争是翻译的不可能性及翻译失败的状态达到了最暴力的程度时的结果"①。书中，她分析了"9·11"恐怖袭击事件之后的社会政治状况，并将事件发生的原因归结于不同文化之间"翻译"的失败。不得不说，她基于现代文化研究而得出的这一观点，是极其敏锐的。可以看到，她对翻译的概念做了进一步的扩展。那么，如果我们再继续引申一下就会发现，这一点其实也适用于"如此重大的事件"发生之前与之后的文学。什么意思呢？举一个最简单的例子来说，比如川上弘美的《神2011》，就可以说这是在"如此重大的事件"发生后，她对自己1993年创作小说《神》进行了"翻译"后而写成的作品。而且，即使这次的"改写"并没有在现实中发生，我们也可以通过自己的解读，把"之前"的作品"翻译"为"之后"的作品。

经由翻译，文学超越了国境、语言和时代，获得了新的价值，并继续流传下去——如果说这一过程本身就是世界文学，那么大灾之后超越了种种苦难、拥有了新的价值和新的生命的文学，也是一种世界文学。追寻着这样的"3·11之后的世界文学"，今后我们仍然会继续自己的这一阅读之旅。"3·11之后的世界文学"，它或者是对希腊悲剧或陀思妥耶夫斯基之文学魅力的重新发现，或者是在本书中提及的优秀的当代作家的下一部长篇，又或者是此时还名不见经传的年轻人在不久的将来写出的惊世大作。而此时我们唯一确定的是，那是一片尚无人踏足的沃

---

① 克劳塞维茨在《战争论》中的原话是，"战争无非是政治通过另一种手段的继续"。

野，没有地图，也没有目录。今后，将果断地迈入其中，并成为男主角、女主角的，就是此刻正在阅读眼前这本书的你，你们。

本书由"'新·世界文学入门'与沼野教授一起阅读世界文学中的日本、日本文学中的世界"系列讲演整理而成。讲演活动的主办方为日本出版文化产业振兴财团和光文社，协办方为东京大学文学部现代文艺论研究室。

"新·世界文学入门"与沼野教授一起阅读世界文学中的日本、日本文学中的世界

第一次对谈　2009年11月3日　利比·英雄（东京，光文社）

第二次对谈　2009年11月28日　饭野友幸（东京大学）

第三次对谈　2010年1月17日　平野启一郎（京大会馆）

第四次对谈　2010年2月13日　罗伯特·坎贝尔（神户工商贸易中心大楼）

第五次对谈　2010年5月2日　龟山郁夫（东京国立博物馆平城馆大讲堂）

© Mitsuyoshi Numano[2012]
Editorial Cooperation: Tetsuo Konno
All rights reserved.
Original Japanese edition published by Kobunsha Co., Ltd.
Publishing rights for Simplified Chinese character arranged with Kobunsha Co., Ltd. through KODANSHA LTD., Tokyo and KODANSHA BEIJING CULTURE LTD. Beijing, China.
本书简体中文版权为浙江文艺出版社独有。
版权合同登记号：图字：11-2018-439号

图书在版编目（CIP）数据

东大教授世界文学讲义.1/（日）沼野充义编著；王凤,石俊译.—杭州：浙江文艺出版社,2021.7
ISBN 978-7-5339-6525-9

Ⅰ.①东… Ⅱ.①沼…②王…③石… Ⅲ.①世界文学—文学研究 Ⅳ.①I106

中国版本图书馆CIP数据核字(2021)第114712号

统筹策划	柳明晔
责任编辑	邵 劼
责任印制	吴春娟
封面设计	人马艺术设计·储平
营销编辑	张恩惠
数字编辑	姜梦冉

东大教授世界文学讲义1

[日] 沼野充义 编著 王 凤 石 俊 译

出版发行	浙江文艺出版社
地　　址	杭州市体育场路347号
邮　　编	310006
电　　话	0571-85176953（总编办）
	0571-85152727（市场部）
制　　版	浙江新华图文制作有限公司
印　　刷	杭州富春印务有限公司
开　　本	850毫米×1168毫米 1/32
字　　数	259千字
印　　张	11.625
插　　页	6
版　　次	2021年7月第1版
印　　次	2021年7月第1次印刷
书　　号	ISBN 978-7-5339-6525-9
定　　价	88.00元

版权所有　侵权必究
（如有印装质量问题，影响阅读，请与市场部联系调换）